外国文学典藏书系

漂亮的朋友

[法] 莫泊桑 著
朱 静 译

海峡出版发行集团 | 海峡文艺出版社

图书在版编目(CIP)数据

漂亮的朋友/(法)莫泊桑著;朱静译一福州:海峡文艺出版社,2002.10

ISBN 978-7-80640-745-5-01

Ⅰ.①漂… Ⅱ.①莫…②朱… Ⅲ.①长篇小说一法国一近代 Ⅳ.①I565.44

中国版本图书馆 CIP 数据核字(2002)第 074732 号

漂亮的朋友

[法]莫泊桑 著 朱 静 译

责任编辑 陈世华 李国霖

出版发行 海峡出版发行集团

海峡文艺出版社

经　　销 福建新华发行(集团)有限责任公司

社　　址 福州市东水路 76 号 14 层 **邮编** 350001

发 行 部 0591—87536797

印　　刷 福州彩虹制版印刷有限公司 **邮编** 350028

厂　　址 福州市仓山区金山桔园洲工业区 38 幢

开　　本 787 毫米×980 毫米 1/16

字　　数 260 千字

印　　张 6.125

版　　次 2002 年 10 月第 1 版

印　　次 2013 年 4 月第 2 次印刷

ISBN 978-7-80640-745-5-01

定　　价 14.00 元

第一部

第 一 章

乔治·杜洛瓦等收银员找还他一百苏的零钱后走出了这家餐馆。

他是一个天生英俊、风度翩翩的退伍下级军官。他昂首挺胸，气度不凡。出餐馆前，他以一个军人的动作熟练地卷了一下小胡子，迅捷地扫了一眼还在用餐的顾客们。漂亮的小伙子们总是用令人神魂颠倒的目光四处撒网，捕捉猎物。

好几个妇女都抬起头来看他，其中有三个年轻女工、一个中年音乐教师。这个音乐教师头发零乱，戴一顶风尘仆仆的帽子，穿一件不合身的衣裙。此外，还有两个和丈夫一起来的资产阶级太太，他们是这家餐馆的常客。

他走出餐馆，在人行道上站了一会儿，思忖着下一步该干什么。今天是六月二十八日，他口袋里还剩三法郎四十生丁，要用到月底，他只能吃两顿晚饭不用午餐，或者吃两顿午饭不用晚餐。他计算早餐是每顿二十二苏，而夜宵是每顿三十苏，他决定只吃早餐。如果只用午餐不吃晚饭的话，他还可以节余一法郎二十生丁，还可以在街上买两份夹肠面包和两杯啤酒，那是他最大的消费和夜里最大的消遣了。他向莱特圣母院大街走去。

他走路还是像以前穿着轻骑兵制服时那样神气。胸脯挺得很高，两腿微微分开，好像刚刚下马。他在熙熙攘攘的街上旁若无人地朝前走。

他头上已经失去光泽的高高的军帽，松松地斜系在耳朵边上。走路时，他的靴跟把路面踩得"格格"响。他目空一切，好像一个不同凡响的漂亮士兵来到了普通百姓中，路上来往的行人、房屋楼宇甚至整座城市都不在他眼里。

他穿一套六十法郎的衣服，却显出一副鹤立鸡群、自命不凡的气派。但说实在的，他确是很引人注目。他身材高大匀称，金黄色头发又似乎带点栗色；两撇小胡子微微翘起，像是嘴唇上边泛起的泡沫；瞳仁在一双浅蓝色眼睛中显得又小又灵活；一头天生的鬈发从中间分挂两边。他真像通俗小说中的反面角色。

这是一个夏天的晚上。巴黎的空气又闷又热，那感觉就像在蒸汽浴室里一样。下水道的花岗石窨井口不时冒出一股股污浊的臭气。蜗居地下室的人们任意把洗碗水和残汤剩羹从低矮的窗口泼到街上。

看门的人们只穿着衬衣，在通马车的大门口，两腿分开跨坐在草编凳上，抽着烟斗。行人们光着脑袋，手里拿着帽子匆匆而过。

乔治·杜洛瓦走到意大利大街停了下来，他不知道自己该干什么才好。他想到爱丽舍或

相关链接

者布洛涅林荫道去，那样可以在树阴底下呼吸一点新鲜空气。但是，另外一个念头又驱使他想去作一次幽会。

她将作如何的姿态？他一无所知。但是，三个月以来，他日日夜夜等待着她。有时候看到她红润的脸庞、美妙的身姿，他恍恍惚惚的心中泛起一丝恋情，但是他仍在等待着更好、更美的恋情。

口袋空空，热血奔腾。躲在街角喃喃低语的街头女郎撩拨得他欲火中烧："漂亮的小伙子，到我家去玩玩吗？"

但是他身无分文，不敢随她们而去，他等待着另外的粗俗气少一点的艳遇和热吻。

然而，他还是喜欢到酒吧、咖啡馆等街头女郎麇集的地方。他喜欢和她们吊吊膀子，和她们以你相称，打情骂俏，闻闻她们身上刺鼻的香水让自己感到身边有女人。她们是真正的供人做爱取乐的女人。他并不像有家庭的男子们天生地瞧不起这种女人。

他转过弯跟着被热浪缠绕的人流向玛德兰娜教堂走去。规模较大的咖啡馆里坐满了人，顾客已经坐到人行道上来了。他们坐在咖啡馆门前耀眼夺目的灯光下。他们面前放一张小方桌或小圆桌，玻璃杯里盛着红色、黄色、绿色、棕色等各种各样的液体。在咖啡馆店堂里可以看到一些粗大的、透明的、盛了冰块的筒，冰块使筒里的饮料冷却。

杜洛瓦口渴难忍，放慢了脚步。他口干舌燥，想像着冰镇的饮料流入口中的沁人心肺的清凉。但是，如果他今天晚上喝了两杯啤酒，明天晚上的充饥之餐就没有着落了。他太知道月底饿肚子挨时光的滋味了。

他对自己说："挨过这十个小时，我将到著名的美国咖啡馆去痛快地喝一杯啤酒……见鬼，我现在仍渴得要命！"

他看看那些坐在桌边喝饮料的人们，他们多么悠闲自在，爱喝多少就喝多少。他吊儿郎当地走过一家家咖啡馆。他从顾客们的脸色、穿着上一眼就可以看出他们每个人的口袋里有多少钱。他看到这些闲坐着吃喝的人们就生气。他们口袋里有的是金钱，每人至少有两个路易。每家咖啡馆都有一百来个顾客，两路易乘一百等于四千法郎！他摇晃着身子喃喃骂道："猪猡！"

如果是在夜晚某个街角抓住他们中的一个，他会毫不留情地把对方的脖子拧下来，就像他在盛大节日里，把农民们养的家禽的脖子拧断一样。

他在非洲呆过两年。他记起那时他在南部的小哨所对阿拉伯人进行敲诈勒索的情景，嘴角掠过一丝又凶恶又开心的微笑。他和他的伙伴们曾抢了二十只母鸡、两只绵羊和黄金，他们整整笑谈了六个月。阿拉伯人是士兵们的猎物，所以谁也没有来追究此事，寻找凶手。

在巴黎是另外一回事了。他不能拿着手枪，挂着马刀胡作非为。在被征服的国家里，他从心里感到自己作为一个下级军官的所有的本能都暴露无遗了。他很遗憾自己在荒漠中浪费了两年的光阴。他又觉得自己没有留在那里真可惜！他回来时曾经抱有很大希望，希望前途会好一些。而如今……是呀，如今一切都得靠自己了！

莫泊桑《两兄弟》片段：

1. 可是她的丈夫摇摇头表示不同意，同时朝篮子里亲切地看一眼。这三个男人抓到的鱼在里面还在微微蠕动，发出一阵鳞片粘连和鱼鳍张开的嗦嗦的声音。鱼在有气无力地挣扎，张大了那张死气沉沉的嘴哈气。

他咂巴着舌头，弄出点口水来滋润一下干焦的口腔。

疲乏的人群缓慢地从他身边走过。他心想："这些笨蛋，他们口袋里都装满了钱。"

他若无其事地吹着口哨，故意用肩膀碰撞身旁的行人们。男人们被他撞了以后转过身来嘟哝几句；而女人们则会不客气地骂他："真野蛮！"

他走到一八六九年建立的伏德维尔剧场前，对着一家美式咖啡馆停下步子。他口渴难熬，思忖是否进去喝一杯。他看看马路中央的夜光时钟已经九点一刻了。他心中有数，要是有一杯啤酒放在跟前，他会马上一饮而尽。但是，喝完啤酒以后一直到十一点之间，他又该做些什么呢？

他从咖啡馆门前走了过去。他心想："我先到玛德兰娜教堂，然后再慢慢走回来。"

他走到歌剧院广场的拐角，和一个胖胖的年轻人打了一个照面，他似乎在哪里见过这个年轻人。

他跟在年轻人后面，边走边在记忆中搜索。

他反复地低声说道："见鬼，我到底在哪里见过这个人？"

他怎么都想不起来了。突然，他想起了一个人，那个人比眼前这个人瘦一些，更年轻一些，穿一身轻骑兵军服。他高声叫道："嗨，福莱斯特。"

他三步并作两步追上去，一把抓住那人的肩膀。那人转过身来，看看他，问道："先生，您有什么事情？"

杜洛瓦笑道："你不认识我了？"

"不认识。"

"我是乔治·杜洛瓦，第六轻骑兵队的。"

福莱斯特伸出双手说道："啊！老兄，你好吗？"

"很好，你呢？"杜洛瓦答道。

"啊，我吗，不太妙。我的肺功能不太好，我在布吉瓦尔得了气管炎。从回到巴黎那一年起，我一年中有半年总咳嗽，至今已经有四年了。"

"可是，你气色不错。"

福莱斯特拉住老战友的胳臂，喋喋不休地说他的病情如何如何，他怎么到处就医，医生对他的叮嘱和意见，他又是怎么难以做到，等等。医生要他去南方过冬，可是，他怎么去得了呢？他已经结婚了，又当了记者，他的境况很不错。

"我在《法兰西生活报》负责政治版。我在《救国报》报道有关上议院的消息，有时为《星球报》写些文学评论。喏，我打开了自己的路。"

杜洛瓦惊讶地看着他。他变化很大，成熟了。他现在衣冠楚楚，风度不凡，很有自信。他已经有了营养充分的肚子。以前，他很瘦，弱不禁风，举止笨拙，经常遭到训斥。在巴黎呆了三年，完全变成了另外一个人，身材魁梧了，举止稳重了。虽然不过二十七岁，但是他两鬓已经有了几绺白发。

相关链接

2. 可是一种隐约的妒嫉，在他们之间开始苏醒了。这是兄弟姐妹之间潜在的妒嫉，在几乎不知不觉中它慢慢成长，一直到成熟，于是在婚期或者好运降到哪一位身上时就突然爆发了。他们无疑是相爱的，可是他们也互相窥伺。当让出生时，五岁的皮埃尔抱着一个被宠坏了的小动物的敌视心情，看着另一头小动物突然出现在他父母的怀里，受到他们的百般宝贝和亲热。

福莱斯特问道："你去哪里？"

杜洛瓦说道："随便走走，然后回家。"

"那么，你先陪我去《法兰西生活报》。我还有几份稿件要校对一下，然后我们一起去喝一杯。你看怎样？"

"我听你的。"

两位老战友手挽着手，亲密地同行。

"你在巴黎干什么？"福莱斯特问道。

杜洛瓦耸耸肩道："饿肚子。我服役期满就来这里……想发点财，更确切地说想在巴黎生活。我在北方铁路办公室干了六个月，每年一千五百法郎，再没有别的收入了。"

福莱斯特低声说道："这种收入不算多。"

"是不多。可是，你说我该怎么办？我举目无亲，孤身一人，不是我不想努力，而是没有办法。"

福莱斯特以很实际的眼光把他从头到脚审视了一下，似乎对他有所信任，说："小伙子，一切都取决于随机应变。在这里，一个机智的人比他的上司更容易当上部长，但必须做得理直气壮而不是有求于人。真见鬼，你怎会找不到一个比北方铁路公司雇员更好的位子呢？"

杜洛瓦说道："我都找遍了，仍没有找到好位子。不过，眼前，有人推荐我去贝林驯马场当骑术教练。我私下告诉你，年薪有三千法郎。"

福莱斯特打断他道："不要去，太不像话了！你应该赚一万法郎年薪。你去那里就断送了你的前程。你在办公室里默默无闻，至少不引人注目，待你养精蓄锐后就可以脱颖而出，走自己的路。而你一旦当了骑术教练，你就完了，犹如你到一家随便哪个巴黎人都可以进出的餐馆去当大师傅一样。你去教那些上流社会的先生或他们的儿子骑马，他们就会觉得比你高一等。"

福莱斯特沉思了一会儿，然后又问道："你通过会考了吗？"

"我考了两次都没有通过。"

"没有关系。你课程都上完了吧？当别人谈到西塞隆或者蒂倍尔，你总该知道是怎么回事吧？"

"是的，知道一点。"

"行了，除了那些书呆子，谁也不会知道得更多。当个强者其实并不难，最主要的不要被人当场识破你的无知。大家都在弄虚作假。有的人简直笨得像只鹅，无知得像条鱼。"

他看着身边匆匆而过的人群，快活地讲了一套玩世不恭的生活道理。一阵突如其来的咳嗽使他停住了口。他咳了一阵后有气无力地问道："这气管炎真的没有办法治了吗？现在正是盛夏季节呀。啊，今年冬天，我要到蒙顿去治疗。算了，身体健康高于一切。"

他们走到普瓦索尼街上的一面大玻璃门前。玻璃门上贴了一张报纸的前后两面，有三个人正在阅报。门上边有几个火红的大字：法兰西生活报。这几个字是由燃烧的火炬形状组成的。行人们一走到这里就进入了这几个字的光圈之中，但走出光圈又马上陷入昏暗之中。

福莱斯特推开门，对杜洛瓦说道："请进。"

杜洛瓦进了门，他们从楼梯上楼。楼梯很豪华却很脏，整条街隔着玻璃都能看到它。他们走进前厅，两个年轻人向福莱斯特打招呼。他们又走进一间等候室模样的屋子。屋子里，绿色的假天鹅绒沙发套皱巴巴的，潮潮的，满是灰尘和污渍，还有好些地方已经破了，好像被耗子啃咬过的。

"你坐吧，"福莱斯特说道，"过五分钟我再回来。"

这屋子有三扇门，福莱斯特说完就走进了其中一扇门。

这里有一种既陌生又特别的、无法形容的气氛，这是编辑室特有的气氛。杜洛瓦正襟危坐，不敢轻举妄动，眼前的一切使他很惊异。不时有人从他跟前匆匆走过，他还来不及看清他们，他们就从一扇门进去，又从另一扇门出来了。

进出屋子的人，有的是手里拿着一张纸、神情匆忙的年轻人。由于奔跑，他们手上的纸还簌簌作响。有的是排字工人，他们工作服上沾满了油墨，却露出里面的白衬衫领子，下身穿着普通的粗呢裤子。他们小心翼翼地捧着印好的纸筒和还没有干的清样。这时，一位小个子先生走进来。他衣着笔挺，却明显有点做作；上衣紧包着上身，裤管熨得笔直，却勉为其难地穿着一双尖头鞋。这是一位混迹于上流社会、带回前晚最新消息的采访记者。

又进来几个记者，他们一个个神气十足，都戴着一顶平边高帽子，好像这种帽子能显示他们的与众不同之处。

福莱斯特挽着一个瘦高个年轻人出来。这位年轻人大约三四十岁，黑礼服白领带，深褐色头发，两撇胡子尖尖地向上翘起，显得自命不凡。

福莱斯特对他说："再见，亲爱的头儿。"

那位先生握着他的手道："再见，亲爱的。"

说完，他边吹口哨边下了楼梯，胳臂下还夹着一根拐杖。

杜洛瓦问道："这是谁？"

"他就是雅克·里瓦尔。你知道，他是著名的专栏记者，专门撰写有关决斗的文章。他刚刚校完他的清样。他和加林、蒙泰尔是当前最有名的三个记者。他一星期写两篇文章，每年收入三万法郎。"

他们俩正要下楼，一个留长头发、衣着不整的矮胖子气喘吁吁地上楼来。

福莱斯特低声告诉杜洛瓦："诺倍尔·德·瓦伦尼，诗人，《死去的太阳》的作者。他给我们的每一篇故事的稿酬要三百法郎，而他的故事最长也不超过两百行。我们去'拿波里旦'喝一杯吧，我渴死了。"

他们一在咖啡馆里坐下，福莱斯特就叫道："两杯啤酒！"

啤酒上来，他一口气就喝干了。而杜洛瓦则一口一口地慢慢品尝，好像这杯啤酒是什么珍馐佳肴，他舍不得一下子喝完它。

福莱斯特不说话，沉思了一会儿，突然开口问杜洛瓦："你为什么不到新闻界来试试？"

杜洛瓦惊讶地看看他，然后说道："可是……我从来没有写过什么东西。"

"嗨，试试看，开了头就行。我可以雇你打听消息，搞点采访。刚开始，月薪二百五十法郎，车费报销。愿不愿意我向主编说说看？"

"我当然愿意喽。"

"那好，明天你到我家吃晚饭，我只请五六个人：老板瓦尔特先生夫妇，你刚才见到的雅克·里瓦尔·诺倍尔·德·瓦伦尼，还有一个女朋友就是福莱斯特太太。说定了？"

杜洛瓦涨红了脸不知所措，他犹犹豫豫开了口："我……没有像样的衣服。"

福莱斯特愣住了："你没有衣服？糟糕！这是不可缺少的东西。你知道，在巴黎情愿没有一张床，也不能没有衣服。"

突然，他摸摸背心口袋，从里面掏出一把金币。他取出两个金路易递给杜洛瓦，以老朋友的口吻对杜洛瓦说：

"等你宽裕的时候再还我。你去赊购或租一套合身得体的礼服，打扮一下，明天七点半到我家来吃晚饭。我家的地址是封登街十七号。"

杜洛瓦受宠若惊，急忙收下钱喃喃道："你太好了，谢谢你！请相信我不会忘记你的……"

福莱斯特打断了他："行了。再喝一杯，怎么样？"接着叫道："喂，再来两杯啤酒！"

喝完酒，福莱斯特问杜洛瓦："你愿意花一小时出去走走吗？"

"当然愿意。"

他们向玛德兰娜教堂走去。

"我们干些什么好呢？"福莱斯特问道，"大家都说在巴黎总有地方可去，其实并非如此。每当晚上想出去走走时，我从来不知道到哪里去才好。到森林里去必须有一个女人陪伴才有意思，而我们没有现成的女人。那些咖啡歌厅可以让我的药剂师和他的妻子消遣消遣，对我却不行。怎么办呢？真没有办法。这地方应该有一个夏日夜花园，像蒙梭花园一样，我们可以在树底下边喝冷饮边听美妙的音乐。这花园不应该是一个供人寻欢作乐的地方，而是一个休闲的地方。游客们出手阔绰，以此来吸引最漂亮的夫人们。他们可以在铺了细沙的、用电灯照明的小径上遛达。如果想听听音乐，就走近去，或在远处坐下休憩一会。以前摩萨尔家就有一个这样的花园，但是那里的趣味低了一点，舞曲太闹了，地方也不够宽敞，没有足够的树阴，光线也太亮了一些。要是有一个很美丽很宽敞的花园该多好。你想去哪里？"

杜洛瓦手足无措，不知说什么好。终于，他开口道："我没有去过'疯狂的牧羊人'，我很想去那里转转。"

福莱斯特叫道："'疯狂的牧羊人'，太糟了！那里闹哄哄的。不过，我们去吧，这种地方总是很有意思的。"

他们原地转身朝蒙马特街走去。

这家剧院地处四条大街的中央，剧院门口灯火通明，照亮了它前面的四条大街。一排汽

3. 她的栗色头发才开始转白。她的神气安详讲理，一副叫人高兴看到的善良福气模样。通过她儿子皮埃尔的格言，她懂得了钱的价值，但这毫不妨碍她体味幻想的魅力。她喜爱阅读小说诗词，不是喜欢它们的艺术价值，而是因为它们唤醒了她心中的多愁善感。一首常常是平庸的，也常常是不高明的诗，使得那根被她称作弱小的心弦振动，给她一种近似清晰的神秘愿望的感觉。她耽于这种淡淡的感伤，它们略略扰乱了她平衡得像一本账似的平静的灵魂。

车停在剧院门前等候散场出来的乘客，福莱斯特径自走了进去，杜洛瓦拉住他说道："我们忘了买票。"

福莱斯特认真地说道："和我在一起，用不着付钱。"

他们走到检票员跟前。那三个检票员向福莱斯特敬礼。当中的检票员还向他伸出手来。

福莱斯特问道："有好包厢吗?"

"当然有喽，福莱斯特先生。"

福莱斯特接过检票员给他的票根，推开两扇包皮的太平门，他们进了剧场。远远看去，剧场另一边及舞台近旁弥漫着一层薄薄的烟雾。观众中有吸香烟的，也有吸雪茄烟的，这些人吞云吐雾，一缕缕白色烟雾不住地冉冉上升，积聚在天花板宽大的穹顶下，萦绕在吊灯周围，弥漫在楼厅观众席上空。

一条宽敞的走道环绕剧场一周。走道里，一些年轻姑娘夹杂在穿深色衣服的观众中转悠。三四个浓妆艳抹的半老徐娘站在一个柜台前，边卖饮料边向顾客递送秋波。她们背后的高高玻璃窗映出她们的背影和来往观众的身影。

福莱斯特分开人群，旁若无人地往前走。他走到一个领座女郎跟前问道："十七号包厢在哪里?"

"请跟我来，先生。"

他们被领进一个小木匣式的包厢里。包厢里挂着红色的帐幔，有四张同一颜色的椅子。椅子靠得很紧，只能勉强从椅子间挤过去。两个朋友坐了下来。一个个类似的包厢呈弧形地向左右延伸到舞台前。各包厢里的人也都坐着，别人只能看到他们的脑袋和胸部。

舞台上，三个年轻人穿着紧身衣在一个杠杆上轮番表演。他们中间一个身材高大，一个中等身材，另一个是小个子。

高个子首先小步快跑，微笑着奔到台前，向观众抛一个飞吻。

紧身衣下显露出他发达的臂部和腿部的肌肉。他把胸部挺得高高的，把腹部尽量收了进去。他的脸真像一个理发匠，他的头发一分为二，头路恰在头部当中。他一下子跳上了杠杆，双手吊在秋千上像一个轮子似的翻滚起来，接着他绷紧双臂，水平地挺直身子，一动不动在半空中像睡着似的，全靠双腕的力量把自己固定在杠杆上。

然后他跳下来，观众热烈地向他鼓掌。他微笑着向观众致意，接着退后贴着布景站好，他的每一个步子都显示出他腿部肌肉发达有力。

轮到中等个子表演了。他重复了高个子的动作，但不如高个子灵活。

高个子在观众热烈的掌声中又开始表演了。

杜洛瓦并不注意看表演，他不住地转过头，看站席上的观众和妓女们。

福莱斯特对他说道："你瞧！楼下座位上都是市民阶级和他们的老婆孩子，一个个都傻乎乎地来看热闹。楼厅里坐的都是一些街头艺人、演员和几个身份不明的姑娘。我们后面是巴黎最混杂的人。他们是些什么人呢?你仔细观察，各种职业、各个阶层的人都有，最多的还是

相关链接

4. 远远地、低低地，南安普敦这条两个烟囱向后倾斜，两个黄滚筒圆得像两个脸蛋子的船正全速赶上来。它载着那些乘客和张开的伞。它喧闹快速的轮桨，拍打着变成水沫后重新掉下来的水，使它有一种匆匆忙忙的神气，一种紧张的邮船的气派；船头直直地切开水面，激起了两片薄薄透明的波浪沿着船舷滑过。

那些无赖。观众里有银行职员、商店雇员、各部的文员、记者、皮条客、着便装的官员、卖唱的，他们有的刚在小歌厅里吃了晚饭，有的从歌剧院出来又进了意大利饭馆，还有那些说不清什么身份的人。至于女人们，都只有一种标志。陪美国人喝酒的女郎，花一两个金路易就可到手，她们首先窥探是否有外国人可让她们赚五个金路易，有了空当就向老顾客们示意。我认识这些女人已经十年了。每一年，她们除了去圣拉丸尔或者鲁尔西尼卫生站做检查之外，几乎每天晚上在同一个地方都看得到她们。”

杜洛瓦无心再听他说下去。有一个女人靠在他们的包厢边正盯着他瞧。这个女人胖胖的，棕褐色头发，肌肤白嫩，又粗又浓的眉毛下黑眼睛画得长长的，眼眶画得深深的。深色的丝织衣裙下胸部高耸，几乎要把衣裙绷破。她的嘴唇涂得血红，很刺眼，但又很诱人。

一个金黄色头发的胖女人走过来，棕褐色头发的那个朝她点点头大声说道：“瞧！来了一个漂亮小伙子，如果他付十路易给我的话，我不会拒绝的。”

福莱斯特转过头，他笑着拍了拍杜洛瓦的臀部说道：“她指的是你。你很有艳福呀，恭喜你。”

杜洛瓦涨红了脸，机械地用手指摸着背心口袋里的两枚金币。

帷幕降下了，乐队奏起了圆舞曲。

杜洛瓦说道：“我们到走廊里去走一圈好吗？”

“随你便。”

他们走出剧场，马上被卷入人群之中。他们被挤得东倒西歪，眼前似乎都是戴帽子的人群。姑娘们三三两两地在男人们跟前晃悠，她们在人群中轻而易举地穿来穿去。她们如鱼得水，自由自在地在男人的胳臂间、胸脯间、肩背间穿行。

杜洛瓦兴奋至极，任凭人群把他碰来撞去，他陶醉在这股混合着烟草味、人群味和劣质香水味的气息中。福莱斯特则满头大汗，气喘吁吁，咳嗽不止。

“我们到花园去吧。”他说道。

他们向左转身，进入一个室内花园。那里有两个蹩脚喷水池，稍微凉快一些。一些男人、女人坐在树下的锌制桌子边喝饮料。

“喝一杯啤酒怎么样？”福莱斯特问道。

“好。”

他们坐下来，看着来来往往的人们。

不时有一个女郎走到他们跟前，给他们一个媚笑，问道：“您请我喝酒吗，先生？”

福莱斯特答道：“给你喝一杯白水。”

女郎马上走开了，一边低声骂道：“去你的，笨蛋。”

刚才那个靠在他们包厢边上的棕褐色头发的胖女人，挽着金黄色头发的女人扭着腰又过来了。她们倒真是一对漂亮的宝贝。

她一看到杜洛瓦就朝他笑笑，他们好像老相识似的互相传递着暧昧的眼色。她找了一张椅子若无其事地坐到他对面，并且让她的女友也坐下。然后，她以清亮的声音吩咐道：“侍应生，两杯石榴汁！”

福莱斯特吃了一惊，说道：“你真好意思！”

她答道：“是你的好朋友引诱了我。他真是一个漂亮的小伙子。我相信他会让我发狂的。”

杜洛瓦一声不吭，不敢多言，只是发窘地微笑着捋他的翘胡子。

侍应生端来了石榴汁，两个女人一饮而尽，然后她们站了起来。棕褐色头发的胖女人友好地点点头，用扇子轻轻地拍了一下杜洛瓦，说道：“谢谢，我的小猫。你不太会说话。”

她们又扭着腰肢走了。

福莱斯特大笑：“瞧，老弟，你真的艳福不浅啊！这一点，你应该多加留心。它会让你走得很远。”他停顿了一下，然后若有所思地说道：“但也得靠她们才能很快地往上爬。”

杜洛瓦微笑着没有回答。

福莱斯特问道：“你还想呆在这里吗？我想回去了，我已经够了。”

杜洛瓦喃喃道：“我再呆一会儿。时候还早。”

福莱斯特站起来说道：“好吧，再见。明天见。没有忘记吧？封登街十七号，七点半。”

“一言为定，明天见。谢谢。”

他们握手道别。福莱斯特走了，杜洛瓦感到自在了，他又把手伸进口袋，快活地敲敲那两枚金币，然后站起来到人群中去转了一圈，一边用目光搜寻了一遍。

他看见那两个胖女人了。她们以自己特有的骄傲的求乞姿态在熙熙攘攘的男人中转悠。

他直接向她们走去，待走到她们跟前，又不敢过去。

他低声道：“老天！”再也说不出其他的话了。

他们三人面面相对地站着，使得别人都无法走动。周围起了一阵骚动。

她突然开口道：“你去我家吗？”

他欲火中烧，全身颤抖，猛然答道：“去！但是我口袋里只有一枚金路易。”

她不在意地微笑道：“没关系。”

她挽起他的胳臂表示成交了。

他们走了出去，他心里盘算着他还剩下一枚金路易，可以去租一套晚礼服明天晚上赴宴用。

相关链接

第二章

5. 这长堤像一张嘴，把它们一艘又一艘地吞了下去。那些渔船和轻桅的大帆船在天际滑过，由看不见的拖船拖着，有快有慢，从各个方位朝这个吞食船的妖魔驶过来；它有时像吃得过饱，于是朝大海吐出了一批大客轮、双桅横帆船、纵帆船、装着乱七八糟的树枝杈的三桅船。在大洋的平坦海面上那些行色匆匆的轮船左一条右一条地驶出去；而被拖来的汽艇甩下的那些大帆船静静呆着，虽然它们大桅楼的顶桅上挂的是白帆、褐帆，在落日下却映成了红的。

“我找福莱斯特先生。”

“四楼，左边那一家。”

看门人的口气很客气，似乎很敬重他的房客。于是，乔治·杜洛瓦上了楼。

他有点局促不安，不太自在。他还是有生以来第一次穿上礼服。他担心自己穿着不当。他觉得有点显拙。皮鞋没有上油，但是皮鞋的式样还是相当精致的，平时他特别留意自己的脚。他穿的衬衫是上午在卢浮商厦花了四法郎半买的，衬衫上的硬衬因为尺寸太短被绷断了。他平时穿的衬衫太寒酸了，一件都派不上用场。

他的长裤显不出他腿部的线条，宽大的裤管似乎把他的小腿裹起来，简直像是从旧货店里捡来的。只有燕尾服还比较合身。

他慢慢地登上楼梯。他心跳得厉害，很有点惶惶不安，担心自己不小心出丑。突然，他发现一个穿着很讲究的男子站在他面前正盯着他瞧。他们隔得那么近，杜洛瓦不由得往后退了一步。他定睛一看愣住了：那是他自己！这是放在楼梯拐弯处的一面大立镜，镜子里反映出整条走廊的全景。他高兴得全身颤抖了一下，他的形象比他自己想像的好多了。

他家里只有一面刮胡子用的小镜子，他无法好好看看自己的全身。由于他只看到自己打扮不当的地方，所以他特别担心自己显拙。

他在镜子里看到了自己的形象，简直认不出了，还以为是别人呢。一眼看去，他觉得镜子里的那个人风度翩翩，像个上流社会的男子。

他再仔细看看自己，看到这套礼服还是很合身的。

他像演员练习角色一样，对自己仔细端详了一番。他对镜子里的自己微笑、握手、招手，做各种各样表情：惊讶、高兴、赞许。他仔细琢磨该采取何种程度的微笑和何种眼波为妥，以便取悦夫人们，让她们明白有人欣赏她们，想得到她们的欢心。

楼梯边有一扇门打开了。他怕被人撞见，赶快上楼去，他尤其担心被福莱斯特的某个客人撞见他在镜子前故作姿态的样子。

他上到三楼，发现拐弯处也有一面大镜子。他放慢脚步，看着镜子里的自己走过来，觉得的确打扮得很得当。他的步子立即踏实多了，心中充满了自信。他相信凭他的外表、他的不达目的决不罢休的愿望和决心、他的独立思考，他一定会成功的。他三步并作两步，又跑又跳登上了最后一层楼。他在第三面镜子前站定下来，用一个习惯的动作卷一下他的翘胡子，脱下帽子整理一下他的发型，像往常一样低声自言自语："又是一次很不错的机会。"

然后，他伸出手按了门铃。

门马上开了。一个穿黑色燕尾服、胡子刮得干干净净、神情严肃的仆人出现在他的眼前。这个仆人的衣着如此讲究，使得杜洛瓦又莫名其妙地心慌意乱起来。也许因为在衣着上与这个仆人之间一种下意识的对比，使他有一种相形见绌之感。这个仆人脚上穿的皮鞋擦得铮亮。他接过杜洛瓦为了掩盖污渍而挂在手臂上的大衣问道："您是哪一位？"

他朝着客厅报了来客的姓名。

杜洛瓦突然感到一阵心跳，不知所措起来。但他将迈出实现长久梦想的第一步，他不得不走进客厅。一位年轻的金发夫人独自站着迎接了他。客厅里灯火通明，放满了许多花木盆景，他好像走进了一间暖房。

他手足无措地愣在那里。这位笑容可掬的夫人是谁呢？他想起福莱斯特已经结婚了，这位雍容华贵的漂亮夫人一定是他的妻子。他终于不再惊慌了。

他喃喃道："夫人，我是……"

她向他伸出了手，说道："我知道，先生，查理告诉我他昨天遇见了您。他请您今天和我们共进晚餐，我非常高兴。"

他的脸一直红到耳朵根，不知说什么好。他感到自己被别人从头到脚审视了一遍，掂量了一番。

他想杜撰一些理由为自己的衣着作些解释聊表歉意，但是他不知说什么好，他不敢触及这个棘手的话题。

他一坐到她指给他的椅子上，就感到椅子上的天鹅绒又柔软又富有弹性，椅子靠背也很牢固，使他感到有一种支撑，他觉得自己进入了一种温馨可爱的新生活。他有一种美妙的感觉，他变成了一个有身份的人，他得救了。他看看福莱斯特夫人，她正目不转睛地看着他。

她穿一件浅蓝色的开司米衣裙，裁剪得非常合身，线条清晰，显示出她柔美的身材和坚实的胸脯。

裙子的领子和短袖都镶了白色的花边，她的脖子和手臂裸露在外，她的头发高高耸起，挂到脖子上的几绺头发微微卷曲，像一层金色的云雾绕在脖子边。

杜洛瓦坦然地承受了她的目光。他不知为什么想起了前一天晚上在"疯狂的牧羊人"剧院见到的那个女郎。她有着一双奇特的蓝灰色眼睛，细巧的鼻子，厚实的嘴唇，多肉的下巴，诱人又不甚明朗的脸庞。她表情非常客气，又令人捉摸不透。有的女人的脸上每一丝线条都透出一种特殊的眷顾，好像都有一种含意，每一丝表情都似乎表明或掩藏着某种东西。

他们相对无言了一小会儿，她开口问道："您到巴黎很久了吗？"

他渐渐镇静下来，说道："我刚到几个月，夫人。我在铁路上任职，福莱斯特说他能帮我进入新闻界。"

她不加掩饰地笑笑，放低声音道："我知道。"

相关链接

门铃又响了。仆人报告道："德·玛雷尔夫人到。"

这是一位棕黑色头发的小个子夫人。

她风风火火地走进客厅。她从头到脚都像是画出来的，或者是模子里铸出来的。她穿着一件简朴的深色衣裙。她没有戴首饰，只在她的黑色头发上插了一朵红玫瑰。红玫瑰特别显眼夺目，标明她与众不同的表情和性格。她身边跟了一个穿短裙的小姑娘。

福莱斯特夫人迎上去道："你好，克罗蒂特。"

"你好，玛德兰娜。"

她们互相拥抱。女孩子以一种对大人的信任把前额伸过去，说道："你好，姨妈。"

福莱斯特夫人吻了她，然后向她们介绍道："乔治·杜洛瓦先生，查理的一个老朋友。"

"玛雷尔夫人，我的好朋友，也和我有一点亲戚关系。"

她又说道："您知道，我们这里都不讲究礼节，不讲客套，也不要拘束，您说好吗？"

年轻人鞠躬致意。

门又打开了，一个矮胖的先生挽着一个漂亮高大的女人走了进来。那个女人比那先生年轻得多，气派超俗，风度不凡。那先生是银行家瓦尔特，是个金融家兼生意人，南方犹太人，《法兰西生活报》的老板。他妻子出生在巴西尔·拉瓦罗，是当地一位银行家的女儿。

客人们一个接一个地来了。神气的雅克·里瓦尔，长发披肩的诺倍尔·德·瓦伦尼，他的燕尾服的领子被他的长发摩擦得有点发亮了，还沾着点点白色的头皮屑，他的领结歪歪扭扭的，好像已经用过不止一次了。他以老相识的姿态捧起福莱斯特夫人的手，吻了一下她的手腕。他低下头时，他的长发像瀑布似的散落在年轻夫人裸露的手臂上。

福莱斯特也回来了。他连声道歉自己迟了。他因为摩雷尔的事情在报社耽搁了。摩雷尔是激进派议员，他刚刚就阿尔及利亚殖民贷款的问题向财政部提出质询。

仆人高声报告道："开饭了。"

大家进入餐厅。

杜洛瓦坐在德·玛雷尔夫人和她的女儿中间。他又不自在起来。他的眼前放了刀、叉、勺子和四个玻璃杯，其中有一只浅蓝色的杯子，他不知道如何使用这些餐具才好，害怕出错闹笑话。该用这只浅蓝色杯子喝什么饮料呢？

喝浓汤时，大家都不说话。诺倍尔·德·瓦伦尼问道："你们读了有关戈第埃案的报道了吗？真有意思！"

大家谈论起这件复杂的通奸敲诈案。他们并不像聊家常似的谈论报纸上登载的事件，而像医生会诊病人或菜农们谈论蔬菜种植似的讨论时事问题。他们平静地谈论时事，并不慷慨激昂，也不大惊小怪。他们以一种职业性的好奇和一种对罪行的绝对的冷漠来探讨事件的前因后果。他们竭力冷静地剖析行为动机，确定悲剧发生前的一切思维现象，科学地分析特定的思想状态和发展的结果。妇女们对这种探讨也兴趣盎然。他们还谈论了最近发生的其他事件，从各个角度来看这些事件。他们像商人们翻来覆去掂量要摆上货架的商品一样，以很实

6. 他觉得不舒服，心里沉重，不快活，像人们接到了什么令人生气的消息时那样。没有任何明确的想头使他苦恼，首先他就说不出是什么使他心头沉重和身体感觉迟钝。他有什么地方难受但说不出是哪里；像是在身上有个小痛点，有个几乎感觉不到的小伤疤，虽找不到它在哪里，可是使他烦恼、疲乏、忧郁、生气；这是一种轻微的说不明白的难受，有某种伤心种子似的东西。

际的眼光来掂量各条消息的价值。

然后，他们谈到一条决斗的消息。这是雅克·里瓦尔的范围，他介绍了情况，其他人就不多言了。

杜洛瓦不敢轻易开口说一句话。他看看他的邻座，她圆圆的脖颈真使他动心。她的金项链上挂着一颗晶莹的钻石，像一滴水珠似的在白嫩的肌肤上滚动。

她不时地发出叹息，嘴角边露出一丝会心的笑意。她头脑灵活，很会讨好别人。她是个有经验的女人，满不在乎地听人们谈论事情，并不轻信，而是带有一种轻微善意的怀疑听别人高谈阔论。

杜洛瓦想恭维她几句，又找不到合适的词语。他转而向她的女儿献殷勤。他给姑娘斟酒，替她端盘子，给她夹菜。姑娘比她母亲还严肃，她声音低沉地道谢，稍稍点点头说道："您真客气，先生。"

她若有所思地听大人们谈话。

晚餐很丰盛，每个人都吃得酒醉饭饱。瓦尔特先生几乎一言不发，只顾狼吞虎咽地吃，一边还从眼镜下面斜乜着刚端上来的菜肴。诺倍尔·德·瓦伦尼挺胸昂头，正襟危坐，有时调料汁掉到了他衬衫的前襟上。

福莱斯特微含笑容，一本正经地注意着饭桌上的一切，不时和他妻子会心地交换一下目光，好像他们共同在完成一件困难而繁重但又进展如意的事情。

客人们喝得满脸通红，声音粗哑。仆人不时地进来斟酒，在客人们耳边低声道："拉罗兹堡酿的酒，加一点吗？"

杜洛瓦觉得这酒很合他的口味，每次他都让仆人把他的酒杯斟满。一杯酒下肚，他有一种惬意的快感，一股暖流从肚里升到头上，跑到四肢，又渗透到全身。他感到全身上下非常舒服，身心愉悦舒畅。

他想说几句话来引起别人的注意，像在座的客人们一样高谈阔论，让别人洗耳恭听。但是客人们谈论得很热烈，根本插不上嘴。他们从一个话题转到另一个话题，微不足道的一句话也可以引发一番议论，联想到上千个其他的问题，然后，又回到摩雷尔先生在阿尔及利亚殖民化的问题上引人注目的质询。

瓦尔特先生在上酒的间隙说了几句笑话。他不轻信于人。福莱斯特先生介绍了他将于明天见报的文章。雅克·里瓦尔呼吁建立一个军人政府，让在殖民地服役三十年的所有军官都有一块租界地。他说道："在殖民地长期服役的军官熟悉和热爱所在的国家，掌握他们的语言，了解新来的人在当地遭遇到的千百种严重问题。把租界地分给他们可以建立一个强有力的社会。"

诺倍尔和瓦伦尼打断他道："是的……他们了解当地情况，但是他们不懂农业。他们会讲阿拉伯语，但是他们不会种甜菜和小麦。他们的剑术很高明，但是他们不懂得施肥。应该尽可能地向所有人开放这新国家，让聪明能干的人在那里占据一席之地，其他人都让位，优胜劣

相关链接

汰,这是社会发展的法则。”

大家笑而不语。

乔治·杜洛瓦开口说话了。他被自己的声音吓了一跳,好像他从来没有听到过自己讲话似的。他说道:“那里缺少的是肥沃的土地,那里一块肥沃的土地和法国的价钱不相上下,只有非常有钱的巴黎人才在那里投资买地。到那里谋生的穷人们只能去开荒。那里的雨水稀少,寸草不生。”

大家都看着他。他感到自己脸在发烧。

瓦尔特先生问道:“您这位先生熟悉阿尔及利亚吗?”

他答道:“是的,先生。我在那里呆了二十八个月,在三个省份呆过。”

诺倍尔突然想起他从一个军官那里听来的有关姆扎巴的某一个风俗细节,他把摩雷尔的质询忘在脑后,向杜洛瓦提了不少问题,姆扎巴是灼热的撒哈拉沙漠中央的一块绿洲,这是一个奇异的小小的阿拉伯共和国。杜洛瓦去过两次姆扎巴。他向大家介绍了这个奇异的小国家的风俗,那里一滴水比黄金还贵,每个居民都要为公众服务,他们做生意比文明国家的人们更讲规矩。

他滔滔不绝地讲了许多,一方面因为喝了酒,另一方面他也想讨好大家。他讲了许多团队里的趣闻逸事,阿拉伯人的生活特性和惊险的打仗故事。他搜寻到各种表示色彩的词汇来描绘这块赤日炎炎下的光秃秃的黄土地。

所有的女人都目不转睛地盯着。瓦尔特夫人喃喃低语道:“您可以把这些回忆写成一系列文章发表。”

于是,瓦尔特抬起眼睛,从眼镜片上方仔细审视了一下年轻人。他总是这样仔细地看别人的脸,而当他看眼前的菜肴时是朝眼镜片下方看的。

福莱斯特抓住时机说道:“我亲爱的老板,我经常向您谈到过乔治·杜洛瓦先生,请您让他当我的政治新闻部的助手。自从马朗勃走后,我身边没有人去跑时间性很强、又很隐秘的这方面的新闻了。我们的报纸非常需要这样的人。”

瓦尔特先生神情顿时严肃起来。他抬起眼镜,仔细端详杜洛瓦一会儿,然后,他说道:“看来杜洛瓦先生很有点头脑。如果他愿意和我谈谈,明天下午三点,我们来安排一下。”

他停顿了一下,又转向年轻人说道:“您马上给我们写一系列有关阿尔及利亚的报道。可以谈谈您在那里的见闻,要结合我们刚才谈的殖民化问题写,这是当前的热门话题,完全最新的热门话题,我们许多读者一定会很感兴趣的。您要抓紧写,我明后天就要第一篇文章。在议会讨论这个问题的时候,我们就把文章及时刊登出去,这会形成轰动效应的。”

瓦尔特夫人以她惯有的一本正经的姿态表示赞同道:“文章标题为《一个非洲猎人的见闻》,怎么样?诺倍尔先生?”

诺倍尔先生是一位晚年才出名的老诗人,他总是对新来的客人没有好感,多疑多虑。他干巴巴地答道:“很好,但是文章必须对题,这是很难的。音符要准,这就是音乐上所谓的音

7. 在他的右边,在圣·阿德来斯上面,埃夫岬的两个电气灯塔像一对孪生的独眼巨人,朝着海里射出它们又长又有劲的目光。从两个相邻的策源地射下来的这两条平行光,像两颗慧星,拖着大尾巴从海岬的顶上沿着一条长坡照下来,直照到天边深处。

调。”

福莱斯特夫人微笑着以庇护的目光看着杜洛瓦，她的目光中表示她了解他。她似乎在说：“你会成功的。”

玛雷尔夫人好几次向他转过头去，她耳垂上挂着的钻石不停地摇晃，好像两滴水珠挂在半空马上要掉下来似的。

那小姑娘老老实实地坐着不敢多动，她低着的头都快埋到盘子里了。

仆人绕餐桌一圈，给客人们的蓝色玻璃杯斟上若尼斯城堡酿的酒。福莱斯特举杯向瓦尔特先生敬酒：“为《法兰西生活报》的繁荣昌盛干杯！”

所有的人都向笑吟吟的老板鞠躬致意。杜洛瓦为这次成功高兴至极。他把酒一干而尽。他似乎可以喝干一大桶酒，吃下一头牛，扼死一头狮子。他觉得四肢有超人的力气，可以无所不为。他心里充满了无限的希望。现在和这些客人们处在一起，他不感到拘束了。刚才他挣得了自己的位子，自己的地位。他重新以一种自信的目光直视各位客人的脸，敢于开口和他邻座的夫人说话了：“夫人，您的耳环真别致，我从未见过这样举世无双的耳环。”

她向他转过头去微笑道：“这是我自己的主意，把钻石单挂在线端，不是很像两颗露珠吗？”

他为自己的大胆而惶惶然。他喃喃低语，生怕说漏了嘴：“这副耳环真可爱……但是您的耳朵本身也很美。”

她用目光向他示意致谢。这种女人眼睛明亮，似乎一眼就能看穿他的心思。

他转过头时，他的目光和福莱斯特夫人的目光相遇。福莱斯特夫人始终很客气，但是他相信自己在她的目光中看到了一种更快活更狡黠的意味，在她的目光中看到了一种鼓励。

男人们争先恐后，指手画脚，放声谈笑。他们正在谈论修造地铁的伟大计划。这个话题一直谈到吃完最后一道点心。每个人对于巴黎缓慢的交通都有发不完的牢骚：无轨电车的种种不便，公交车辆的种种麻烦和马车夫的粗俗无礼，一言难尽呀。

然后，大家都离开餐厅到客厅去喝咖啡。杜洛瓦开玩笑似的把手臂伸给他的邻座小姑娘。她一本正经地向他道了谢，踮起脚尖才把手搭上了她这位邻座的胳臂肘。

他走进客厅，重新又有一种进入温室花房的感觉。

客厅四角摆着神气非凡、枝叶宽大的棕榈树。高大的棕榈树几乎碰到了天花板，它的枝叶像喷水似的向四面张开。壁炉两旁放着几棵圆柱似的橡胶树，层层叠叠的枝叶呈现着暗绿色。钢琴上放着两盆不知名的、圆圆的小花丛，一盆玫瑰红，一盆纯白。这两盆花太美了，真像是人工做的。客厅里空气清新，有一股淡淡的柔和的叫不出名的香水味。

杜洛瓦定一下神，仔细地看看这间房子。它并不大，除了那两盆花，其他并不特别引人注目，色彩并不鲜艳，但令人赏心悦目，感到一种轻松自在、亲切温馨的气氛。

墙上贴了一种旧式的、缀有黄色小绢花的紫罗兰色墙布。门上挂着蓝灰色军用呢制作的门帘，门帘上用红色丝线绣了几个孔眼。座椅的款式大小不一，随意地放置各处，有长椅、大

相关链接

8. 他黑色的礼服被酸和蜜汁弄上了许多虎皮条纹，对他的矮小身材显得太大，样子像件旧袍子。这人说起话来带着浓重的波兰口音，使他细弱的声音有些童腔童调，“斯”的音发不准，还带着刚学发音的小人儿调子。

靠椅、小靠椅、圆凳、长凳，这些椅子和凳子上都罩有路易十六时代的丝绸套或缀有图案的石榴红天鹅绒套。

“您喝咖啡吗，杜洛瓦先生？”福莱斯特夫人递给他满满一杯咖啡，她始终带着那种客气的微笑。

“好，夫人，谢谢。”

他接过杯子，诚惶诚恐地用银镊子从小姑娘端着的糖缸里夹出一块糖来。年轻的夫人压低声音对他说：“您去恭维恭维瓦尔特夫人。”

她不等他答话就走开了。

他小心翼翼喝完那杯咖啡，生怕不慎把咖啡泼到地毯上，然后定一定神，寻找和他的新老板的夫人谈话的借口。

突然，他发现她手中的杯子空了。由于离桌子比较远，她不知道该把杯子放到何处。他马上奔了过去。

“夫人，请把杯子给我吧。”

“谢谢，先生。”

他接过杯子，把它放到桌子上，然后回到瓦尔特夫人身边。他说道：“您知道，夫人，我在沙漠时，《法兰西生活报》伴我度过了多少好时光。这是在法国以外惟一值得读的报纸，它比其他报纸文学性强，而且更有思想又不感到单调。这张报纸里什么都有。”

她又亲切又无所谓地微微笑了笑，认真地说道：“瓦尔特先生创办这张符合新时尚的报纸花了不少心血。”

他们开始交谈起来。他滔滔不绝地说些甜言蜜语。他目光灼人，尤其他的胡子有着一种难以抵御的诱惑力。他嘴唇上那两撇金黄色胡子带点红棕色，胡子尖上却又带点灰白色，说话时嘴唇一开一合。瓦尔特夫人被这两撇不住地抖动着的漂亮的翘胡子撩拨得心慌意乱。

他们谈起巴黎及其郊外，塞纳河两岸，河滨及海滨的城市，暑假的娱乐活动。他们的谈话涉及到日常生活的各个方面。这种话题的内容无穷无尽又不费脑筋。

后来，诺倍尔·德·瓦伦尼先生手里拿了一杯酒走过来了，杜洛瓦也就知趣地借故走开。

刚和福莱斯特聊了几句的玛雷尔夫人叫住了杜洛瓦：“哎，先生，您真愿意当记者？”

于是，他先泛泛地向她谈起他的计划，然后重又像刚才敷衍瓦尔特夫人一样和她聊了起来。由于比较熟悉自己的话题，他表现出略胜她一筹。他重复说着他刚才听来的消息，就好像消息就来源于他似的。他说话时眼睛盯着他面前的女人，好像要表明他说的话是非常要紧的。

她也讲些趣闻逸事给他听。她说话自如。这种女人很有点头脑，但又佯装不知的样子。他们交谈得熟了，她就把手搭在他的手臂上，压低声音告诉他一些微不足道的小事情，表现出一种亲热的样子。他内心欣喜自己赢得了这位年轻夫人的青睐。他简直想马上为她贡献出一切，守护她，表明他的价值。他沉浸在自己的思索之中，没有马上回答她的话。

突然，玛雷尔夫人莫明其妙地叫道："罗丽娜！"

小姑娘应声而到。

"你坐到这边来，孩子，你坐在窗边会着凉的。"

杜洛瓦情不自禁地想吻一下小姑娘，好像这个吻会传到她母亲身上似的。

他讨好地用父亲般的口吻问道：

"您愿意让我吻您一下吗，小姐？"

女孩惊讶地抬起头看看他。玛雷尔夫人笑着说道："你说今天我愿意，先生，但是下不为例。"

杜洛瓦马上坐下来，把罗丽娜抱到膝盖上，然后用嘴唇碰了一下她额前的卷曲的柔发。

那位母亲惊讶地说道："瞧！她并不避开，真不可思议。平时，她只让女人们吻她。您有不可抵御的力量，先生。"

他涨红了脸，没有回答，只是轻轻地摇晃了一下坐在他腿上的小姑娘。

福莱斯特夫人走了过来，惊讶地叫道："瞧！罗丽娜那么听话，真是奇迹！"

雅克·里瓦尔叼着一支香烟走了过来。杜洛瓦站起身准备告辞，他怕不留心说错某句话而前功尽弃。

他先一一向妇女们行礼，轻轻地握握她们的纤手。然后，他向男人们告辞，和他们握手告别时，用力地摇摇他们的手。他注意到雅克·里瓦尔的手上比较干而热，他友好地握紧了这双手摇晃了一下。诺倍尔·德·瓦伦尼的手比较潮而冷，他用手指碰了一下这双手就缩回去了。瓦尔特先生的手又冷又软而无力，毫无任何表示。福莱斯特的手，胖乎乎的，暖暖的。他的朋友低声对他说："明天下午三点，别忘了。"

"放心，不会忘的。"

他一走到楼梯口，真想三步并作两步往下跑。他高兴极了。他两级两级地跳着下楼。突然，他在三楼拐角的大镜子里看到一个先生急匆匆地朝他奔来，他马上停了下来，好像刚刚被人抓了岔似的难为情地停了下来。

他自己端详了好长时间。他看到自己的确是一个漂亮的小伙子，非常高兴。然后，他朝镜中人讨好地笑了笑，并向"他"告辞，好像面对大人物似的向镜中的自己深深地鞠了一躬。

第　三　章

杜洛瓦走到街上，他犹豫不决，不知该干什么好。他想奔跑，想憧憬。他毫无目的地一直

相关链接

9. 他们升起了前桅帆，起锚；自由了的船开始在港内平静的水面上缓缓航向防波堤。从大街上下来的微风吹到帆顶上，轻微得让人一点都感觉不到。珍珠号像是靠自己的生命力，靠船的生命力变活跃了，被隐藏在它里面的一种神秘的力量推动了。

向前走，边憧憬未来，边呼吸夜晚暖和的空气。但是，他牵挂着瓦尔特先生要求他写的一系列文章，决定马上回去动笔。

他大步走出这条大街，一直走到他住的布索尔街。他住的那幢房子有七层，住了二十户工人或小市民。他上楼擦了几根火柴照明。楼梯很脏，到处扔有纸团、烟蒂、菜皮。他感到恶心，真想赶快搬离这个地方，像有钱人一样住进干净的铺有地毯的屋子。一股浓重的油腻味、粪便味、人汗味冲鼻而来。由于不通风，屋子里还弥漫着一股旧墙壁发出的霉味，把他团团围住。

年轻人的屋子在六层楼。杜洛瓦打开窗子，窗下真好像一个深渊。他倚在生锈的窗槛往下看，看到一段西部铁路延伸出去，他的窗下正好就是巴蒂纽车站附近铁路隧道口。

他窗下的隧道里有三盏固定不变的红色信号灯，好像野兽圆瞪着的眼睛，更远处还有几盏，再远处还有几盏。夜里从阿斯尼埃传来长短不一的汽笛声，有时汽笛很近，有时隐隐约约勉强听见。它们都有各自不同的鸣叫方式。这时，汽笛声越来越近，发出一种令人怜悯的呼叫，声音一秒比一秒响，不久，一大圈黄色的灯光轰隆隆地奔驰而来，杜洛瓦目送着一节节车厢钻入了隧道之中。

然后，他对自己说："好了，动手干吧！"他把灯放到桌子上，正要动笔写时，发现手头只有一本信笺。

算了，就用它吧。他打开信笺本，把笔蘸满墨水，在信纸上首用他最漂亮的字体写了一个标题：《一个非洲猎人的见闻》。然后，他思索着如何写开头第一句话。

他手撑着额头，目光落在眼前这张白色方纸上。

他该说些什么呢？他记不起刚才在餐桌上说的话了，一点点都记不起来了。他突然一闪念："我就从法国出发去非洲写起。"他写道："一八七四年，大约五月十五日左右，法兰西经过了艰难的年月，已经筋疲力竭，需要休整……"

写到此，他停下了，不知如何接着写他上船、航行以及他最初激动的心情。

他思索了十分钟，决定把开头这一部分放到第二天再写，先把阿尔及尔描述一下。

他写道："阿尔及尔是一座白色的城市……"

他再也想不出其他的词语了。他脑子里重又浮现出美丽的色彩清淡的城市，低矮的平房像瀑布似的从高山顶直流到海边，但是他找不出恰当的词语来表达他所看到的、感受到的一切。

他努力了一番以后，又写了一句："这个城市的一部分是由阿拉伯人居住着……"然后，他把笔扔在桌上起身离开了。

他躺在小铁床上，整个身子陷了下去。他平时穿的衣服随便扔在那里，皱巴巴的，正像热带丛林里的有气无力的野兽。一张秸秆编的椅子上放着他惟一的丝帽子，帽子张开着好像在乞讨什么。

他屋子的四壁糊了一层有蓝色花束图案的灰墙纸，墙纸上的污渍和蓝花一样多。这些斑斑陈迹已经看不清是什么污渍了，有家禽的血渍 ，也有油渍，也有手指印，或者肥皂水渍，这是典型的巴黎贫民窟的贫困景象。他要摆脱这种贫困生活。他突然一跃而起。他必须立即走出贫困，明天就结束这种穷困潦倒的状况。

他一下子热情高涨起来。他坐到桌子边，重又寻词造句来描述奇异美妙的阿尔及尔。阿尔及尔是神秘莫测的非洲的前厅。他介绍世代居住在非洲、到处闲逛的阿拉伯人，令人陌生的黑人。非洲是块未开垦的处女地，令人垂涎。非洲有着我们只是在公园里才能见到的珍禽异兽，那里有鸵鸟、野鸡、瞪羚、山羊、高高的长颈鹿、庞大的河马、四不像的犀牛，还有难看至极的人类的兄弟大猩猩。

他隐隐约约地感到自己的思路已经打开。他可以口述出来，但是无法用文字确切地表达出来。他为自己的无能而恼火。他又站了起来，急得双手出汗，血液冲到脑门上。

他的目光落到一张看门人晚上送来的洗衣服单子上，他突然一下子感到灰心丧气，无以自拔。他的愉快的心情、他的自信、他对前途的信心，一下子消失得无影无踪。完了，一切都完了，他将一事无成，他心里空荡荡的，觉得自己什么事都干不成，一蹶不振。

他走到窗前，趴在窗槛上，正好有一列火车从隧道口驶出，猛然发出一声笛鸣。它朝前驶去，穿过田野平原，驶向海边。

杜洛瓦突然想起了自己的父母。这趟列车马上就要经过他们那里，铁路离他们的房子只有几法里路。

他眼前浮现出父母这幢小屋，它坐落在冈特勒村口，就在海岸边，居高临下俯视着鲁昂和塞纳河谷。

他父母在郊外开一家名叫"好风光"的餐馆，附近城镇的居民们星期天常来他们餐馆吃午餐。他的父母把儿子送进中学，希望培养他成为一个上等人。但他学习结束时却没有通过会考。他离开家乡去服役，想当上校、将军。但是五年服役期未满，他已经厌倦了军队生活，梦想着到巴黎去发大财。

他服役期满后，父母希望他留在他们身边，但是他不顾他们的恳求，来到了巴黎。他希望在巴黎能混出名堂来，他从一些错综复杂的事情夹缝中看到自己可以找到一条出路。

他在军队里混得不错，轻而易举地赚了一些钱财。他在上层圈子里也有一些艳遇，他使得一位征税官的女儿对他着了迷，愿意放弃一切跟他私奔；而一位诉讼代理人的妻子因为被他抛弃而失望至极，几乎要投水自杀。

他的伙伴谈论起他时总说："这是一个机灵鬼，一个狡猾的、无所不能的人。"他也认为自己很机灵、狡猾、无所不能。

诺曼底人的意识加上军营生活的经历，让他在非洲混了一段日子，看到了许多偷鸡摸狗、尔虞我诈的勾当。作为军人，一贯崇尚的热爱祖国、建功立业的荣誉感，以及从下级军官那里听来的许多形形色色的故事，再加上军人的虚荣心，使得他的脑子成了一个三层盒子，里面什么样的想法都有。不过，渴望成功是压倒一切的愿望。

相关链接

10. 然而，在梦魂不安的睡眠里，医生只是全身麻痹地躺了一两个小时。当他在关了门窗的温暖房间里，从黑洞洞中醒来时，还没开始思索，就又感受到痛苦的压抑；这是入睡时的痛苦状态给我们留下的精神上的不适。仿佛昨夜打击我们的不幸趁我们休息的时候钻进了我们的体肤，好像经历了一场寒热似的又痛又疲劳。猛然间，想过的事又回到了他脑海里，于是他在床上坐起来。

他像每天晚上一样，又不知不觉地想入非非。他想像自己经历了一场激动人心的爱情冒险，一下子实现了自己的梦寐以求的愿望。他在街上邂逅了某位银行家或某位贵族的女儿，她看了他一眼就被征服了，他成功地娶她为妻。

一辆火车发出一声刺耳的笛鸣，把他从梦中惊醒。火车像一只野兔窜出洞口似的单独从隧道里驶了出来，它一边喷着蒸汽，一边在铁轨上奔驰，朝着停车处驶去。

他怀着不明所以的希望和欣喜，毫无目的地朝着夜空抛出一个飞吻，这是一个抛向虚无飘渺的情人的飞吻，一个抛向梦想中的财富的飞吻。然后，他关上窗子，边脱衣服边喃喃自语道："行了，我明天早上头脑会清醒一些，今天晚上没精神了。我可能喝多了一点。这种状况下是做不好事情的。"

他躺到床上，熄了灯，差不多马上就睡着了。

他像有心事的人一样，很早就醒了。他跳下床，打开窗子，深深吸一口早晨的新鲜空气。

铁路对面罗马街上的屋子反射出早晨的太阳光，好像涂了一层发光的白漆。右边，更远处，地平线上飘浮着一层半透明的薄雾，阿让特依小丘、萨诺瓦山峰和奥尔热蒙磨坊依稀可见。

杜洛瓦遥望了好一会这片乡村景色，自言自语道："那边的天气一定很好。"然后，他想他该去上班了。马上，他又改变了主意，给了看门人的儿子十个苏，让他去办公室替他请病假。

他坐到桌子边，把钢笔浸入墨水瓶内。他用手撑着脑袋冥思苦想，但是搜尽枯肠仍写不出一个字来。

他并不泄气。他想："我还没有习惯。这种职业和其他职业一样，需要学习。开始阶段必须让别人帮帮我，我去找福莱斯特。他只需十分钟就能帮我开好头。"

他穿上了衣服。

他走到街上，又觉得现在去找他朋友还太早，他朋友一定睡得很迟。于是，他在林荫道上慢慢悠悠地走着。

他走到蒙梭公园才九点。公园里散发出清新湿润的气息。他找了一张凳子坐下打个盹。一个穿着讲究的年轻人在他跟前走过来又走过去，毫无疑问，他在等一个女人。

那位女人急匆匆地来了，她戴着面纱。他们握了一下手，她就挎上年轻人的胳膊和他一起走了。

杜洛瓦心里升腾起一种爱情的饥渴，他也需要一种充满芳香、体面温馨、妙不可言的爱情。他站了起来，边走边想着福莱斯特，他才是个走运的人。

他走到福莱斯特家门口，他那位朋友正要出门。

"你这么早就来我家，有什么事吗？"

杜洛瓦有点不知所措，他喃喃道："这个……这个……我的文章写不出来，就是瓦尔特先生要我写的关于非洲的文章。这并不奇怪，因为我从来没有写过文章。这也需要实践。我相信我会很快适应的，但是万事开头难，我不知道该怎么办才好。我有许多想法，但是我表达不出我的想法。”他犹犹豫豫不再说下去了。

福莱斯特狡黠地笑笑:“我了解你这种状况。”

杜洛瓦又说道:“这种情况,开头谁都会碰上的。我来这里是……是想请你帮我一个……你只要花十分钟就可以帮我的忙,你告诉我该用哪些修辞手法,请你给我上一堂修辞课,只有你能帮我摆脱困境。”

那一位始终高兴地微笑着。他拍拍老伙计的肩膀,说道:“你去找我的太太,她会像我一样帮你解决问题。我曾经训练过她来做这种事情。我今天上午没有时间,否则,我是很愿意帮助你的。”

杜洛瓦突然有点胆怯起来,他犹豫着,不敢冒昧前去找福莱斯特夫人。他问道:“这么早,我去求见她不太方便吧?……”

“不,现在正是时候,她已经起来了。她正在我的书房里帮我整理笔记。”

杜洛瓦拒绝上楼去。他说:“不……这不行……”

福莱斯特抓住他的双肩,让他转过身去,把他推上了楼梯。他说道:“大傻瓜。我叫你去,你就去。你该不会硬要我再登上三层楼去为你作解释吧?”

杜洛瓦终于下定了决心。他说:“谢谢,我去。我对她说是你硬要我去找她的。”

“行,你放心吧,她不会吃了你的。只是别忘了,你至多呆三个小时。”

“啊,放心吧。”

福莱斯特匆匆走了。杜洛瓦慢慢地,一级一级登上楼梯,一边寻思着该说些什么话。他担心会受到不友好的接待。

仆人给他开了门。仆人身上围着一条蓝色围裙,手里拿着一把扫帚,不等他问话就说道:“先生出去了。”

杜洛瓦一字一顿地说道:“请你问一下福莱斯特夫人,她是否愿意见我。你告诉她,我在街上碰到了她的先生,是他让我来见她的。”

杜洛瓦在门外等候回话。仆人进去通报后出来开了右边的门。他说道:“夫人正等着您,先生。”

她坐在书房里等他。书房不大,四周墙壁都是满满的黑色木制书架。书架上的书装帧漂亮,有红色的、黄色的、绿色的、紫色的、蓝色的,真是多种多样,目不暇接。

她笑嘻嘻地转过身来。她穿一件白色带花边的睡袍。她向他伸手,宽大的袖子里露出了她的裸臂。

“这么快?”她顿了一下,又说道,“我不是责怪你,只是问问而已。”

他喃喃道:“啊!夫人,我不想上来,但是我在下面碰上了您先生,他硬要我上来。我不知道怎么就上来了。”

她指指一张椅子:“您坐下再说吧。”

她两个手指夹着一支鹅毛笔转着玩。她面前摊着一大张已经写了一半的稿纸,年轻人进

相关链接

来时她停下了笔。

她坐在这张写字台边，就好像在她的客厅里忙她的日常家务一样自在。从她的睡袍里散发出一股刚梳洗过的清淡香味。杜洛瓦竭力猜想着睡袍下的躯体，他相信自己已经看到了她那由柔软的衣料包裹着的年轻、滋润、肥腴、温暖的躯体。

她见他不做声，又说道："说吧，有什么事？"

他犹犹豫豫地说道："是这么回事……说真的……我不敢……我昨天一直写到很晚……今天一清早……为了写那篇瓦尔特要求我写的关于非洲的文章……我写不好……我把我写的东西都撕了……我还不习惯这样的工作，我来求福莱斯特帮忙……就一次……"

她开心地笑着打断了他，她笑得那么高兴。她问道："他叫您来找我？……真客气……"

"是的，夫人。他说您比他更能帮我的忙……但是，我不敢，我不愿意打扰您，您明白我的意思吗？"

她站起来说道："这样合作是很有意思的。我对您的想法很感兴趣。来吧，请坐到我的位子上来，我说你写，因为报社里认得我的笔迹。我们一起来写这篇文章，这篇文章肯定会成功的。"

他坐了下来，摊开一张稿纸，拿起一支笔等着。

福莱斯特夫人站着，看他做好一切准备，然后在壁炉上取了一支香烟，点上火。她解释道："我工作时没有香烟不行。来吧，您要讲些什么？"

他不解地朝她抬起了头："我不知道呀，我来找您就是请您帮这个忙。"

她说道："好吧，我来安排，我来调味，但是我需要做菜肴的原料呀。"

他愣了一会儿，犹豫地说道："我从头开始讲我的旅行经历吧。"

她在他对面坐了下来，和他隔着这张大写字台。她眼睛盯着他说道："那么您先单独给我讲讲您的旅行经历吧，慢慢地讲，不要有遗漏，我来选择有用的素材。"

他不知从何说起。她像神父盘问一个忏悔者一样地盘问他，向他提一些确切的问题，她的问题使他回忆起一些已经被忘却的细枝末节、他所遇到的一些人和事及一些仅仅瞥见的身影。

她让他讲了一刻钟以后突然打断了他的叙述。她说道：

"我们现在开始吧。首先我们假设您在向一位老朋友讲您的印象，这样您会无拘无束地讲述出一大堆微不足道的小事，这样的叙述更自然、更有趣。您就这样开始：

"亲爱的亨利，你想要知道阿尔及利亚的情况吗？我在我住的干土垒的小屋里无事可干，我就每天、每时、每刻记下我的生活，我把日记寄给你。有时候，我的记述很粗糙，随它去，你用不着把我的日记给你熟识的夫人们看……"

她停下来重又点燃熄灭了的香烟。她一停下，鹅毛笔写在纸上的刷刷声也马上停住了。

"我们继续写吧。"她说道。

"阿尔及利亚是个很大的法属国家，撒哈拉沙漠上好几个陌生国家和它接壤，等等，等

莫泊桑《死恋》片段：

1. 这时，在户外风和日丽天气的影响下，他正在寻求一个诗意的主题；加之饭饱烟足，使他变得有点儿麻痹。目光向着天空，他在遐想，在蓝天里虚构些一瞬而过的图像：一些在森林小道上或者大街人行道上的姿容优美的女人，水滨的情侣，种种使他思绪自愉的风流幻想。变幻的图案在天空中呈现出来，在他眼睛里，彩色的幻觉模糊而漂移不定。像箭一般划过，而那些不断在天空留下一道划痕的燕子像是在用笔迹删除这些图像。

等。

“阿尔及尔是这块神奇大陆的白色的可爱的大门。

“百闻不如一见。但是到那里去并不是人人都有好运的。你知道，我是一个很好的骑术教练，我驯服了许多烈马，但是一个好骑手很可能是一个劣水手。我就是这样一个人。

“你还记得辛勃塔军医吗？我们称他为依贝卡博士。我们受了二十四小时的救护训练，我们自以为差不多了就去拜访他。他坐在椅子上，红色的长裤里露出了粗壮的大腿。他双手搁在膝盖上，支起双臂，双肘朝上，圆睁着双眼，一边还咬着白胡髭。

“你记得他开的诊断书吧：

该士兵肠胃消化不良。让他服用我配方上的三号呕吐药，然后休息十二小时，他会好的。

“必须服下这种药，这是免不了的。然后根据依贝卡博士的处方可以得到十二小时的休息。

“喏，亲爱的，到阿尔及利亚去，根据大西洋公司的路程表得跨洋航行四十小时，途中呕吐是免不了的……”

她搓搓双手，很满意她的思路。

她站起来，点上一支烟又踱起步来。她一边吐烟一边口述，让杜洛瓦听写。她紧闭的双唇中间露出一个小小的圆孔，烟雾从这圆孔中吐出，一缕缕地慢慢地扩散到空中，形成一层透明的蜘蛛网似的灰色烟雾。她一会儿挥手驱散了这片轻雾；一会儿用手指一捅，截断了这缕缕烟雾，然后她定睛凝视着它慢慢消失在空中。

杜洛瓦抬起眼睛，茫然地注视着她的手势、姿态和神情。

她开始想像旅途见闻，描绘她臆想中的旅伴，还杜撰了一个与去找丈夫的炮兵上尉的妻子的风流故事。

然后，她坐了下来，问杜洛瓦有关阿尔及利亚的地理情况，她对此一无所知。十分钟之内，她就和杜洛瓦知道得一样多了。她口述了一小章有关阿尔及利亚殖民地的政治地理情况，并为读者了解以后陆续发表的文章中将要涉及到的严重问题埋下了伏笔。

接着她又叙述了到奥朗省一游的见闻。这次奥朗省之行美妙至极，主要涉及到有关妇女的以及摩尔人、犹太人和西班牙人的一些问题。

“只有这样写，读者才会感兴趣。”她说道。

文章结尾，她叙述了在高山脚下的萨依达所度过的日子，叙述了低级军官乔治·杜洛瓦和一个西班牙女工之间的动人故事；她描述了一次次在荒无人烟、岩石嶙峋的山岭里的幽会，不时听到四周岩石间阿拉伯的豺嚎狗吠。

最后，她快乐地说道：“下文明天待续。”然后，她站起来说道：“文章就是这样写出来的，

相关链接

亲爱的先生。请您签字吧。”

他犹豫不决。

“签字吧！”

于是，他笑了，在稿纸下方签上：“乔治·杜洛瓦。”

她继续边踱步边抽烟，他看着她不知说些什么话来感谢她。他觉得和她在一起很开心，他沉浸在一种油然而生的又是感激又是敬仰的幸福之中。他觉得他周围的一切，连那四周墙上的书架都是由她组成的。那些椅子，那些家具，那些烟雾缭绕的空气都充满了一种特殊的气息，一种由她而来的美好的、柔和的、可爱的气息。

突然，她开口问道：“您怎么看我的女友德·玛雷尔夫人？”

他吃了一惊：“我觉得她……她很迷人。”

“是吗？”

“是的。”

他想补充一句：“不如您。”但是他不敢说出口。

她又说道：“您知道她是多么有趣，多么聪明，多么与众不同！她是一个波希米亚人，真正的波希米亚人。就是因为这一点，她丈夫不太爱她。他只看到她的短处而看不到她的长处。”

杜洛瓦得知德·玛雷尔夫人已经结了婚很惊愕，然而，这是很自然的事情。

他问道：“瞧……她结婚了？她丈夫是干什么的？”

福莱斯特夫人充满意味地又让人不甚了了地轻轻耸耸双肩和双眉。

“啊！他是北部边界的视察员，每个月到巴黎来一星期。他妻子把它称为‘必尽的义务’，或者‘一星期劳役’或者‘神圣的一星期’。您和她熟识以后，就会看到她是个妩媚好客的女人。最近几天，您可以去看她一次。”

杜洛瓦舍不得走了，他觉得他将一直呆在这里，他觉得他是呆在自己家里。

书房门无声地打开了，一位高个男子不经通报就进来了。

他看到书房里有一个男人就停住。福莱斯特夫人有点尴尬，脸红了一下，马上又镇定下来，平静地说道：“请进来吧，亲爱的。我给您介绍查理的一位好朋友，乔治·杜洛瓦，未来的记者。”

然后，她改变语气，郑重其事地介绍说：“我们的最要好、最亲密的朋友，伏德里克伯爵。”

两个男人一边互相致礼，一边互相盯住对方的眼睛，似乎要看到对方的心底。杜洛瓦立即告辞而去。

他们都没有留他。他喃喃说了几句感谢的话，握了握年轻夫人伸过来的手，朝新来的客人鞠了一躬。那男人阴沉着脸，很是冷淡。杜洛瓦像做错了什么事似的手足无措地走出书房。

他走到街上，又伤心又不自在，难受之极。他扪心自问为何如此忧伤，他也莫明所以。那个伏德里克伯爵阴沉沉的身影不停地浮现在他的眼前。伏德里克看来上点年纪了，头发都已花白了，一副有钱人趾高气扬的神气。

2. 他在门口一露面就站住了。他用迅速而熟练的动作，将一个单眼镜放到了右眼上，而停在那儿好像要看清他走进来的客厅；但也许是给在那儿的人一个看看他的机会，并标志出他进来了。然后用一个不易觉察的眉毛和面颊的动作让系在一绺黑细丝的端头上的镜片垂下来，灵活地向纪叶罗阿夫人走过去，低低地弯下腰吻一下那只伸出来的手。对他的姑妈他也一样。而后对别人握手致意，风姿飘逸地从众人面前走过。

他发现,刚才他已经习惯了和福莱斯特夫人单独在一起,陌生男人的到来一下子破坏了他们愉快的会见,使他感到沮丧、绝望。

他感到那个男人不知为什么很不高兴看到他在书房里。

下午三点以前他无事可干,现在还不到十二点。他口袋里还有六法郎五十生丁。他去杜伐尔小餐馆吃了午饭,然后就在街上闲逛。一听时钟敲响三点,他就登上了《法兰西生活报》的楼梯。

办公室的长凳上坐着几个小伙子,他们叉着手等候一个工友分拣刚到的函件。室内的气氛足以让来访者肃然起敬,就像所有的大报社的办公室里一样,每个人都衣冠楚楚,彬彬有礼。

杜洛瓦问道:"瓦尔特先生在吗?"

工友答道:"主编先生在开会。请先生稍等。"他指指候见室,那里已经坐满了人。

候见室里有几个男人神情严肃,正襟危坐地等候接见。也有几个男人上衣污渍斑斑,还露出了内衣。这些男人中间还坐了三个女人。其中一个很漂亮,笑嘻嘻的,脸上涂了脂粉,像是个街头女郎;她的邻座愁眉苦脸的样子,满脸皱纹还施了脂粉,她的打扮,像是青春年华已过还拼命浓妆艳抹的女演员;第三个是穿着丧服的寡妇,无可奈何地坐在一个角落里,杜洛瓦猜想是来求乞的。

二十多分钟过去了,谁也不让进去。

杜洛瓦想了一个主意,他走到工友跟前说道:"瓦尔特先生约我三点钟见面,请您看看我的朋友福莱斯特先生是否在里面。"

于是,他被领着穿过一条长长的过道。走进一个大厅,那里有四个先生正围着一张绿色大桌子写文章。

福莱斯特站在壁炉前,一边吸烟,一边玩着套球。他玩得很高兴,每次都中,口里还在数数:"二十二,二十三,二十四,二十五。"

杜洛瓦接着数:"二十六。"他朋友抬起头来,一边继续玩他的球,一边说道:"瞧,你来了。昨天,我连着套了五十七下。这里,只有圣波丁比我强。你见到老板了吗?再没有比这套球更好玩的了。"

一个编辑向他转过头说道:"福莱斯特,我知道有人要出让一副很好的套球,是岛上的树木制的,听说是西班牙皇后玩过的。讨价六十法郎,很便宜。"

福莱斯特问道:"卖主在哪里?"

第三十七下他没有套中。他打开一个柜子,杜洛瓦看到里面有各种各样的套球,排得整整齐齐的,还编了号。福莱斯特把手中的球放好,又问道:"那卖主在哪里?"

那个编辑答道:"是伏德维尔的证券商。你想要的话,我明天带你去看看。"

"一言为定。如果不错的话,我就买下,套球是不嫌多的。"

他转身对杜洛瓦说:"跟我来,我带你去见老板,否则你到晚上七点也不知能不能见到

相关链接

3. 他们动手拉了朋友的袖子一起到一些画幅前面，这些朋友用手指指点点，大声吆喝称赞，使劲模拟行家的样子。他们的外表看起来形形色色，有些是长头发的大个儿，戴着说不出形状的灰色或者褐色的软帽，又大又圆像个屋顶，帽沿斜披下来将人整个儿遮上了；再有就是些活跃的矮个儿，胖的瘦的都有，脖子上围着薄绸巾，穿着上衣或者披着绘画学习班的古怪服装。

他。”

他们重又穿过候见室，原来那些人仍坐在原位等候接见。那个年轻女人和那个年老的女演员一看到福莱斯特，马上站了起来，向他走来。

他把她们一个一个分别带到窗口说话。尽管他压低了声音，杜洛瓦仍听到他对她们以“你”相称。

然后，福莱斯特推开两扇厚厚的门，把杜洛瓦领进了老板的房间。

老板其实在和那几个杜洛瓦前一天晚上见到的戴帽子先生打牌，已经打了一个小时了。

瓦尔特老爹手里拿着牌，聚精会神地考虑出牌，他的动作很老练。他的对手也动作灵敏地出牌、收牌、洗牌。诺倍尔·德·瓦伦尼正坐在主编的高靠背椅上写文章，雅克·里瓦尔叼着香烟，闭着双眼躺在一张沙发上。

屋子里闷得很，弥漫着皮家具味、烟草味和油墨味。所有的记者都很熟悉编辑室这种特有的气味。

黑色嵌铜大木桌上放了一大堆纸张：有信件、卡片、报纸、杂志、供销记录、各种印刷品……

福莱斯特和站在玩牌人背后观战的人一一握握手，然后一言不发也站着观战，等到瓦尔特老爹赢了，他才向老板介绍道：“我的朋友杜洛瓦。”

老板从眼镜片上方突然看了年轻人一眼，然后问道：“您把我要的文章带来了吗？这篇文章今天发很合适，和摩雷尔的访谈稿一起发。”

杜洛瓦从口袋里掏出一折四的稿纸道：“先生，稿子在这里。”

老板显得很高兴，微笑道：“很好，很好，您很信守诺言。替我看看吗，福莱斯特？”

福莱斯特连忙答道：“不必了，瓦尔特先生，我和他一起写专栏时教过他，他文笔不错。”

老板正从一个瘦高个先生那里接过几张牌，那是一位左派组织的议长。他不在意地说：“那就这样吧，很好。”

福莱斯特不等他打第二圈牌，弯下腰在他耳边说道：“您答应过我用杜洛瓦替代马朗勃的。给他同样的待遇，您说行吗？”

“可以，很好。”

福莱斯特趁瓦尔特先生又埋头打牌时和杜洛瓦一起离开了。

诺倍尔·德·瓦伦尼仍埋头写他的文章，他似乎没有看到或者没有认出杜洛瓦。相反，雅克·里瓦尔和他握了握手，表示他是个靠得住的老朋友。

他们重又穿过候见室，所有的人都抬起头看他们。福莱斯特为了让所有等候的人都听到，故意提高声音对那个年轻女人说：“主编马上就会接见你们，他现在正在和两位预算委员会委员谈话。”然后，他故作姿态匆匆走了，好像他要赶快去拟一份最紧急的电报似的。

他们一回到编辑室，福莱斯特又玩起他的套球。他一边数着数，一边对杜洛瓦说：“行了，你每天下午三时来这里，我会告诉你该到哪里去，该采访什么人。有时候白天去采访，有时候晚上去采访，有时候早晨去采访……一……我先给你一封见警察局长的介绍信……二……我介绍你和他手下某位职员联系。你从他那里可以得到所有重要新闻……三……是警察局各部门的重要新闻，官方的或者准官方的消息。你可以向圣波丁打听详细情况，他消息很灵通的……四……待会儿，或者明天，你将会见到他。你必须学会从我让你去见的人的鼻孔里挤出东西来……五……你必须学会无孔不入，那门关得紧紧的……六……你每月工资二百法郎，然后你的文章发表后，每行另加两个苏……七……另外，不同题材的约稿每行也另加两个苏……八……"

然后，他只顾玩他的游戏了。他继续数数："九，十，十一，十二，十三……"缺少十四，他骂道："倒霉的十三，它总让我倒霉，我以后一定会死在某个十三上的。"

一个编辑写完了文章，也到柜子里取了球来玩。这是一个小个子男人，尽管已经三十五岁了，但还像个孩子。好几个记者走了进来，他们各自找到自己的球也玩了起来。很快，有六个人一起玩了。他们肩并肩，背靠着墙，动作整齐地把红色、黄色、黑色球抛向空中。两位还在写文章的编辑也站起来看他们比赛了。

福莱斯特赢了十一分。小个子编辑输了，他打铃叫工友进来，吩咐道："九杯啤酒。"他们一边等饮料进来，一边继续玩。

杜洛瓦和他的新同事们一起喝了一杯啤酒，然后他问他的朋友："我该干些什么？"

"今天没有什么事要你干。你想走就可以走。"

"我们……我们的文章……今天晚上出来吗？"

"出来，你别管了，我会校对清样的。你继续写明天要刊登的那一部分吧，和今天一样，三点到这里。"

杜洛瓦和所有的人握了手，他也记不清这些同事们的姓名，高高兴兴轻松愉快地下了楼。

第 四 章

乔治·杜洛瓦想到自己的文章将刊登在报纸上，激动得睡不好觉。天一亮他就起床了。送报人还没有把报纸送到一家家书报亭，他就到街上去买报纸了。

他知道《法兰西生活报》先送到圣·拉扎尔火车站，然后再送到他住的街区。于是，他往圣·拉扎尔火车站走去。时间还早，他就在人行道上溜跶。

相关链接

他先看到女报贩打开了报亭的玻璃窗，然后又看到一个男人头顶着一堆折叠好的报纸过去了。他赶快奔过去，送来的是《费加罗报》、《高卢人报》、《新闻报》，还有其他两三种晨报，却没有《法兰西生活报》。

他担心起来："说不定《一个非洲猎人的见闻》推迟到明天发表，或者文章付印时有哪个地方惹恼了瓦尔特老头，使他改变了主意。"

他凑近书报亭发现还有一份报纸他刚才没有看见。他赶快过去扔了三个苏给报贩，然后打开那份报纸。他很快把报纸第一版的标题浏览一遍——没有——他心跳加快起来。他翻开报纸，看到一个专栏的下面用粗体字写着"乔治·杜洛瓦"，他欣喜若狂。成功了，多么高兴呀！

他毫不迟疑地一手拿着报纸，一手夹着帽子往回走。他想拉住路上的行人对他们说："请买这份报纸，请买这份报纸！那里有一篇我的文章。"

他真想在街上喊："请看《法兰西生活报》，请读一读乔治·杜洛瓦的文章：《一个非洲猎人的见闻》！"

突然，他很想读一下这篇文章。他想到某个公共场所去好好读一读，索性就近找一家咖啡馆吧，不，还是找一家常去的馆子。走了很久，终于在一家酒吧老板跟前找到位子坐下，那里已经坐了好几位客人。他吩咐道："一杯朗姆酒。"

其实他对要什么酒并不在意。他朝侍者嚷道："侍应生，给我拿一份《法兰西生活报》来。"

一个白围裙男子过来招呼道："我们没有这份报纸，先生，我们只有《召唤报》、《世纪报》、《灯塔报》和《小巴黎人报》。"

杜洛瓦怒气冲冲地说道："真是饭桶！给我去买一份来。"

侍应生赶快跑出去买了一份《法兰西生活报》给他。杜洛瓦马上读起他的报纸，好几次他停下来高声叫道："太好了，写得太好了！"以此来引起邻座的注意，引发他们了解报纸上写些什么的愿望。然后，他把报纸放在桌子上就走了。老板看见了忙叫住他："先生，先生，您忘了拿您的报纸。"

杜洛瓦答道："我已经读过了，留给您吧。今天这张报纸上有篇文章很有意思。"

他没有说明是哪篇文章，但是他走开的时候看到他的一个邻座拿起了他留在桌上的那份《法兰西生活报》。

他心里思忖："现在我该干些什么呢？"他决定到北方铁路办公室去领他本月的工资，然后提出辞职。他想到同事们吃惊的样子就高兴得发抖，尤其是办公室主任目瞪口呆的样子更使他高兴。

他放慢脚步走着。他不想九点半以前到办公室，管财务的要到十点才开始办公。

他的办公室是一间昏暗的大屋子，冬天几乎整天都得点着煤气灯工作。他的办公室和其他几个办公室隔着一个院子，面面相对。他办公室里一共有八个工作人员。副主任坐在屋子角落，他的桌子前贴了一张挡风纸。

4. 他紧紧靠着她，他爱她。感谢她的每一个字，平息了他的苦恼，愈合了他心头的创伤。在他心中掠过了一道电流，使他相信她有道理，她用她巴黎女人机智的双眼看是不会错的。他忘了十二年以来，为了安定她的担心，他曾正确地责备她太喜欢那些矫揉造作的东西，过于纤细漂亮的东西，感情夸张庸俗时髦调子的东西，从来喜欢的都不是艺术、纯艺术，而是摆脱了概念倾向和庸俗偏见的艺术。

杜洛瓦先到财务那里，管财务的从抽屉里取了一只黄色信封给他，里面装了他这个月的工资一百一十八法郎二十五生丁。然后，他趾高气扬地走进了他上了那么多天班的大屋子。他一走进屋子，副主任波特尔先生就叫住他："啊，杜洛瓦先生，您终于来了。主任找您好几次了。您知道他是不允许没有医生证明就连续生两天病的。"

杜洛瓦站在办公室中央，故意高声回答道："我无所谓。"

同事们都吃了一惊。波特尔先生莫明其妙地从盒子似的挡风纸后面伸出了脑袋。他贴这张挡风纸是为了防风，他有关节炎。他在挡风纸上挖了两个洞来监视办公室里的职员。

屋子里鸦雀无声。副主任终于犹犹豫豫地问道："您说什么？"

"我说我无所谓。我今天是来辞职的。我到《法兰西生活报》当编辑去了，每月五百法郎，另外还按字付稿酬。我今天就开始工作了。"

他本来还想多逗逗他们，但又想快点了结这一切，再说同事们已目瞪口呆了。

杜洛瓦朗声说道："我去告诉贝特依先生，然后，我再来和你们告别。"

他说完就去找主任。那主任一看见他就叫道："啊，您来了。您知道我不愿意……"

杜洛瓦打断了他："没有必要如此大惊小怪……"

贝特依先生是个胖子，脸像鸡冠一样红。他惊愕得说不出话来。

杜洛瓦又说道："我在您这里受够了。我今天去报社工作，那里工资很高。我很荣幸向您致敬。"

他走了，他报了仇。

他和以前的同事们握手告别。他们压低声音和他说话，生怕主任迁怒于他们。刚才门开着，他和主任的对话，里面都听见了。

他口袋里揣着装工资的信封走到街上。他走进一家熟悉的价廉物美的餐馆吃了一顿丰盛的午餐，然后又叫人买了一份《法兰西生活报》，看了以后仍旧留在桌子上。他走进好几家商店去买一些小东西，他买这些东西仅仅是为了留下他的姓名"乔治·杜洛瓦"，并且补充一句："我是《法兰西生活报》的编辑。"让商店送货上门。他写明街名和门牌号，并且强调说："请您把东西留在看门人那里。"

时间还早，他走进一家印刷工场，当着顾客的面要求给他印一百张名片，并且立等可取，名片上他的姓名下印上了他的新职务。

然后，他向报社走去。

福莱斯特像接见下属一样高傲地对他说："啊，你来了，很好。我正好有几件事情要你做。等我十分钟，让我先把我的事情处理完。"他接着把已经开了头的一封信写完。

大桌子的另一边坐着一个小个子男人。这男人脸色苍白，浮肿虚胖，头顶光秃秃的，边上的头发全白了，高度近视使他的头埋得很低，鼻子尖几乎碰到了他面前的稿纸了。

福莱斯特问他："圣波丁，几点钟你开始采访那些人？"

"四点钟。"

相关链接

5. 人几乎是不知不觉地在爱他的母亲，因为这种爱是与生俱来的；而只有到了最后永别的时候才能看到这种爱情根源的埋藏深度。没有任何别的感情可以与此相比，因为所有其他的都是后来遇到的，而只有这是与生俱来的。所有其他的都是由于后来生活中命运安排给我们的，而母爱是第一天就存在我们的血肉之中。

"你从现在起带着年轻的杜洛瓦先生一起去，你指点他我们这一行的诀窍。"

"好的。"

然后，福莱斯特转身对他的朋友说道："关于阿尔及利亚的第二部分你带来了没有？这篇文章的第一部分很成功。"

杜洛瓦愣住了。他喃喃道："没有……我以为下午还有时间呢……我今天很忙……没能……"

那一位不满地耸耸肩说道："如果你这样随随便便的话，将葬送你的前程。瓦尔特先生等着你的文章呢。我去对他说你明天交稿。如果以为不工作就能得到报酬，你就错了。"沉默了一会，他又说道："应该趁热打铁呀。真见鬼！"

圣波丁站起来道："我准备好了。"

福莱斯特靠在椅子背上。为了制造严肃气氛，他沉默了一会儿才转向杜洛瓦指示道："一位中国将军李登浩来巴黎两天了，他下榻在'大陆'旅馆，还有印度亲王巴利也来了两天，他下榻在'布利斯托'旅馆，你们去和他们谈一谈。"

然后，他转向圣波丁道："别忘了我给你指出的几个要点，问一下中国将军和印度亲王对英国在远东的阴谋的看法，他们对于欧洲尤其法国介入他们的事务寄予何种希望。"

他停顿了一下又像发表演说似的大声说道："对于我们的读者来说，同时知道中国人和印度人对这些问题的想法是很有意思的，这些问题目前是公众关注的热点。"

他又对杜洛瓦说道："你得好好看看圣波丁是怎么处理问题的，他是个优秀的记者，努力在五分钟内把对方的话全套出来。"

然后，他又一本正经地写他的东西。他故意和杜洛瓦保持明显的距离，让他的老朋友，现在的新同事明白自己的地位。

他们一出门，圣波丁就笑开了，他对杜洛瓦说道："真会吹牛，他对我们说的这些都是我们写的，他把我们当成读者了。"

他们走到街上，老记者问杜洛瓦道："去喝点什么吗？"

"好的，很高兴，天气太热了。"

他们走进一家咖啡馆，要了一点饮料。圣波丁话匣子打开了，他谈论起报社和所有的人，他掌握的细枝末节真多。

"老板？他是一个真正的犹太人！您知道，谁也别想改变犹太人这种民族的习性！"

他举了许多例子说明这些以色列人的后代的令人惊叹的吝啬，十个生丁都舍不得花，像厨娘一样讨价还价，他们不顾脸面地要求打折扣，居然还会得逞，耍尽手段放高利贷，开典当。

"……他什么都不信，总算计别人。他的报纸观点不明朗，天主教，自由派，共和派、奥尔良派，什么观点都有，就像一个廉价的货郎担。他办这张报纸只是为了支持他自己的各种企业和股票交易。他的那些公司连四个苏的资本都没有，他能凭着这些公司赚进几百万，在这点上，他是很强大的……”

他不停地说下去，称杜洛瓦为“亲爱的朋友”。

“这个吝啬鬼真像巴尔扎克所描写的。您想想看，有一天，我在他摆满古董的办公室里，我们的主管蒙特冷夹着公文包进来，他这只公文包全巴黎都认识。瓦尔特抬起头问道：‘有什么新鲜事？’

“蒙特冷老老实实地回答道：‘我刚才支付了我们欠纸张商的一万六千法郎。’

“老板一惊而起，问道：

“‘您说什么？’

“‘我刚才把纸张钱付给了普利瓦先生。’

“‘您疯了！’

“‘为什么？’

“‘为什么……为什么……为什么……’

“他脱下眼镜擦了擦，奇怪地笑笑，每次他要讲些什么要紧的或狡黠的话，他的胖乎乎的脸就会掠过这种奇怪的笑容。他懊丧地用嘲笑的口吻说道：

“‘为什么？因为我们本来可以少支付四五千法郎。’

“蒙特冷莫明其妙。他说道：

“‘但是，主编先生，一切账目都符合常规的，我都审核过，也得到了您的认可了……’

“老板正色道：‘没有人像您这么老实的。要知道，蒙特冷先生，必须想方设法把债务累积起来再取得对方让步。’”

圣波丁很有经验地点点头又说道：“怎么样？这个人像巴尔扎克小说中的人物吧？”

杜洛瓦没有读过巴尔扎克，但是他信服地说：“我想是的。”

老记者接着又讲起了瓦尔特夫人和其他人。他说瓦尔特夫人是个高大蠢笨的女人，诺倍尔·德·瓦伦尼是个不走运的老头，雅克·里瓦尔是个微不足道的蹩脚记者。然后，他又提到福莱斯特，他说：“至于这个人，他很有运气，娶了他的妻子。”

杜洛瓦问道：“他妻子到底怎么回事？”

圣波丁搓搓手道：“啊！这是个狡诈的女人，一只精明的苍蝇。她是一个叫伏德里克的老富翁的情妇，伏德里克伯爵给了她一笔嫁妆让她结婚……”

杜洛瓦突然感到一阵寒冷，一种神经质的痉挛。他真想骂这个嚼舌鬼一顿，甩他几个耳光。但是他只是打断老记者的话问道：“圣波丁是您的姓吗？”

“不，我叫托马斯，圣波丁是报社里的人给我起的外号。”老记者坦率地回答道。

杜洛瓦边付账边说道：“时候似乎不早了，我们还得去采访那两位高贵的先生呢。”

圣波丁笑起来，说道：“您太老实了！您以为我就这样去问那个中国人和那个印度人他们对英国的看法，好像我不比他们知道得更多似的，就像他们心目中的《法兰西生活报》读者一样。我采访过五百个这样的中国人、波斯人、印度人、智利人、日本人，还有其他国家的人。据

相关链接

6. 在草坪上，三条大母牛吃了草，热得动不了，挺着大肚子休息，肚子被地面托得凸起来。一条细长的白棕花色的西班牙猎狗，从一条牛吠到另一条牛，发狂地跳来蹦去，又高兴又生气。它装成狂怒，每蹦一次，两只耳朵就一扇，恶狠狠地要赶走这三条不愿意动的大牲口。显然这是这条狗所喜欢的消遣，每当看到那些母牛躺下，它就重演一次。这些不高兴的牛并不怕，用它们湿润的大眼睛看着它，跟着它将脑袋转来转去。

我看，他们的回答都大同小异，我只需把上次采访记录找出来，一字一句抄一遍就行，只要把开头结尾及他们的姓名、头衔、年龄改一下就行。啊！这些问题是不能出错的，否则《费加罗报》或《高卢人报》就要挑我的岔子了。不过，关于我们这个题目，布利斯托旅馆和大陆旅馆的看门人用五分钟就可向我提供许多材料。待会儿，我们一边抽雪茄，一边步行去那里，我们俩还可向报社报销一百个苏的车钱。瞧，亲爱的，我们这样讲究实际的人是怎样行事的。"

杜洛瓦问道："这样条件下，当记者一定收入不错吧？"

老记者神秘地说道："是的，回报是很可观的，因为可以变相地索要。"

他们起身走到街上，向玛德兰娜教堂走去。圣波丁突然对杜洛瓦说："如果您有事的话，用不着跟着我。"

于是，杜洛瓦和他握握手就走了。

杜洛瓦心里惦记着晚上还要写文章，开始思索起来。他边走边打腹稿，许多想法、逸事、见闻接踵而至。他一直走到香榭丽舍大街的尽头，街上行人寥寥无几，天气炎热，巴黎人都走空了。

杜洛瓦在星广场凯旋门附近的一家酒吧吃了晚饭，沿街慢慢地步行回到家里。他坐到桌子前准备动笔。

但是，他一看到摊在他眼前的白纸，刚刚想到的一些想法立即消失得无影无踪了，好像在他的脑子都变成了烟雾散尽了。他试图重新抓住记忆中的点点滴滴琐屑往事，但是他越是要抓住它们，它们越是逃遁而去，或者它们乱七八糟地一起向他涌来，弄得他不知如何说起，无从下笔。

他绞尽脑汁过了一小时，五张纸上全是有头无尾的字句。他想："我还不适应这种职业，我必须好好学学。"

他想立即去找福莱斯特夫人，再和她一起度过亲切、友好、温馨的一个上午。渴望使他的心颤抖了。他马上躺下睡觉，似乎担心自己会重新拿起笔来突然把文章写成了。

第二天，他故意起床稍晚一点，预先品尝一下造访福莱斯特夫人的愉悦。

他走到他朋友家按铃时十点已过。

仆人出来对他说："先生正在工作。"

杜洛瓦没有想到那位丈夫会在家里。他还是要求仆人通报："告诉他，我有急事。"

过了五分钟，仆人请他到书房去。他在这间书房里曾经度过了一个多么美好的上午。

福莱斯特穿着睡袍，趿着拖鞋，戴着一顶英国式睡帽，正坐在他曾经坐过的位子上写东西。他妻子仍穿着那件白色睡袍，嘴里叼着香烟，靠在壁炉上作口述让他听写。

杜洛瓦在门边停下，低声问道："对不起，我打扰你们吗？"

他的朋友满腔怒气转过头来吼道："你还要干什么？赶快说，我们忙着呢。"

杜洛瓦愣住了，喃喃道："不，没什么事，对不起。"

但是，福莱斯特气冲冲地说道："见鬼，快说，别浪费时间，你不见得这样闯入我家只是为了对我们说声早安。”

杜洛瓦窘极了，下决心说实话：“不……是这么回事……我的文章还没有写……上次……您对我那么……那么……好……我希望……我冒昧来……”

福莱斯特打断了他的话：“你把别人太不当一回事。你想像我会代你工作，你只需月底去领工资。不，你想得太美了！”

年轻女人一言不发，仍然吸着烟，脸上挂着让人捉摸不透的微笑。这笑容好像是掩盖她充满讥讽的思想的一副面具。

他恭敬地对福莱斯特说：“我三点到报社。”说完他出了书房。

他大步走回去，心里嘀咕道：“我把文章写出来给你们瞧瞧。”

他一回到住处，愤怒至极，奋笔疾书起来。

他接着福莱斯特夫人开始的故事写下去。他像中学生一样幼稚笨拙，用的都是低级军官的语句，堆积了许多其他连载小说中的细节，夸张地描述了许多曲折离奇的故事。过了一小时，他就写完了一篇充满荒诞不经的文章。他充满信心地把文章送到《法兰西生活报》。他首先遇到圣波丁。圣波丁用力和他握握手，像是和他合谋似的问道：“您读了我和中国人及印度人的谈话吗，有意思吗？整个巴黎都轰动了。其实我连他们的鼻子都没有见过。”

杜洛瓦还没有读过他的文章。他马上拿起报纸，匆匆浏览了那篇标题为《印度和中国》的长文章。老记者在一旁指给他看最重要的段落。

福莱斯特喘着气，急匆匆地走进编辑室。

“我正要找你们两位。”

他要求他们去采访一系列政治消息，当天晚上就要。

杜洛瓦把自己写的文章递给他道：

“这是关于阿尔及利亚文章的第二部分。”

“很好，给我吧，我马上交给老板。”

他不再多说什么。

圣波丁把新同事拉出门，走到过道上，他对杜洛瓦说：“你去过财务科吗？”

“没有。什么事？”

“什么事？去要钱呀。您瞧，我们必须预支一个月的工钱。谁知道以后会发生什么事。”

“……能预支工钱是最好不过了。”

“我领您去财务科。没问题的，这里付钱很爽快的。”

杜洛瓦领了他的二百法郎工资，还有第一篇文章的二十八法郎的稿酬，加上剩下的铁路局给的工资，他口袋里共有三百四十法郎。

他手头从来没有过这么多钱，他自以为有用不完的钱了。

圣波丁带他转了其他四五个与他们竞争的报社，他们希望从那些报社里得到一些有关消息。圣波丁很健谈，他和他们海阔天空神聊就可以获得他要知道的东西。

相关链接

7. 他走到一个角落里调和他的色板。在朝那方细木板上挤铅软管，从中扭扭曲曲挤出来一些细蛇样的颜料，他时刻回头看看那个全神贯注在书中的年轻姑娘。他的心变得紧张，手指发抖，不知道在做什么，将那些小堆颜色调和得乱七八糟。突然之间他在这同一地点，时隔十二年之后出现的这个幻像，这个再现的活人面前感到一种无法抑制的感情冲动。

晚上，杜洛瓦无事可干，他想到“疯狂的牧羊人”剧院去转转。他给了检票员可观的小费，说：“我叫乔治·杜洛瓦，《法兰西生活报》撰稿人。我前几天和福莱斯特先生来过，他答应让我自由进出此地。不知道你还记得这回事吗？”

检票员去问了票房。登记簿上没有他的名字。然而，领班很和气地对他说：“请进，先生，您自己向主编先生说明一下，让他给您补办手续。”

杜洛瓦一进剧场就碰到了那天晚上跟他走的那个女人拉什尔。

她向他走来：“你好，我的小猫，你好吗？”

“很好，你呢？”

“我吗？不错。自从那天以后，我梦见了你两次。”

杜洛瓦开心地笑笑：“啊，什么意思？”

“说明你讨我喜欢，大傻瓜，你什么时候高兴我们再重温旧梦。”

“如果你高兴就今天吧。”

“好的，我很高兴。”

“但是，你听着……”他犹豫了一下，“今天我身无分文，我把钱都输光了。”

她盯着他瞧了一会儿，凭她的直觉揣摸他是否撒谎，街头女郎对男人们的伎俩已司空见惯了。她说道：“骗子！对我耍这套把戏太不客气了。”

他发窘地笑笑：“十法郎怎么样，我只有这点钱。”

她以难得自寻开心不计价钱的街头女郎的口气低声对他说道：“只要你喜欢，亲爱的，我只要你本人。”

她抬起被搅得神魂颠倒的眼睛盯着这个年轻人的小胡子。她挽起他的胳臂，亲热地靠在他的身上说道：“我们先去喝一盅啤酒，然后我们一起去兜一圈。我想和你一起去歌剧院，让别人瞧瞧你，然后我们早点回去，好吗？”

他在这个女郎家睡得很晚，走出她家时天已经大亮。他马上买了一张《法兰西生活报》，迫不及待地打开报纸，站在人行道上，抱着一丝希望，急切地用眼睛扫过报纸上的一个个栏目，却没有他的文章。

他的心情突然一下子沉重了，而昨天晚上做爱后的疲倦更让他的脚步越发沉重了。他上楼回到自己房间，没脱衣服就倒在床上。

过了几个小时，他走进报社，穿过几个编辑室直接来到瓦尔特老爹的面前。他说道：“先生，今天上午，我在报上没有看到我写的关于阿尔及利亚的文章的第二部分，我很惊讶。”

主编抬起头，干巴巴地说道：“我把稿子交给您的朋友福莱斯特先生，请他看一下。他对稿子不满意，你必须给我重写。”

杜洛瓦气鼓鼓地一言不发走出了办公室。他突然闯进老朋友的办公室责问道：“为什么你没有把我的文章刊登在今天的报纸上？”

老朋友点上一支烟，全身靠在椅背上，两腿搁在桌子上，他的鞋后跟把已写的文稿都弄脏了。他平静地用一种令人难堪的、拒人于千里之外的声调一字一顿地说道："老板认为文章写得很不好，让我还给你重写。瞧，这就是你的文章。"他指指压在一块镇纸下的折叠过的稿纸。

杜洛瓦不知所措地愣住了，他把自己的文章揣进了口袋。福莱斯特又说道："今天，你先跑一下警察局……"

他给杜洛瓦下了一系列跑新闻的指示。杜洛瓦搜尽枯肠找不到一句刻薄的话回敬他，只得走了。

杜洛瓦第二天把文章交上去，又被退了回来。

第三次又被退了回来，他才明白自己出手太快了，只有福莱斯特能帮他的忙。

他把《一个非洲猎人的见闻》搁在一边。他要让自己圆滑一些，不要操之过急，表现得太热情。

他了解了剧场的幕后新闻和其他的政治新闻；他进入了国家政要们、议员们的圈子中；在走廊上、衣帽间，他认识了那些办公室的机要秘书，忍受了睡眼惺松的马车夫难看的脸色。

他和各种各样的人拉关系，交朋友。部长们、看门人、将军们、警察们、亲王们、靠妓女养活的人、交际花、皮条客、大使们、主教们、钱财来历不明的外国阔佬、上流社会的人们、希腊人、马车夫、咖啡馆的侍应生，等等。他和这些人保持了一种既友好又冷漠的关系。他们这些人不分地位高低，在他心目中都是一回事，他和他们以你相称。他每天、每时、每刻都和这些人打交道，他用同样的目光来评判他们。他谁都可以采访，和他们交谈都不拐弯抹角。他把自己比作一个一口一口品尝各种酒味的人，不久，他再也区分不出马尔戈堡出的酒和阿让特依出的酒了。

不久，他就成了一个出众的记者。他对自己的报道信心十足。他很圆滑，出手很快，善于随机应变，正如瓦尔特老爹说的，他是报社的宝。瓦尔特老爹很知道如何评价编辑记者的。

然而，他每行字仍只有十生丁稿酬，再加上每个月二百法郎固定工资。他整天走街穿巷，泡在咖啡馆、餐馆里，开支很大，手头总是没有钱，他为此很伤脑筋。

他看到同事们口袋被金路易鼓得满满的，却不知道他们用什么办法搞到这许多钱。他猜想其中必有鲜为人知的私下交易。他想，应该把这诀窍弄到手。他决心探听清楚其中的奥秘，要进入那种心照不宣的联盟，介入同事们的圈子中去。

晚上，他经常趴在窗口看着火车一列列驶过，琢磨着对付报社里的人们的办法。

相关链接

8. 沿着一条林荫大道是密密的整片儿黄色大叶子簌簌沙沙地落下来。它们从大道的这头到那头都在落，一眼看不到头，掉在房屋的墙面之间，犹如所有的叶柄都在一瞬间被一个细冰锉从枝丫上割了下来。只经过几个小时车行道和人行道就都被盖满了，变得像初冬时的林间小径一样。这些堆起来的死叶子在脚底下劈劈啪啪作响，在风的推送下有时候堆集起来形成小的起伏波浪。

第五章

两个月过去了，已经是九月份了，杜洛瓦所企求的从天而降的财运仍杳如黄鹤。他很为自己处于不受重视的地位而焦虑，可是他又不知道从哪条路可以攀登上有钱有势受人尊敬的地位。

当一个微不足道的小记者令他感到气闷，他苦于无法冲出眼前的重围。人们称赞他，只是把他放在目前的地位来评价他。福莱斯特也如此对待他。他为福莱斯特效了上千次劳，福莱斯特却不再请他吃晚饭了，尽管与他还以你相称，但完全把他当成下属来对待了。

杜洛瓦常常抓住某个机会，写出一篇好文章，反响不错。他不再像写阿尔及利亚见闻的第二部分那样狼狈了，他的报道也不再遭到退稿了。洋洋洒洒、随心所欲地写几篇游记，和评论时事完全不是一回事，犹如在大马路上行车，车夫和主人完全不是一回事一样。尤其感到委屈的是自己仍是一个圈外人，不能和他们平起平坐，尽管有时候他也感受到好几个女演员的热情招待，但仍没能交上几个亲密的女友。

经验告诉他，无论贵妇人还是街头女郎对他都表现出格外的青睐，一种暂时的友好。他知道自己还没有找到能使他前途有靠的女人。他像一匹被绊了脚的马烦躁不安。

他常常想去拜访福莱斯特夫人，但是上次他遭到的冷遇使他感到屈辱，不敢前往，他等待她丈夫的邀请。他想起德·玛雷尔夫人，想起她曾要他去看她。一天下午，他无事可干，就决定去她家拜访。

她曾经说过："我下午三点以前总在家。"

下午两点半，他按了她的门铃。

她住在凡尔诺依大街，她的公寓在五层楼上。

一个矮小的女佣人闻声开了门。女佣人头发散乱，戴着一顶软帽。她说道："夫人在家，但我不知道她是否起床了。"

客厅的门没有锁，佣人推开客厅的门，让杜洛瓦进去。

客厅很大，家具不多，似乎没有整理过。墙边靠着一排老式椅子，这是女佣人干的，一点也感觉不到一个有气派女人照管着这里的一切。

客厅里挂着四幅陈旧的油画：河中一条小船、海中一只轮船、平原上一座磨坊、林子里一只马蜂。长短不齐的绳子把四幅画都串在一起了。可能这四幅画已经捆在一起好久了，女主人也无心去管它们。

杜洛瓦坐下来等候女主人。他等了好久。然后，一扇门开了，德·玛雷尔夫人急匆匆进了客厅。她穿一件玫瑰色日本丝绸睡袍，睡袍上绣着金光灿灿的风景、蓝色花朵、白色小鸟。她叫道："您想想，我竟然还躺在床上。您来看我太好了。我以为您已经把我忘了呢。"

她高兴地伸出双手。杜洛瓦学着诺倍尔·德·瓦伦尼的样，捧起她的双手，吻了其中之一。这套公寓其貌不扬使得杜洛瓦不感到拘束了。

她请他坐下，然后从头到脚看了他一下，说道："您的变化真大！神气多了。巴黎对您很适宜。来，给我讲讲新闻吧。"

他们马上像老熟人似的聊了起来。不用五分钟，他们两人之间顿时就产生了一种亲近感和信任感，他们成了亲密无间的老朋友，他们是性格相同的一类人。

突然，年轻女人中断自己的话题，惊讶地说道："和您在一起真有意思，我好像已经认识您十年了。我们肯定会成为好朋友，您愿意吗？"

"当然。"他意味深长地笑道。

他觉得她穿着色彩鲜艳、轻柔飘逸的睡袍很有诱惑力，但不如穿白睡袍的福莱斯特夫人细腻、狡黠、高深莫测。然而她更诱人，更令人激动。

他在福莱斯特夫人身边时，她纹丝不动的微笑既吸引人又令人敬而远之。她好像既在说"您讨我喜欢"，又在说"检点一些"。谁也弄不明白她微笑里的真实含意。他想跪伏在她脚下，或者去吻她胸衣上的花边，慢慢吮吸一下从她双乳间散发出来的温暖的香味。在玛雷尔夫人身边，面对着轻柔薄纱下隆起的轮廓，他感到自己产生了一种更突然、更确切的欲望，强烈的欲望使他双手颤抖，不由自主。

她不停地说话，她的每句话中的思想都很简单，这些话她已经反复说过多少遍了，就像一个工人不断重复某一个令人惊叹的动作似的。他听着她说话，心想："把这些都记下来倒是不错，可以让她讲讲每天发生的事情，然后写成动人的巴黎专栏。"

有人轻轻地敲客厅的门，刚才玛雷尔夫人就是从这扇门进来的。她叫道："请进来吧，小姑娘。"

小姑娘进来了，一直走到杜洛瓦跟前，向他伸出了手。

做母亲的惊奇地低声说道："她真迷人，我都不认识她了。"

杜洛瓦吻了吻孩子，让她坐在他旁边，认真地就他们分别后的情况问了她几个善意的问题。她摆出大人的姿态，用清脆的童音作了回答。

挂钟响了，已到了三点钟，杜洛瓦起身告辞。

"请您常来，"玛雷尔夫人说道，"我们可以像今天一样聊聊，你使我很愉快。但是在福莱斯特夫妇那里怎么看不见您了？"

他答道："啊！没什么，我很忙。我希望最近几天里我们能再见面。"

他出了门，心里不知为什么充满了希望。

他没有对福莱斯特提起这次走访。

相关链接

莫泊桑《温泉》片段：

1. 早上半天，他百十来次从他那所紧靠着镇上的住宅走向他在浴室门口过道右边设立的诊察室；如同一只躲在网里的蜘蛛似的埋伏在那儿，窥探病人们的来来往往，用一双严厉的眼光监视自己的病人，用一双愤怒的眼光监视其余两位医生的病人。他几乎用一种像是海船船长的姿态去招呼大家，而对于新到的病人，不是使得他们微笑，就是使得他们恐怖。

以后几天里，他一直想着这次走访，他感到那位夫人始终在他身边。他好像从她身上带回了什么东西，她身体的形象一直浮现在他的眼前，她的气韵留在他的心中，她的身影萦绕在他的脑际，就像有时候人们在某人身边度过了温馨的几小时以后的感觉。这种时候往往会被一种莫明其妙的又亲热又困惑的神秘感所笼罩。

过了几天，他又去看了玛雷尔夫人。

女佣人把他领进客厅。罗丽娜马上出来了。她没有伸手而是把额头伸过来，说道："妈妈要我请您等一会儿。她正在更衣，过一刻钟她就出来。我来陪您。"

小姑娘一本正经的举止使杜洛瓦觉得很开心，他说道："好，小姐，我很荣幸能和您一起度过一刻钟时间。但是我得预先告诉您，我不是一个严肃的人，整天只知道玩。我建议您玩一场捉猫的游戏。"

小姑娘愣住了，然后笑了，就像一个女人听到出乎意外的想法。她低声说道："屋子里不能玩游戏。"

他说道："我无所谓，我到处都可以玩。来，您来抓我。"

他开始围着桌子转圈，逗她来抓他。她就跟在他后面追，脸上总带着矜持的微笑，有时她一边跑一边伸出手去抓他。

他停下来，弯下身，当她蹑手蹑脚跑近时，他又像个关在盒子里一下子冲出来的魔鬼似的一跃而起，然后他迈开大步跑到客厅另一头。她玩得很开心，终于开怀大笑起来。她开始跟在他后面跺脚，以为快要抓住他时，她就轻轻发出了快乐而又惊慌的叫声。他挪动椅子设置障碍，迫使她在椅子跟前停留一分钟，他就离开这张椅子抓住另一张椅子。罗丽娜跑起来了，全身心地投入了这场新游戏中去了。她的脸涨得通红，他每逃脱一次，每耍一次计谋，每佯装一次被抓住的样子，她都会像一个孩子那样兴奋至极地扑过来。

正当她以为快抓住他时，他突然抱住她，把她一直举到天花板顶，一边叫道："小猫被抓住了。"

小姑娘高兴极了，她开心地大笑着，晃着双腿想挣脱他。

玛雷尔夫人进来了。她大吃一惊，喊道："啊！罗丽娜……罗丽娜……您真会教人学坏，先生。"

他把小姑娘放了下来，吻了做母亲的手。他们坐了下来，孩子坐在他们俩中间。他们都很想谈谈，但是平时不爱说话的罗丽娜兴奋得忘乎所以，不停地说话，玛雷尔夫人只得叫她回卧室去。她含着眼泪一言不发顺从地走了。

小姑娘一走，玛雷尔夫人就压低声音对他说道："您知道，我为您想了一个计划。我每星期去福莱斯特家吃晚饭，有时我也回请他们到餐馆去吃饭。我不喜欢请许多人到我家来，我不会张罗，不会下厨，我什么都不会。我喜欢生活得随便一些。所以有时我请他们到餐馆去。但是单单我和他们夫妇俩没有意思，我的熟人和他们一起吃饭又不太合适。我告诉您这些是为了向您解释我请他们吃饭是很平常的事。您明白吗？我请您星期六七点半到富裕咖啡馆和我们一起共进晚餐。您认识那地方吗?"

他欣喜地接受了邀请。

她又说道:"只有我们四个,正好一个小方桌。这种聚会很有意思,我们这些女人还不太习惯这种小聚会。"

她穿了一件深褐色裙子,她的身材、腰身、胸脯、手臂线条清晰,引人注目。她这种雍容华贵的打扮和她住处的零乱形成鲜明的对比。杜洛瓦被她搅得神魂颠倒,手足无措。他自己也不明白为何会如此惊慌。

她身穿的所有衣服,一切紧贴她肉体的衣服,都非常精致、细巧,但是她对周围的一切东西都无所谓。

他离开她后,像上次一样仍觉得她还在身边,他越来越迫不及待地等着她请客的日子到来。

他仍旧没钱购买一套礼服。他又去租了一套黑色礼服。他比约定时间早几分钟到。别人都还没有来。

他被领到三楼的一间红色小包房,包房里只有一扇朝街的窗。

一张方桌上已经摆了四副刀叉,刀叉衬在白桌布上亮晶晶的好像涂了一层光。两只烛台上点了十二支蜡烛,玻璃杯、银餐具、小暖锅在烛光下熠熠闪亮。

窗外,各个窗口透出明亮灯光,窗下是绿莹莹的一棵大树的树冠。

杜洛瓦走到一张很低的红色凳子边坐下,坐垫上的弹簧已经松了,他一坐下就陷了进去,好像掉进一个窟窿里。这幢房子和其他大饭店一样一片嘈杂声,银制器皿、碗盏的碰击声、地毯上侍应生急促的脚步声、开门时从各个包房里传出来的顾客们的谈笑声。福莱斯特进来了,他亲切友好地和杜洛瓦握握手,在《法兰西生活报》报社里,他从未如此对待过杜洛瓦。

"两位夫人将一起来。"他说道,"这样请客吃饭太客气了。"

他看看饭桌,吩咐熄掉一个煤气灯,因为有风,又叫人关上一半窗门。他找了一个避风的位子。他解释道:"我刚刚好了一个月,前几天又感冒了,必须当心点,我可能是星期二从剧场出来时着了凉。"

包房门开了,两位年轻夫人进来了,饭馆经理跟在她们后面。她们俩都戴着面纱,显得很神秘,也很迷人,好像赴幽会似的。

杜洛瓦和福莱斯特夫人打招呼,她责备他好久不去看她了,然后她笑嘻嘻地看看她女友,说道:"是的,你更喜欢去玛雷尔夫人那里,您有时间去看她。"

大家坐下,经理把酒单递给福莱斯特。玛雷尔夫人叫道:"他们爱喝什么就喝什么。给我们来一点香槟,最好的香槟,不要太凶,其他不要了。"

经理走出走了。她大笑道:"今天晚上,我要放纵一下,就像是一桌喜酒,真正的喜酒。"

福莱斯特好像没有听见她说的话,他问道:"我前几天刚感冒,我把窗子关上您不在意

相关链接

2. 玛尔兑勒原是个跑江湖的丑角，曾经跑过好些码头，后来才主持昂华尔乐园，他那庞大而疲软的肚子，系着一条不知如何系稳的裤子在衬衣里面动荡。他整天畅饮那些为浴客们预备的种种饮料。他那两撇军官式的大髭须，从早到晚受着啤酒的泡沫和甜味烧酒这两件东西的滋润；他在那个被他邀过来的老丑角的心里，造成了一种很强烈的台球瘾。

吧?”

“没有关系。”

他去把另半扇窗门也关上了,放心地坐回到位子上。

他夫人没有说话。她眼睛朝下看着桌子,对着玻璃酒杯满不在乎地笑笑,好像对什么都不在意似的。

奥斯当牡蛎端了上来。一只只小巧的肥肥的牡蛎像一只只小耳朵塞在贝壳里,吃进嘴里像一颗颗带咸味的糖果很快就化了。

浓汤之后,上了一盘鳟鱼,玫瑰色的鱼肉就像年轻姑娘一样细嫩。朋友们边吃边聊了起来。

他们先谈论一件街头传闻，一位贵妇人和一位外国亲王在一间包房里共进晚餐却被她丈夫的一个朋友碰上了。

福莱斯特大笑不止；两个女人说那个饶舌鬼不是好东西；杜洛瓦附和她们的看法，他高声表示一个男人碰到这种事情应该保持沉默。他说：“如果我们能够互相信赖，互相绝对保密,生活就可以充满动人心弦的事情。有些人,尤其是女人们,因为害怕秘密被暴露,往往就止步不前了。”

他又笑笑道:“不是吗?如果她们为了得到短暂的一点点快活,哪怕危言耸听伤心落泪也在所不惜的话，那么有多少人会为了瞬息的欲望、为了突如其来不可抵御的一小时的任性、为了疯狂的爱而忘乎所以！”

他侃侃而谈,好像他在为某件他自己的事作辩护似的。他好像要说明:“和我在一起用不着担心有危险,不妨试试看。”

她们俩都盯着他,用目光表示赞同他的看法,她们觉得他讲得很好,很对,她们以友好的沉默忏悔她们那种喜欢道听途说、经不起推敲的巴黎女人的陋习。

福莱斯特歪在椅子上,他蜷曲着一条腿,餐巾塞在他的上装里以免弄脏衣服。他突然若有所悟地笑道:“太妙了,如果秘密确实不会泄露的话,付多少钱都行。可怜的丈夫们！”

大家开始谈论起爱情。杜洛瓦认为没有永恒的爱情,但可以保持爱情,可以建立一种联系、一种亲密的友谊、一种信任。肉体的结合只是两颗心结合的印记。他对于伴随着中断关系而来的妒忌、骚扰、吵吵闹闹、寻死觅活很是愦愦然。

待他住了口，德·玛雷尔夫人叹道：“是呀，爱情是生活中惟一美好的事，我们太宠爱它而提出了不可能的要求。”

福莱斯特夫人手里玩弄着一把刀,接着说道:“对……对……被人爱是好事……”

她若有所思,想起了某些难以启齿的事。

第一道正菜一直没有送上来,他们就不时地喝一口香槟酒,从圆面包上剥一点皮嚼嚼。爱情这个问题慢慢地占据了他们所有人的思想，它像那清淡的香槟酒一滴一滴进入他们的咽喉,加热了他们的血液,搅昏了他们的头脑。

羊排上来了,细嫩的羊排下垫了一层厚厚的芦笋做的"小床"。

"好东西!"福莱斯特叫道。他们细嚼慢咽地吃着,品味着细嫩的羊肉和酥软的芦笋。

杜洛瓦又开口道:"当我喜欢上一个女人,她周围的人对于我都不存在了。"

他很自信地说出这句话。他品尝着桌上的美肴,仿佛自己已经享受到了这种爱情而兴奋不已。

福莱斯特太太仍保持着让人敬而远之的神态,低声说道:"当一个人问道:'您爱我吗?'另一个答道:'是的,我爱你。'没有谁比这两只手第一次紧紧握在一起更幸福的了。"

德·玛雷尔夫人又斟了一杯香槟酒一口喝干。她放下酒杯,快活地说道:"我是不太赞同柏拉图的。"

每个人都冷冷一笑,他们都眼睛发亮赞同这句话。

福莱斯特靠在椅子上,伸开两臂搁在靠垫上,认真地说:"您很坦率,说明您是一个很实际的女人。但是,能否请问您,德·玛雷尔先生是什么看法?"

她心不在焉地耸耸肩,口齿清晰地说道:"德·玛雷尔先生在这方面没有看法。他只……无可奉告。"

他们从高谈阔论、温柔之情到口无遮拦、语出惊人。

他们话中有话,但有时又把话说白了犹如撩开了衣裙。他们巧舌如簧,又大胆又装腔作势。有时含蓄的语言暗示着只能意会不能言传的赤裸裸的形象,这种手法给上流社会的人们的谈情说爱涂上了一层神秘莫测的色彩,他们的话会产生一种诱发人欲的联想,和所有秘不可宣的难以启齿的又朝思暮想的东西紧紧联在一起了。

又上了一道烤山鸡,然后又上了一道小豌豆,然后是一大盆肥肝,肥肝周围还镶了花边似的生菜。他们不假思索地把这些菜都一气吃了,也没有好好品尝滋味。他们只顾说话了,全都沉浸在爱的盆汤里了。

两个女人显出了她们之间的不同。德·玛雷尔夫人秉性大胆不加掩饰,像是在挑衅;福莱斯特夫人有种讨人喜欢的矜持,她的声音、腔调、微笑、姿态无不如此,话到嘴边会转个弯。

福莱斯特完全陷在靠垫上,只顾笑呀,喝呀,吃呀,不时插一句非常大胆的话使得女人们都大吃一惊,目瞪口呆好几秒钟。有时候他的下流话说得太过分了,就加上一句:"孩子们,如果再这样下去,你们将会干出蠢事来的。"

点心上来了,接着咖啡也上来了,饮料使得他们发昏的头脑热昏了。

德·玛雷尔夫人一开始就声称自己一喝就醉。她真喝醉了,她的话特别多,逗乐了她的客人们,而她更显得醉态百出。

可能是出于谨慎吧,福莱斯特夫人不做声了。杜洛瓦感到热情过头了也会露拙的,他很明智地少说一些话。

大家点上了烟。福莱斯特突然咳嗽起来。

相关链接

3. 现在他哼着走路，样子就像一只没有腿的螃蟹。走的时候，他右腿像是一块破布拖在地上，左腿弯成两截提起来。

他咳得满脸通红，额头冒汗，差点撕裂了喉咙。他用餐巾拼命捂住自己。咳完后，他恼火地嘟哝道："这些讨论对我无所谓，真蠢。"咳嗽搅昏了他的头脑，他的情绪一下子变得糟透了。

"我们回家吧。"他说道。

德·玛雷尔夫人按铃唤来侍应生结账。侍应生马上把账单送了上来。她拿起账单，账单上的数字在她眼前打转。她把账单递给杜洛瓦，说道："喏，您替我付账，我头昏脑胀的，看不清楚。"同时她把钱包扔到他手里。

一共一百三十法郎。杜洛瓦一一核对了账单，取了两张钞票付账，收回了找头。他轻声问道："该给侍应生多少小费？"

"随您吧，我不知道。"

他在盘子里放了五法郎，然后把钱包还给德·玛雷尔夫人。他问她道："您愿意我送您回家吗？"

"当然研，我都找不到家门了。"

他们和福莱斯特夫妇握手道别，杜洛瓦一人陪德·玛雷尔夫人坐公共马车回去。他们坐在黑糊糊的马车里，他觉得她紧紧靠在他的身上。一盏盏路灯不时地突然照亮了他们的车厢。他感应到她肩膀的温热。他找不出话来对她说，一句话也找不出来。他真想把她抓过来紧紧抱在怀里。他想："如果我大胆一点，她会怎样？"

吃饭时他们谈的一些粗俗不堪的话使他跃跃欲试，同时他也怕出丑，就控制了自己。

她也不说话，一动不动，缩在她的角落里。如果不是时时照进来的路灯光让他看见她发亮的眼睛，他会以为她已睡着了。

"她在想什么？"他感到自己不应该打破沉默，哪怕说一个字都会把他的运气带走的。但是，他缺乏勇气做一个突然又猛烈的举动。

突然他感到她的脚动了一下。她不吭声地痉挛了一下，似乎很不耐烦。也可能是一种召唤，这个动作使他从头到脚的皮肤发了一阵麻，他猛地转过身去扑到她身上，用嘴唇找她的嘴，用手抚摸她的身体。

她轻叫了一声，挣扎着想要站起来把他推开。后来，她让步了，好像她没有力气再抵抗了。

马车不久就在她家门口停下了。杜洛瓦吃了一惊，他不想说客套话来向她表示感谢，表示他的爱情。她没有动弹也不动身，刚才发生的事使她透不过气来。他担心车夫会起疑心，就先下了车，再把手伸给年轻女人。

她终于跌跌撞撞下了马车，她没有说话。他按了门铃，门开了。他战战兢兢地问她："什么时候我能再见到您？"

她声音低得他勉强听得见："您明天来和我一起吃午餐。"

她推开沉重的大门就消失在黑暗的门厅里，大门砰的一声关上了。

他给了车夫一百个苏,怀着胜利的喜悦,急匆匆地朝前走。

他终于得到了一个结过婚的女人！一个贵妇人！一个真正的上流社会的女人！一个巴黎的贵妇人！这一切来得真容易又是那么出乎意料！

他一直想像要去接近并征服这样的一个女人，必须倍加小心，无休止地等待时机，必须善于甜言蜜语讨人喜欢,花钱送礼物。而现在一下子,只是稍许进攻一下,他碰到的第一个女人就委身于他了,这一切发展得那么快,真出乎他的意料之外。

“她刚才昏了头,”他想道,“明天将会是另一种情景了,我将会伤心落泪了。”他不安地想道。接着,他又想:“管它呢,现在我抓住了她,我会抓住不放的。”

他想入非非,希望自己很有成就,出了名,发了财,赢得了爱情。他突然发现,他想像中虚无缥缈的女郎们具体化为那些富有的、华贵的、有权有势的女人们。这些女人微笑着一个接一个消失在他梦中的金色云彩后面了。

他这一觉充满了美梦。

第二天,他登上德·玛雷尔夫人的楼梯时,心情有点激动。她将怎样接待他呢?她会拒不见他吗?她会不让他进她屋子吗?她会说些什么?

小个子女佣人开了门,她神态照常。他放下了心,他原已作好了看女佣人脸色行事的准备。

他问道:“夫人好吗?”

她答道:“夫人很好,先生,和平常一样。”

他一直走到壁炉跟前,对着镜子仔细端详一下自己的头发和衣着,整一整领结。他发现镜子里一个年轻女人站在卧室门口正看着他。他佯装没有看见她,照了几秒钟镜子,先仔细端详自己后再回过身来面对她。

他转过身来,她没有动弹,似乎等待着什么。他扑过去喃喃道:“我多么爱您！我多么爱您！”

她张开双臂倒在他怀里,然后,她朝他抬起头来,他们长久地拥吻。

他想:“这比我想像的还容易,很好。”他们的嘴唇分开了。他微笑着一言不发,目光中努力表现出一种无限的爱。

她也微笑着,女人们经常用这种微笑示意她们的欲望,表示她们愿意以身相许。她低声说道:“这里只有我们俩,我叫罗丽娜到一个朋友家去吃午饭了。”

他叹口气,吻吻她的手说道:“谢谢,我喜欢您。”

她挽起他的胳臂,好像他是她丈夫似的,一直走到长沙发边,肩并肩地坐下。

他必须找些能吸引人的话来聊聊,但是他找不到合适的话题。他低声道:“您不生我的气吧?”

她用一只手捂住他的嘴:“别做声！”

他们俩沉默不语,目光交错在一起,滚烫的手指握在一起。

相关链接

4.“呢，音乐可以毁灭我。当我细听一支心爱的曲子的时候，首先觉得就像是最初那些声音使我的皮肤从筋肉上蜕下来，熔化了它，溶解了它，消灭了它，并且让我如同一个活生生地蜕了皮的人受着乐器的一切袭击。那简直是在我那些赤裸裸的而且颤动的神经上演奏，使得神经应着每个音符跳起来。我之听音乐并不仅仅用我的耳朵，而是用我这个从头到脚一齐颤动的身体的全部感觉力。……”

“我多么想您呀！”他说道。

她又重复道：“别做声。”

隔墙传来了女佣人在饭厅里放置餐具的声音。

他站起来道：“我不该靠您这么近，我昏了头。”

门开了，女佣人道：“都准备好了。”

他彬彬有礼地向她伸出胳臂。

他们面对面坐着吃午餐，目不转睛地对视着，脸上始终挂着微笑，只想着他们两人。一种亲切的温馨油然升起，笼罩了他们俩。他们不知道吃什么东西。他感到一只小巧玲珑的脚在桌子底下转动。他用双脚抓住了它，用尽全力把它夹住不放。

女佣人进进出出，把菜端上来又撤去用过的菜盘。她神态漠然，对什么都不在意。

他们吃完饭，回到客厅，肩并肩地坐到长沙发上。

他一点一点靠近她，试图贴近她身子。但是她平静地推开他：“小心些，会有人进来的。”

他低声道：“什么时候我能和您单独见面，告诉您我是多么爱您？”

她凑近他耳朵悄声说：“最近几天里我到您住处去看您。”

他感到脸红了：“到……到我住处……那里太简陋了。”

她微笑道：“没关系。我是去看您，而不是去看房间的。”

于是他追问她什么时候去。她定了下星期末的一天。他两眼发亮，语句急促地求她提前一点。他摇着她的双手，紧紧捏着它们。他的脸涨得通红，烧得烫人，两人单独共进午餐使得他的欲望更不可遏制了。

她开心地看着他如此热情高涨，隔一会儿让一次步，把约会提前一天。但是他坚持着：“明天……答应我……明天。”

她终于答应了：“好吧，明天，下午五点钟。”

他快活地发出一声长叹。他们安安静静地像二十年的老朋友似的亲热地聊起天来。

一声铃响，他们都吓了一跳，一下子两人都分开了。

她低声说道：“可能是罗丽娜回来了。”

孩子进来了，愣了一下，然后拍着手向杜洛瓦奔去。她看到他高兴极了，她喊道：“啊！漂亮的朋友！”

德·玛雷尔夫人笑了：“瞧，漂亮的朋友！罗丽娜给您起了个友好的外号。这名字很好，以后我也叫您漂亮的朋友。”

他抱起小姑娘放到膝盖上，他和她一起玩上次教给她的所有的小游戏。

三点差二十分，他站起来告辞。他走到楼梯边，朝着半开的门低声道：“明天，下午五点钟。”

年轻女人微笑着答道：“对。”然后她消失了。

他处理完工作后，就开始考虑如何整理他的房间来接待他的情妇，他要尽可能地掩盖掉屋子里的寒酸相。他想墙上可以挂一些日本小玩意。他用五法郎买了一些小扇子、小画框来掩盖墙纸上太明显的污渍。他在窗玻璃上糊了一些透明的图片，有河流中的船只、在灿烂阳光下飞翔的鸟儿、阳台上的衣着鲜艳的太太们、白雪皑皑的平原上穿黑色礼服的宗教队伍。

他的小屋勉强可以放一张床、几张椅子，一盏小灯就能照亮整个屋子，纸灯罩上还有画。他认为小灯的效果很好。他连夜用剩下的彩色纸剪了几只鸟贴在天花板上。

然后，他在火车的鸣叫声中入睡了。

第二天，他很早就回家了，买了一包蛋糕和一瓶马德拉酒。他又出去买了两只盘子、两只玻璃杯。他把这些东西放在他的梳妆桌上。他用一块餐巾遮盖了这张木制的桌子的污垢处。他把脸盆和水罐都放到桌子底下。然后，他就等候客人到来。

五点一刻，她来了。她看到那些彩色的小图片很兴奋。她叫道："嗨，您这里太好了！楼梯上人真多。"

他抱住她的胳臂，等不及让她脱去帽子和面纱就拼命地吻她的头发。

过了一个半小时，他陪她前往罗马街的公共车站。她上了车，他低声说道："星期二，同样的时间。"

她说道："星期二再见，同样的时间。"夜幕已经降临了，她把头缩回车门里。她在嘴唇上给了他一个飞吻。车夫朝他的白马抽了一鞭。她喊道："再见，漂亮的朋友！"白马懒洋洋地拖着马车走了。

连着三星期，杜洛瓦每隔两三天接待德·玛雷尔夫人一次，有时在早上，有时在晚上。

一天下午，他正等着她，楼梯上发出一声巨响。他到房门口去看个究竟。他听到一个孩子哭叫，又听到一个男人怒吼道："他还叫什么？"

一个女人口齿不清地尖叫道："那个来找楼上记者的骚娘在楼梯上撞倒了尼古拉。"

杜洛瓦着了慌，赶快退进屋子。他听到了一阵衣裙的窸窣声和急促的脚步声。

不一会儿，有人敲门了。他开了门，德·玛雷尔夫人气喘吁吁、慌慌张张跌了进来。她低声问他："你听见了吗？"

他装作什么都不知道。

"没有听见什么。"

"他们骂我。"

"谁？"

"楼下的穷鬼。"

"我没有听见。告诉我，怎么回事？"

她大哭了起来，哭得一句话都说不成。

他把她头发松开，衣服解开，把她放到床上，用一件湿内衣给她擦额头。她哭了好久才安静下来。突然她的怒火爆发了出来。

她要他马上下楼去揍那些人，把他们杀了。

相关链接

5. 她做出他们面目上的种种动作，使得她那个活泼漂亮的脸儿增加了妩媚。她那双生气勃勃的眼睛发着光，她那张并不小巧的嘴巴张开得很自然，露出那些雪白整齐的牙齿，她的略略翘起的鼻子使她显得有一种聪明的神气，她皮肤是鲜润的，花朵一般的鲜润，使得旁人嘴唇因为羡慕而颤动。

他一再劝道："他们都是无可理喻的工人。你想想，如果上了法院，你就会暴露身份，被抓了去，你就完了。不要去理会这种人。"

她又产生了另外的想法："现在我们应该怎么办呢？我不能再到这里来了。"

他答道："很简单，我搬家。"

她喃喃道："那要许多时间。"

接着她突然又有了新的想法。她说道："不，听着，我有主意了，让我来办吧，你别管了。明天早上，我给你寄一封快信来。"

她笑了，她想出了新主意又不说出来，觉得很开心。她疯狂地做爱，花样多极了。

她下楼时仍很激动，全身靠在情人身上，她觉得她的双腿好像都断了。

他们在楼梯上没有遇到任何人。

第二天早晨，他起床很晚，十一点钟他还在床上时，邮递员就送来了快信。

杜洛瓦拆开了信，信上写道：

> 五点钟你到康斯坦丁诺堡大街一二七号。你吩咐打开杜洛瓦夫人租下的套房。吻你。
>
> 克洛

五点正，他走进一幢带家具出租的大楼。他问看门人："杜洛瓦夫人在这里租了一套房间没有？"

"是的，先生。"

"请带我上去。"

看门人很谨慎，他仔细看看杜洛瓦，拿出钥匙串问道："您确实是杜洛瓦先生？"

"是的，没错。"

他打开了底层一个两室的小套间，就在看门人屋子的对面。

客厅的墙上糊着枝叶图案的墙纸，还相当新。桃花心木家具上画着黄色图案，一条薄薄的花地毯，湖绿色，使人能感觉到脚底下的木地板。

卧室很小，一张大床就占去了四分之三，靠墙根放着，蓝色的床帘很厚实，床上铺着红色丝绸的鸭绒被，被面上有几点污斑。

杜洛瓦心里很不安，也很不高兴。他想："这房子要花我不少钱呢。我又要借钱了。她干了蠢事。"

门开了，克罗蒂特张开双臂一阵风似的扑过来，衣裙发出很大的声音。她高兴极了。

"这屋子挺好吧？这屋子在底层，用不着上楼梯，又朝着街。我们可以从窗子进出，不让看门人看见。我们可以亲亲热热呆在这屋子里！"

他冷冷地吻了她，不敢把嘴边的问题提出来。

她把一个大包放在屋子中间的柜子上。她把包打开，取出一块肥皂、一瓶吕宾香水、一块洗澡用的海绵、一盒发卡、一把螺丝起子、一把烫发用的火钳，每次她头发弄乱后可用这把火钳修整好她的刘海。她把这些东西都一一放好。她干得特别欢。

她一边打开抽屉，一边说道："我得带点替换的内衣来，可以方便些。偶尔我逛街挨了雨淋，可以到这里来换干衣服。我们俩都有一把钥匙，还有一把放在看门人那里，以防万一我们都忘了带钥匙。我先租三个月，当然是用你的名字，因为我不能用我的名字。"

他问道："告诉我什么时候付房租？"

她不在意地答道："已经付了，亲爱的。"

"那么，我欠了你的钱？"

"不，小猫，这与你无关，我愿意做这件发疯的小事。"

他显出生气的样子："不，我不允许。"

她把手放在他肩上求他："我求你了，乔治，让我为我们的小巢付钱，这使我很开心。我一人付钱，这对你无妨的。我愿意为我们的爱情出点力。你说你也很愿意我这样做，小乔乔，你说您愿意……"她的眼睛、嘴唇，她的全身都在求他。

他仍气鼓鼓地拒绝。过了一会儿，他才让步了。他心里还是认为这样处理是对的。

她走后，他搓着双手喃喃道："不管怎么样，她人不错。"他也不去弄明白从他心里哪个角落冒出的这个想法。

过了几天，他收到一封快信：

> 我丈夫今晚到巴黎，他出去视察了六个星期。我们只能等一个星期再见面了。真讨厌！亲爱的！
>
> 你的克罗

杜洛瓦愣住了，他已忘了她是结过婚的。他倒很想见一见这个男人，认识认识他。

他耐心地等待那位丈夫再次离家。他在"疯狂的牧羊人"剧院度过了两个夜晚，每次散场又到拉什尔那里去过夜。

一天早上，又来了一份电报，上面只有几个字："下午五点。克罗。"

他们都提前到了。她一头扑进他的怀里，热情地吻遍了他的脸，然后她说道："如果你愿意的话，你可以带我出去吃晚饭。我现在自由了。"

他的工资不到月底就花光了，他总是口袋空空东挪西借度日。碰巧今天正是月头上，杜洛瓦手头有点钱，他很高兴有为她花钱的机会。

他回答道："好，亲爱的，随便你想上哪里。"

他们七点钟出门，走到街上。她紧紧靠在他身边，贴着他耳边说道："你知道我挽着你出

相关链接

6. 鲁该斯仿佛吃惊了，如同一只落在网子里的鸟被猎人捉住了。

"简直没有这样的事，先生，简直完全没有这样的事！是谁使您相信？"

"简直有这样的事，小姐，简直十足有这样的事！您好久不到这儿来了，好久看不到您常坐的那辆四轮大篷车，那辆一直被我叫做《圣经》上的'诺亚方舟'的四轮大篷车。每逢我遇见您的时候和向您说话的时候，您总现出不大愿意的神气呀。"

去是多么高兴，我多么喜欢你贴在我身边的感觉。"

他问道："你愿意去拉特依尔老头开的饭馆[1]吗？"

她答道："不，那里太贵了。我想换换口味，我想到工人们常去的那种普通餐馆。我真喜欢郊区小咖啡馆里的跳舞场面。啊！我们到乡下去多好！"

他一点也不知道附近有这样的小咖啡馆。他们沿街寻去，终于找到一家小酒吧，这家小酒吧另有一间店堂可供用餐。她透过玻璃窗看到两个浓妆艳抹的小姑娘坐在两个军人对面。

这店堂又窄又长，最里头坐了三个马车夫在吃饭。一个看不出身份的人，双手插在裤腰上，双腿伸得直直的靠在椅子上抽着烟斗。他的脑袋朝后搁在椅子背上。他的茄克衫上满是各种颜色的斑渍，口袋鼓鼓的，露出了一只酒瓶的细颈。一块面包，一个报纸包，一根绳子挂在外边。他的头发又多又乱又脏。他的帽子掉在椅子底下也不捡起来。

气度不凡的克罗蒂特一进去就引起一阵骚动：两对男女停止了窃窃私语；三个马车夫停止了说话；抽烟的男子放下了他的烟斗，朝前吐了一口痰，稍稍转过身来看看。

德·玛雷尔夫人低声说道："太好了。我们在这里吃饭，感觉一定很好。下次，我穿女工的衣服来这里。"

她毫无拘束地坐下。她面前的木桌上满是残渣剩菜，侍应生只是马马虎虎地一擦了之，她也不感到恶心。杜洛瓦有点不自在，他想找一只可挂他的高帽子的衣钩也没有找到，只得把帽子放在一张椅子上。

他们吃了一盘炖羊肉、一片羊腿和一盘生菜。克罗蒂特重复道："我喜欢这里，我的爱好像那些下三流的人一样，在这里我比在英国咖啡馆开心。"接着她又说道："如果你想让我痛痛快快地高兴一下的话，就带我到一家小舞厅去玩玩。我知道这里附近有一家叫'白色皇后'[2]。"

杜洛瓦奇怪地问道："谁把你带到那里去的？"

他眼睛看着她，看到她脸红了，有点不自在，好像这个问题突然使她回忆起某件难以启齿的事情。她不易觉察地犹豫了一下，回答道："是一位朋友……"她顿了一下，又补充道："他已经死了。"

她垂下眼睑，脸上由衷地黯然神伤。杜洛瓦第一次很想知道这个女人的过去，他沉思起来。她过去肯定有过好几个情人，是什么样的情人呢？属于哪种社会层次的？在他心中油然升起某种模糊的妒忌，某种对她的敌视。他敌视他所不知道的有关她的一切，他恨她身心里还有不属于他的角落。他看着她，想到这个美丽的脑袋里还藏有秘密，还想着他人，为他人遗憾，他就很恼火。他多么想介入到她的记忆中去搜寻一番，他多么想追根究底了解一切……

---

① 原文是 le pere Lathuile，马内曾作过一幅画。

② 原文为 la renie－Blanche．现在叫"红磨坊"。

她又问道："你愿意陪我去'白色皇后'吗？那里很热闹的。"

他心想："算了，过去的事无所谓，我计较那些事太蠢了。"他微笑道："当然，亲爱的。"

他们走到街上，她又推心置腹地神秘地低声说道："我一直不敢向你提出这个要求，你想像不到我多么喜欢所有女人们不敢去的那地方的小伙子们。狂欢节时，我化装成中学生，我的样子很逗人的。"

他们走进舞厅。她紧紧贴着他，又害怕，又高兴，她用欣喜的目光看着那些女郎们和皮条客们。有时候为了给自己壮胆，看到某位一动不动、表情严肃的公务人员，她就说道："这是一个经验丰富的警察。"一刻钟过后，她在这地方呆够了，他就陪她回家。

于是，他们开始到一家家低级的娱乐场所去。杜洛瓦发现他的情妇特别嗜好这种学生式的寻开心。

一天，她按时赴约。她穿着一条丝裙，头上戴一顶女仆戴的软帽，尽管装束简单，淡施脂粉，仍戴着金光闪闪的戒指、手镯、耳环等首饰。他求她取下这些首饰，她戏谑地说："嗨，别人还以为这是莱茵河里捡来的石子呢。"

她自认为化装得很像，真是鸵鸟的方式。她甚至要到名声最糟糕的酒吧去。

她要求杜洛瓦打扮成工人模样。他不同意，仍保持衣冠楚楚，仍戴着他的高帽子，拒绝戴那种软毡帽。

她拗他不过，只能自慰道："别人会以为我是有钱人家的侍女和一个上流社会的年轻男子在一起。"她觉得这样很有戏剧色彩。

他们以这种打扮走进一家家低级餐馆，在烟雾弥漫的小酒吧的最里头的一张老式木桌边的木椅子上坐下。呛人的烟雾夹着晚餐时的煎味充满了整个店堂。穿工作服的男人们吵吵嚷嚷地用小玻璃杯喝酒。侍应生惊讶地仔细看着这对奇怪的顾客，在他们面前放了两杯浸酒樱桃。

她颤抖着，又害怕，又高兴，小口小口地喝樱桃酒，一边用火辣辣的目光不安地向周围看一下。每吞下一颗樱桃她就好像犯了一次错误；每咽下一滴又热又辣的酒，她就有一种苦涩的快感，一种偷食禁果的快乐。

然后，她轻声说道："我们走吧。"

他们离开了。她低着头，走得很快，就像演员下舞台的步子。她从酒客中间穿过。那些酒客们胳臂搁在桌子上又疑惑又不满地看着她从身旁走过。她走出酒吧门，大大地松一口气，好像刚刚逃脱了某种可怕的危险。

有时候，她颤抖着问杜洛瓦："如果在这样的地方有人骂我，你怎么办？"

他果断地说："我会保护你的，上帝作证。"

她幸福地紧紧抓住他的胳臂。她既希望挨骂又希望得到保护，她希望看到男人们为她打架。即使看到那些男人和她的情人打架，她也高兴。

每星期，他们都要换两三次地方。杜洛瓦开始感到累了，此外，好长一段时间以来，他很

相关链接

7. 那种可爱的现款，其中的颜色有白的也有黄的，都由于经过好些人的手，好些口袋，好些荷包，好些咖啡馆里的桌子或者好些古老衣柜的深抽斗而受到了磨损，它们代表着那种由多多少少的艰苦、忧虑、疲劳和工作构成的声响玎玲的历史……比命的本身更难于牺牲；既然将来的情形绝不是要现款同女孩子出门，所以立刻在那父子两人的心灵里带来了一种大的安静，一种协调的指望，一种秘密的但也是彼此心照不宣的快乐。

难搞到半个路易来付每次出游的车钱和酒吧消费。

他现在手头很拮据，比他当铁路职员时还拮据。他当记者的最初几个月里花费很大。他总是希望不久的将来能赚到大钱。他花尽了所有的收入，用尽了所有能搞到钱的办法。

有一个简单的办法，到财务处去借钱，这办法用多了马上不灵了。他已经向报社预支了四个月的工资，还预支了六百法郎的稿酬。此外，他还欠福莱斯特一百法郎，欠有钱的雅克·里瓦尔三百法郎，还有无数小笔债务，这里欠二十法郎，那里欠一百个苏还不计在内。

杜洛瓦向圣波丁请教怎样可以搞到一百法郎。尽管圣波丁很会出主意，也无计可施。杜洛瓦现在花销大了，比以前更感到没钱的苦恼。他心里对所有的人都有一股无言的怒火。怒火越积越大，他随时随刻为了一点小事都会发脾气。

有时候他扪心自问，每个月怎么会不知不觉花去一千镑，他丝毫没有乱花钱呀。他计算了一下，在街上某家咖啡馆吃一顿午餐花去八法郎，加上一顿晚餐花去十二法郎，一个路易就没有了，再花去十多个法郎的零花钱，不知怎么的，一天就需要三十法郎的花销，一个月就需要九百法郎，服装、鞋帽、内衣、洗衣等费用还不计在内。

十二月十四日那天，他口袋里不名一文，也不知到哪里去弄点钱来。他就像以前一样没钱就不吃午饭。下午他去报社上班。那天事情很多，他忙极了。四点钟，他收到情妇的快信，信上写道："我们一起去吃晚饭好吗?吃过饭我们去散散心。"

他当即回信道："没空吃晚饭。"他考虑了一下，又觉得放弃她给予他的愉快时光太傻了，便又加了一句："我在我们的小屋里等你。"

他为了省下邮资，就找了一个男孩把信送去，他寻思如何弄顿晚饭吃。

七点钟，他还没有想出办法，肚子已经饿极了。他只能使出最后的绝招了。等同事们一个个走后，他独自一人留在办公室里，拼命按铃。看门人跑了来。

杜洛瓦站在那里，拼命搜寻他的口袋。他神情紧张地对看门人说："福卡尔，我把钱包忘在家里了。我必须到卢森堡公园去吃晚饭，请借我五十个苏作车钱。"

看门人从上装口袋里掏出三个法郎，问他道："杜洛瓦先生，这些够吗?"

"够了，够了，谢谢。"

杜洛瓦接过白色的硬币，奔下楼梯，到一家便宜餐馆吃了晚饭。他手头拮据时就到这家餐馆用餐。

九点钟，他在小客厅里等着情妇来到。他把腿搁在炉火边取暖。

她快快活活风风火火地来了，还带进街上的一阵冷风。她说："你愿意的话，我们出去走走，到十一点再回来。今天天气好极了，正好散散步。"

他咕哝道："为什么一定要出去?这里很好。"

她没有脱帽，又说道："外面的月光好极了。今天晚上出去散步真的很开心。"

"可能吧，但是我不想散步。"他气呼呼地说道。

她感到受了伤害，问道："你怎么啦?为什么这样?我想去散步，不知道怎么惹着你了?"

他站起来吼道："你没有惹着我，但是我讨厌散步，就是这么回事！"

她是那种容不得别人说不或对她无礼的女人。

她很恼火，冷冷地不屑一顾地说道："我不习惯别人这样对我说话。我自己去散步。再见！"

他明白事情闹大了，马上扑过去，抓住她的双手，一边吻，一边喃喃道："原谅我吧，亲爱的，原谅我吧。今天晚上我情绪不好，特别容易发火。我有些麻烦，工作上的事情。"

她仍旧余怒未消，只是稍稍缓和了语气。

"这与我无关，您朝我发脾气，我可受不了。"

他抬起她的胳臂，把她拉到长沙发上，说道："你听着，宝贝，我不想伤害你，我也不知自己讲了些什么。"

他硬让她坐下，然后跪在她面前道："你原谅我了吗？你说你原谅我了。"

她冷冷地低声道："好吧，下不为例。"

她站起身又说道："现在我们出去散步吧。"

他仍跪着不起，抱着她的胳臂低声说道："我求你，别出去，我们留在这里，我求你了。答应我。我多么希望今天晚上把你留在身边靠着炉子边，你是我一个人的。答应我，我求你了。"

她一字一顿地说道："不，我一定要出去，我不会向你让步的。"

他坚持道："我求你，我是有理由的，一个很认真的理由……"

她说道："不行！如果你不愿意和我一起出去，我就走。再见！"

她一跃而起走到门口。他奔过去，把她揽在怀里。

"听着，克罗，我的小克罗，答应我……"

她一言不发，摇摇头不答应。她避开了他的吻，想挣脱他自己出去。

他嘟哝道："克罗，我的小克罗，我有一个理由。"

她停止脚步，直视着他道："什么理由？……你撒谎。"

他脸红了，不知该说什么好。她生气地说道："你瞧，你在撒谎吧……笨蛋……"

她眼里含着泪，猛地挣开了他。

他又一次抓住她的双肩。他很难过，准备说出一切来避免和她吵翻。他绝望地叫道："因为我一分钱也没有……"

她愣住了。她盯着他眼睛看，企图看到他心底里他是否在说实话。她问道："您说什么？"

他脸红到耳朵根："我没有钱。你明白吗？我连二十个苏，十个苏都没有，我连付一杯咖啡的钱都没有。你逼我讲出这么难为情的话。我不能和你一起出去。我们坐在桌上，叫了两客东西，我说我没有钱付账，怎么说得出口？"

她一直看着他，问道："……你说的是真话？……"

他一下子把所有的口袋都掏了出来，上衣口袋，裤子口袋，茄克衫口袋。他低声道："瞧……你现在高兴了吧？"

相关链接

莫泊桑《我们的心》片段：

1. 她爱坚持的许多理论之一是：壁衣、织物的色调，坐位的宽敞，形状的协调，整体的和谐也和"巧笑倩兮"一样，能愉悦视线、吸引视线、调整视觉。她的说法是：富也好，穷也好，但招人喜欢或者使人反感的寓所形象也和里面住的人一样能吸引人，使人流连或者拒人千里。它们会使心灵苏醒或者麻痹，使精神兴奋或者冷漠，使人开口或者缄默，使人快乐或者悲哀，最终使每个来访者产生一种没来由的离去或留下的愿望。

她突然张开双臂跳起来，搂住他脖子低语道："啊，可怜的人，我亲爱的，要是我早知道的话，你还会到这个地步？"

她让他坐下，她自己坐在他膝盖上，然后搂住他脖子，不停地吻他的小胡子，他的嘴，他的眼睛。她逼着他告诉她怎么会到这般地步的。

他杜撰了一个令人同情的故事。他父亲经济拮据，他必须援助父亲。他不仅把所有的积蓄都给了父亲，还因此欠了很多债。他又说道："我至少有六个月没有吃饱肚子了，因为我的钱都用完了。随它去，生活中总有发生危机的时候，不值得老想着钱。"

她在他耳边低声道："我借钱给你，你愿意吗？"

他自尊地说道："你心地很好，宝贝，但是我求你不要再提了，你会伤我的心的。"

她不吭声了，然后，搂住他低声道："你不知道我是多么爱你。"

这天，他们度过了最美好的夜晚。

她走出去时，笑嘻嘻地对他说道："嗯，在你这种情况下，如果突然在口袋里发现被遗忘了的钱，发现了滑到里子中的一枚钱，该是多么开心。"

他答道："要是真有这种事，当然开心研。"

她说月光很好，想步行回家，月光下可以遐想。

这是初冬一个清冷的夜晚，街上行人和马车冻得都来去匆匆不出一声，人行道上只听到鞋跟击地的声音。分手时，她跟他说："我们后天再见面好吗？"

"当然研。"

"同一时间？"

"同一时间。"

"再见，亲爱的。"

他们亲热地拥抱。

他跨着大步回家，一路上盘算着明天如何来摆脱窘境。他一开门进了卧室，在上衣口袋里找火柴时，手指摸到了一枚硬币，他愣住了。

他开了灯，拿起硬币瞧瞧，是一枚二十法郎的路易！

他以为自己花了眼。

他翻来覆去地看这枚硬币。究竟发生了什么样的奇迹，这枚硬币该不会是从天上掉到他的口袋里的吧？

突然，他一下子猜着了，一阵怒火冲上来，他的情妇说起过正当一个人没钱时发现一枚滚进衣服里子的硬币。这是她的施舍，多么丢人！

他狠狠道："瞧着吧，后天，我会要她好看的。"

他躺了下来，内心非常恼火，深感屈辱。

他很迟才醒来。他是饿醒的。他本想再睡到下午两点起床，后来他心想："这样干睡无济于事，我必须搞到钱。"

他起身出了门，希望在路上走走想想主意。

他没有想出主意来，但是每走过一家餐馆，旺盛的食欲使他垂涎欲滴。到了中午，他还不知到哪里弄到吃的。他突然下了决心："算了，我就用克罗蒂特的二十法郎去吃午餐。我明天仍可把钱还给她。"

他在一家小餐馆花了两个半法郎吃了午饭。到了报社，他把三个法郎还给了看门人："喏，福卡尔，昨天您借给我的车钱。"

他一直工作到七点钟。然后，他又用那笔钱去吃晚饭，花了三法郎。晚上又喝了两盅啤酒。这一天他一共花了九法郎三十生丁。

他无法在二十四小时内弄到钱。第二天，他又从应该当晚还的二十法郎中花了六个半法郎。晚上他赴约会时，口袋里只剩下四法郎二十生丁了。

他心里恼火极了，下定决心把话挑明。他要对情妇说："你知道，前天我发现你在我口袋里放了二十法郎，今天我不能把钱还你，因为我的情况仍无变化，我忙得没有时间去搞钱。但是下次见面时我一定还你。"

她急匆匆地来了，对他又亲热又小心翼翼。他将怎样对待她呢？起初，她紧紧地拥抱他避免作解释。

他心想："待一会儿再提那问题，我要寻找合适的时机。"

他没有找到时机，也就什么都没有说，话到嘴边又咽了下去。

她没有提议去散步，但是她非常迷人。

深夜十二点，他们分了手。他们约定下星期三再见，因为德·玛雷尔夫人连着有好几个应酬的晚餐。

第二天，杜洛瓦吃了午饭正准备付账，他在口袋里找寻那剩下的四枚硬币时发现口袋有五枚硬币，而且其中一枚是金币。

起初，他以为是昨天付账时，餐馆找错了钱。一转念，他明白了，这种施舍使他深深地感到屈辱。

他多么后悔约会时没有提及二十法郎的事。如果他态度坚决，这事就不会重演了。

四天里，他多方设法想搞到五个路易，都白费了力气。他只能把克罗蒂特的第二枚路易吃掉了。

他们又见面时，尽管他很生气地对她说："不要再干前几天的把戏了，我要发脾气的。"她仍悄悄地在他裤兜里塞了二十法郎。

他发现这枚金币时，骂道："见鬼。"但他把钱放进上衣口袋里以便随时花销，因为他又身无分文了。

他安慰自己："我以后一起还给她。我只是借她钱用用。"

报社的财务科经不住他一再哀求，最后同意每天给他一百个苏。这点钱刚够他的饭钱，要攒够六十法郎是不行的。

相关链接

2. 脑袋丛中有一个转了过来，于是正往前走的玛里奥，看到了一张明净的脸，金色略棕的头发，长在两颊上的短绒毛像野火燃烧。翘起的小鼻子使这个面庞像在微笑，双唇清晰地勾出了唇线，两腮上一对深深的酒窝，突出的下颏中间有一道浅槽，使脸上带着一种嘲讽的味道；而一双眼睛与其口鼻形成了奇异的对比，它们使这面庞蒙上了一层阴郁的情调。那是一对蓝色的、褪淡了的蓝色眼睛，好像谁把它们洗涤过、刷过，使它变浅了。

克罗蒂特仍然热衷于到巴黎郊外那些低级场所去。他也不再反对她了，每次散步以后他总能找到一枚金币，今天在某只口袋里，另一天在靴子里，另一天在他的表盒里。

既然他一时还不能满足她的嗜好，让她花点钱总比放弃她的愿望为好，这不是理所当然的吗？

况且，他总有一天会把他得到的钱都还给她。

一天晚上，她对他说："我从未去过'疯狂的牧羊人'剧院，你愿意带我去吗？"

他犹豫了一下，他担心碰到拉什尔。他又安慰自己："嗨，我又没有结婚。如果那个女人看到我，心里会有数，不会和我打招呼的。再说，我们进包厢里看演出。"

另外还有一个理由促使他下了决心。他可以邀请德·玛雷尔夫人进包厢看演出又不用花钱。这也是一种补偿吧。

他先借口去买票让克罗蒂特留在车上，不让她看到这票是剧院赠送的。然后他再回来扶她下车。他们双双走进剧场，检票员都向他们致敬。

过道里挤满了人。他们费了好大劲从熙熙攘攘的男男女女的人群中穿过去。他们终于走到他们的包厢里坐下。

德·玛雷尔夫人并不注意看台上的表演，她只注意背后来来去去的女郎们。她不住地回头看她们，她很想去碰她们，碰碰她们的上衣、她们的脸颊、她们的头发。她想知道这些女人是怎么回事。

她突然说道："那里有一个棕色头发的胖女人一直在朝我们看。刚才我以为她想过来和我们说话呢。你看见那女人了吗？"

他答道："没有，你大概弄错了。"

其实他早就看到那女人了。那是拉什尔，她一直在他们旁边转。她眼里冒火，骂人的话都到嘴边了。

刚才穿过人群时，她与杜洛瓦擦身而过。她轻轻地对他眨眨眼说："你好。"

但是，他担心被情妇看见就没有答理她，昂着头，冷冷地走了过去，嘴角边露出不屑一顾的神色。那女郎下意识里已经受到妒忌的煎熬，又回过来和他擦身而过，加重了语气说道："你好，乔治。"

他一言不答。她固执地要他答理她，不停地在他们背后走来走去，窥测时机。

她一发现德·玛雷尔夫人朝她看，就用手指尖碰碰杜洛瓦的肩，说道："你好，近来怎么样？"

他没有理她。

她又说道："怎么了？自从星期四以后你变聋了吗？"

他仍没有理她，露出对她不屑一顾的神态。

她哈哈大笑起来，说道："你变哑了？大概这位夫人把你的舌头咬掉了吧？"

他愤怒地挥了一下手，狠狠地说道："谁允许您这样说话？赶快走开，否则我叫人把您抓走。”

她眼中冒火，大声嚷道：“啊，你这样对我，见你的鬼。你和一个女人睡了觉，就应该和她打招呼。你和另一个女人在一起并不能成为你不理我的理由。刚才我走过你身边时，你哪怕稍稍表示一下，我就不会来惹你。但是你还挺神气的。你等着吧，我会给你颜色看的。啊，我认出你的时候，你连招呼都不打……”

她还要嚷下去。德·玛雷尔夫人推开包厢门跑了出去。她拨开人群，寻找出口赶快离去。

杜洛瓦马上跟着追出去。

拉什尔看到他们逃跑了，胜利地叫道：“抓住她，抓住她，她偷了我的情人。”

剧场里哄堂大笑。有两个先生为了寻开心，抓住德·玛雷尔夫人的双肩要吻她把她带走。杜洛瓦赶了上来，用力把她拉了过来，带到街上。

她一头冲进停在剧院门口的一辆马车里。他跟着也跳进车里。车夫问道：“去哪里？”

他说道：“随便。”

马车摇摇晃晃慢慢地上路了。克罗蒂特紧张至极，双手捂住脸，喘着气。杜洛瓦不知该怎么办才好，也不知该说些什么。

最后，他听到她哭了出来。他语无伦次地说道：“听我说，克罗，我的小克罗，听我向你解释！这不是我的错……我以前认识这个女人……起初……”

她猛地把手放下，露出愤怒的脸，这是一张坠入情网又被出卖了的女人的愤怒的脸。她急促地断断续续地愤愤说道：“啊，真不要脸……你真不要脸……这怎么可能……多么丢脸，我的上帝……多么丢脸！”

她越说越气，心里越来越明白了是怎么回事。她说道：“你用我的钱和她鬼混，是吗？我给你钱是让你去和这个女人鬼混的吗？……啊！真不要脸……”

她停了几秒钟像是要找更厉害的话，结果没找到。突然，她唾了一口道：“啊……蠢猪……猪……猪……你用我的钱给她……蠢猪……”

她再找不到其他词了，一再重复地骂蠢猪蠢猪。”

突然，她探出身子，抓住车夫的袖子叫道：“停下。”她打开车门跳到街上。

乔治也想跟着她下车，但是她叫道：“我不准你下车。”她的声音那么大，路上的行人都停下步子围了过来。杜洛瓦生怕出丑不敢动了。

她凑着路灯光，拿出钱包取出二法郎五十生丁给了车夫，颤抖着声音说道：“拿着，这是车钱，是我付的钱……替我把这个混蛋拉到布索尔大街去。”

围观的人都笑了。一个先生说道：“好样的，小姑娘！”

一个年轻无赖从马车的轮子中间钻出来。他把头伸进车门，尖叫道：“你好，乖乖。”

马车又动了，后面又是一阵哄笑。

相关链接

3. 他转过身，正正地对着她，用深刻锐利的眼光一直看到她的眼底。他重说了一遍他刚才对她说的话，而且更长、更炽烈、更富于诗意。他将往日在那些热情洋溢的信里写下的一切，用这样坚定的热情表达出来，以致她觉得像在香雾缭绕之中。她觉得她作为一个女人的每根纤维都受到了这张爱慕者的嘴的抚摸，胜于她有生以来所曾拥有的。

第　六　章

第二天，乔治·杜洛瓦一觉醒来很是忧伤。他慢吞吞地穿衣服，然后坐到窗前沉思起来。他全身酸痛，好像前一天晚上挨了一顿棍棒。

必须弄到钱！他像被针刺着似的一跃而起。他先跑到了福莱斯特家。

他的朋友在书房里接待了他。福莱斯特双脚搁在炉火边问道："什么事让你这么早就起来了？"

"一件重要的事，我欠了一笔债，这事有关我的名誉。"

"是赌债？"

他迟疑了一下承认道："是赌债。"

"数目很大？"

"五百法郎！"

其实他只欠了二百八十法郎。

福莱斯特有点怀疑，问道：

"你欠谁的？"

杜洛瓦没能马上回答："……欠……一个叫德·查理维尔先生的。"

"他住哪里？"

"他住在……"

福莱斯特笑道："他住在下午两点见面的街上，对吗？我认识这位先生，亲爱的。如果你要二十法郎，我还可以为你效劳，再多就没有了。"

杜洛瓦接过一枚金路易。

他一家一家去找他的熟人。到下午五点，他要到了八十法郎。

他还必须找到二百法郎。他决定留下他要来的钱。他自言自语道："哎，我用不着和那个婊子赌气。等我有了钱再还她。"

在这十五个小时里，他一直很亢奋，也没有花钱吃喝，不可遏制的性欲冲上来了，他似乎觉得自从最后一次把一个女人抱在怀里以来已经过了好多年了。他像一个刚上岸的水手一样，每碰到一次女人的裙子都会使他全身颤抖。

一天晚上，他又回到"疯狂的牧羊人"剧院，希望在那里碰到拉什尔。他一进门就看见她了。她没有离开这个剧院。

他伸出手微笑着朝她走过去。但是她把他从头到脚打量了一下，问道："您找我什么事？"

他强笑着："走吧，别装样子了。"

她转过身道："我是不跟皮条客走的。"

她寻找最粗俗不堪的话骂他。他感到血冲到脸上，一个人走了。

福莱斯特一直感冒，身体很虚弱，报社的工作使他不堪重负。他脾气很坏。有一天，他咳嗽很厉害，很恼火，杜洛瓦没有给他送来他所要的资料。他吼道："你是个大笨蛋！"

杜洛瓦差点要甩他耳光，但是他克制住自己，走开了。他对福莱斯特喃喃道："我会超过你的。"一个念头突然闪过："我会给你颜色看的。"

他搓着双手走了，为自己的计划而暗喜。

他想第二天就开始自己的计划。他去看了福莱斯特夫人。

她正在看书，没有动弹，只是回了一下头说道："你好，漂亮的朋友。"

他顿时觉得她听到了什么。他问道："您为什么这样称呼我？"

她笑嘻嘻地说道："我上星期见到了德·玛雷尔夫人，我知道在她家里她们给您起了一个新名字。"

在这个亲切的年轻女人面前，他放下了心。再说，他有什么可担心的？

她又说道："您把她宠坏了。至于我，谁要来看我随时都可以来。"

他靠近她坐下，好奇地看着她，好像是在欣赏一件古玩。她很妩媚，金色头发又浓又密，令人不禁想伸手去抚摸她。他想："她肯定比那一个好。"他拿不准自己能否成功。其实他只需像摘果子似的伸出手去把她揽进怀里。

他下定决心说道："我没有来看您，因为这样做比较妥当。"

她不解地问道："怎么？为什么？"

"为什么？您不知道吗？"

"一点也不知道。"

"因为我爱上了您……啊！只要给我一点点……一点点……我不愿意太过于奢侈了……"

她即不惊讶，也不欣喜。她仍然带着无所谓的微笑，平静地答道："您可以来嘛。从来没有人会长久地爱我。"

她的声调比话语更让他吃惊。他问道："为什么？"

"因为这是没有用的，我马上让您明白。如果您早点告诉我的话，我会让您放心，让您尽可能地来看我。"

他悲怆地叫道："你就这样冷冰冰地克制着自己的感情！"

她向他转过身来，说道："亲爱的朋友，对我来说，一个坠入情网的男人就不再是一个活人了。他变得蠢了，岂止是变蠢，而且是变得危险了。谁如果爱上了我，或者声称爱上了我，我就不再和他保持密切关系。首先因为他们使我厌烦，其次我恐怕他们会像疯狗一样闹出事来。我要教训他们几十次直到他们疯劲过去。别忘了，我知道在男人眼里，爱情只是一种胃

相关链接

口。而对于我，恰恰相反，是一种……一种心灵的契合，它不属于人们所谓的宗教范围。他们只是从字面理解它，而我是从精神方面去理解它。您看着我……”

她没有笑容。她很冷静地一字一顿说道：“我永远不会当您的情妇，您听明白了。您再坚持也是没有用的，而且更糟……我的看法说完了……我们交个朋友，好吗？交个好朋友，真正的朋友，互相坦诚相见……”

他明白一切尝试都是毫无结果的。他马上作出决定，坦率地表示很高兴能交上她这样的朋友。他向她伸出双手说道：“我听您的，夫人！随您高兴。”

她听出他的话很诚恳，也伸出了双手。

他一只一只吻了她的双手，然后抬起头来简单地说道：“克里斯蒂，如果我娶到一个像您这样的女人，该多高兴呀！”

她听了这句话很感动，就像女人们听到动人的恭维话一样高兴。她迅速地、感激地朝他瞟了一眼，她这一眼真会使所有的人甘愿拜倒在她脚下。

他找不出继续谈话的词。她一个手指搭在他胳臂上，柔和地说道：“我马上履行当女友的义务。您是个病人，亲爱的……”她迟疑了一下，问道：“我可以说实话吗？”

“可以。”

“完全可以？”

“完全可以。”

“那么，您去看看瓦尔特夫人，她很称赞您。您去讨她欢心，尽管她是个很体面的女人。您去恭维恭维她。啊！不要有他想。您表现得好一点，会有好处的。我知道您在报社的职位并不高。别担心，他们对所有的编辑都是同样对待的。去吧，请相信我。”

他微笑道：“谢谢，您真是一个天使……一个守护天使。”

然后他们俩又聊了些别的事情。

他呆了很久，以此证明他很喜欢呆在她身边。离开时，他问道：“我们是好朋友了？”

“是的。”

他感觉到刚才他的恭维发生了效应，凑近她说道：“如果您当了寡妇，我马上来报名。”

说完他马上告辞走了，不让她有发脾气的空隙。

去拜访瓦尔特夫人使杜洛瓦很为难。他从来没有得到允许，不想贸然去她家。但老板对他很客气，称赞他的工作，格外看重他，为什么不利用这一点进入他们家呢？

一天，他起床时情绪很好。他到市场上去转转，用十二法郎买了二十个硕大的梨。他仔细地把它们装进一只筐子捆扎好，好像是从老远的地方运来的。他把这筐梨送到老板娘的看门人那里，还附了一张卡片，上面写道：

乔治·杜洛瓦恳请瓦尔特夫人接受这几只今天上午刚从诺曼底运来的水果。

4. 这位是个旧把戏。年轻，高大，漂亮，轮廓十分端正，头发栗色，云鬓如火。她态度和蔼，以她的安详亲切的魅力，以她的平静智慧的打扮，以一种藏在诚挚朴素感情下面的积极助兴的愿望吸引人。她有坚定的拥戴者，她小心保护他们别暴露在危险的对手面前。

第二天，他在信箱里发现一封信，里面有一张瓦尔特夫人的卡片，上面写道：

瓦尔特夫人谢谢乔治·杜洛瓦先生。她每星期六在家。

下一个星期六，他就去拜访瓦尔特夫人。

瓦尔特先生家在马莱什勃大街。他有一幢双开间房子，一部分出租，这是讲究实惠的人们的做法。两处房子只有一个看门人，既为房东也为房客看门。他穿着漂亮的瑞士的教士服，胖胖的小腿上穿了一双白袜子，衣服上有金纽扣和猩红色的镶边。他对每一个进来的客人都表现出一种富家仆人的气派。

会客厅在二楼，带一个铺地毯的前厅，前厅通客厅的门紧闭着。两个仆人坐在椅子上打瞌睡，其中一个接过杜洛瓦的大衣，另一个接过他的拐杖，打开一扇门，在他前面领了几步路，然后退下，一边报他的名，一边让他进去。

年轻人朝四周看看。他在一面镜子里看到有几个人坐着，这几个人好像在很远的地方，他有点尴尬。起先镜子使他看错了方向，他穿过两个没有人的客厅，进了一间挂着带金扣子的蓝色丝绸帐幔的小客厅。小客厅里有四位夫人正围着一张小圆桌细声细气地聊天，桌上放了几杯茶。

尽管他在巴黎已经过了一段日子，又当了记者，经常和一些名人打交道，但进门的场面和所穿过的几间客厅使杜洛瓦仍有点忐忑不安。他低声说道："夫人，我冒昧……"他一边用目光寻找女主人。

女主人向他伸出手，他弯下腰吻了女主人的手。她说道："您来看我真太客气了，先生。"

她指了一张椅子请他就座。他以为这张椅子很高，结果他跌倒在椅子上。

大家都没有说什么。一位夫人开口说天气变得越来越寒冷了，而冷既遏制不了伤寒，又不能滑冰。每位夫人都对刚开始侵袭巴黎的寒流发表看法。然后，她们又谈自己喜欢的季节及各种微不足道的理由。

杜洛瓦听见轻微的开门声转过头去，他通过两面镜子发现一位胖夫人进来了。她一进小客厅，一位女客就站起来和她握握手走了出去。年轻人目送着她的背影，她穿着黑衣服的背上的珍珠熠熠发亮。

夫人们坐下来后马上直接谈论起摩洛哥问题、远东的战争及英国在非洲南部的窘境。

这些夫人谈起这些事件好像背诵经常上演的喜剧。

一位高大严肃的中年夫人正要出去，又进来一位金色鬈发的夫人，那位中年夫人也就不走了。

她们谈到李奈先生进入法兰西学院的可能性。新来的夫人坚信他将被加巴侬·勒拔先生打败，加巴侬·勒拔先生成功地用法语诗剧的形式移植了《唐·吉诃德》。

"你们知道吗？冬季，奥德昂剧院将上演这部喜剧。"

相关链接

5. 突然间这位女歌唱家的身上一阵战栗；她微微张开了嘴，从那里发出了一声无限痛苦令人心碎的叹息。这完全不是那些歌唱家在舞台上用戏剧式姿势作出的悲剧式的绝望叫喊，这也不是赢得满场喝彩的受骗情人的动人叹息，而是一种难以形容的呼唤，出自肉体而不是出自灵魂，出自一个受伤的野兽的嗥叫，是被抛弃的雌兽的哀鸣。然后她静下了；于是马西瓦又开始叙述这位被所爱男人遗弃了的可怜女王悲惨动人的故事，而且更炽烈、更痛苦万分。

"啊！真的。我一定去看，这是一次文学尝试。"瓦尔特夫人平静地、大度地答道。她说话干脆，总是胸有成竹的样子。

她发现夜幕已经降临，她按铃吩咐上灯，一边仍注意听大家谈论，一边想着该去制版人那里印制下一次晚餐的请柬。

她已经有点发胖，在这个危险的年龄还算很美。她非常注意节制饮食，保养皮肤。她看来又精明，又谦虚，又有理智，是一个头脑很清晰又不乏魅力的女人。她凡事考虑周到、细致，很有自信，对一切人和事都不慌不忙。

她注意到杜洛瓦没有说话，也没有人理会他，他似乎有点拘束。其他夫人们仍在谈论法兰西学院人选的事。她问杜洛瓦道："杜洛瓦先生，您消息灵通，您认为谁该入选？"

他立即回答道："在这个问题上，我从来不看他们的成绩，成绩各有千秋，我要看他们的年龄和健康状况。我不问他们的头衔，我问他们是否有什么病。我不去了解他们是否翻译过什么作品，我要打听他们肝脏、心脏、肾脏、血液等状况。我认为，肥瘦适中，体内循环正常，精力充沛比著作等身更要紧一百倍。"

他的意见使夫人们都惊讶得哑口无言。

瓦尔特夫人笑道："为什么呢？"

他答道："我从来只想如何逗女人开心。其实，夫人，只有当法兰西学院某一个院士死了，它才会引起你们的兴趣。院士们死去越多，你们越高兴。要让院士们死得快一点，就要选又老又病的人当院士。"

他看到夫人们都很吃惊，又说道："我跟你们一样，我很喜欢看到巴黎报纸的快讯上刊登某一院士去世的消息，我心里马上会想：'谁来替代死者？'我自己拟就一张名单，这是一种游戏，这是巴黎所有的沙龙里都爱玩的游戏，叫'死者和四十位老者的游戏'。"

夫人们尽管觉得有点不知所措，但都笑开了，他说的都是实话。

他站起身下结论道："夫人们，是你们任命了他们，你们任命他们仅仅为了想看他们死去。那么你们就挑选最老的、最最老的人，其他你们就不用管了。"

说完，他就头也不回地走了。

他一走，一位夫人说道："这个人真怪，他是谁？"

瓦尔特夫人答道："我们的一个编辑，他目前还只是干些报社里的一般工作，我想他会很快得到发展的。"

杜洛瓦高兴地跳着舞步到了马莱什勃大街上，他很满意自己这样扬长而去。他自言自语道："很好的开头。"

这天晚上，他和拉什尔和好了。

周末过后，两件事降临到他头上：他被任命为《回声》快讯的编辑主任；瓦尔特夫人邀请他去她家共进晚餐。他马上看出这两件事当中的联系了。

《法兰西生活报》实际上是一张金融报纸。这张报纸的老板是一个金融家，报界和议会都受他操纵。他脸上总是笑嘻嘻的，一个好老头的形象。但是他用人很留心的。他要搭准了脉搏，嗅了又嗅，用那些既狡猾又大胆又灵活的人。他感到杜洛瓦是个人才，就让他当了《回声》快讯的主任编辑。

这个职位原来是编辑部秘书布瓦那尔担任的，他是一个认真负责的老记者。三十年中，他担任过十一家不同报纸的编辑部秘书，从未改变过他的看问题的方式。他从这张报换到那张报，好像换一家餐馆一样，只是觉得味道稍有不同而已，报纸的政治或宗教观点一概与他无关。他对哪一张报纸都忠心耿耿，他经验也很丰富。他在工作中像一个瞎子、聋子、哑巴，从不多言多语。他很讲究职业道德，从不做越轨的事。

瓦尔特先生很看重布瓦那尔，但他一直在物色一个人来负责《回声》快讯，这是一张报纸的精华。在《回声》快讯上可以发布消息，可以刊登影响公众和债券利率的传闻。必须若无其事地把某些事情从这个晚会传到那个晚会，故意放风让人们按自己的意愿去猜测或者戳穿某些流言，或者让似信非信的人们相信某些传言。《回声》快讯要让每个人每天至少有一条感兴趣的消息，这样大家都会读它了。要设想周全，想到各个层次、各种职业所有的人，想到巴黎人也想到外省人，想到军人们也想到画家们，想到教士们也想到学者们，想到检察官们也想到交际花们。

领导这支记者队伍的人必须始终保持头脑清醒，必须保持警惕，不轻信于人，要有预见性，又狡猾，又机警，又随和，善于心计，嗅觉灵敏，一眼就能看出虚假新闻的破绽，判明哪些消息该发，哪些消息应该封闭起来，并能预测公众的反应，他必须知道如何发布新闻以期取得多种效应。

布瓦那尔先生实际经验丰富，但缺乏掌握形势的能力，尤其抓不住老板每天变化不定的心思。

杜洛瓦很能投其所好，很出色地编辑了这份快讯，用诺倍尔·德·瓦伦尼先生的话说："这份快讯在国家上层机构和下层各政治派别之间游动。"

《法兰西生活报》的观察员和真正的编辑是六个议员，他们都和老板支持或直接主使的投机事业有关。在众议院里，他们被称为"瓦尔特帮"。大家都眼红他们，因为他们大概都得到老板的津贴，或者和他一起赚了不少钱。

福莱斯特是政治编辑，他只是这些头面人物的稻草人，是他们设想的执行人。他们提供给他文章的主题。他总在家里把稿子写成，他说在家里工作清静。

为了让报纸带点文学色彩和巴黎气息，报社又用了两位有名的作家：雅克·里瓦尔擅长写每日专栏，诺倍尔·德·瓦伦尼是新潮诗人。

报社还用低价找了几个艺术评论家撰写有关绘画、音乐、戏剧评论文章，还在大批以卖文为生的人们中找了一个撰写有关犯罪文章的编辑和一个撰写赛马评论的编辑。两位贵夫人"多米诺·罗丝"和"白瓜子"经常寄一些有关上流社会的文章，诸如上流社会存在的问题，典雅的生活方式，头衔，生活指南，有关知名的夫人们的传闻逸事、隐私揭秘。

相关链接

《法兰西生活报》在各种势力的操纵下，在社会各个层面上游走。

正当杜洛瓦得知自己被任命为《回声》编辑主任之时，他又收到了一张小卡片：

瓦尔特先生和夫人请乔治·杜洛瓦先生于一月二十日星期四赏光赴宴。

杜洛瓦高兴得拼命吻这张请帖，好像这是一封情书似的。接着，他就去找财务商量有关钱的大问题。

一般来说《回声》编辑主任应有一笔预算来支付记者们写的报道。一开始，杜洛瓦每月可以支配一千二百法郎，他准备自己保留一大部分。

财务经不起他一再纠缠，最后同意预支给他四百法郎。起先，他想把欠德·玛雷尔夫人的二百八十法郎寄还给她。他转念一想，还了钱，他手头只剩下一百二十法郎了，这点钱和他的新职务不相称的，他又把还钱的念头搁下了。

他花了两天时间安排他的新位子。他得到了一张独用办公桌和一只信箱，仍在编辑部的大办公室里。他的桌子放在房间的一头。布瓦那尔在另一头埋头看稿纸。他的头发乌黑，看不出他的年纪。

屋子中央的长桌子是给流动的记者们的。他们常常把它当凳子坐，有时候双腿挂在桌子边，有时候索性蹲在桌子当中，有时候五六个人像中国人似的趴在这张桌子上玩套球。杜洛瓦也喜欢上这种消遣。圣波丁教他玩，他玩得很好。

福莱斯特病越来越重了。他把那套漂亮的新球给杜洛瓦玩，他觉得太重了。杜洛瓦挥动着有力的胳臂玩得得心应手，一边数着数："一，二，三，四，五，六。"

去瓦尔特夫人家赴宴那天，他第一次连续玩到二十下。

"好兆头，"他心想，"我会成功的。"

玩套球技巧高明在《法兰西生活报》报社里是很受人看重的。

他那天提早离开编辑部回去换衣服。他走到伦敦街上时看到前面有一个小女人很像德·玛雷尔夫人，他感到脸上一阵发热，心跳加快了。他穿过马路从侧面看那女人。她也停下来穿马路。看错了，他舒了口气。

他经常扪心自问，如果和她面对面碰着了，他该采取怎样的姿态，和她打招呼呢还是佯装不见？

"我不会碰见她的。"他想。

天气很冷，水都结了冰，留下了一些脚印。路灯下，昏暗的人行道上行人寥寥无几。

年轻人回到家里，他心想："我应该换一个住处。现在这个住处已经和我不相称了。"他感到又兴奋又快活。他可以到屋顶上跑一圈。他从床边走到窗口，大声叫道："我的财运来了！我的财运来了！我要给爸爸写信。"

他父母的诺曼底小屋坐落在公路边，面临鲁昂和塞纳河边的山谷。他有时写信给他父

6. 在暖和的床上，他心灵上的痛苦苏醒过来了。在这种无法忍受的刺激人的激动下，变得兴奋的玛里奥焦躁不安，像个被那一连串假设拴住、拽住并往坡下滑的人似的。他也试过不再想下去，打断那串想法；他寻找的、也找到了的、也细细品味过那些使人定心的正面的回忆；可是在他心中正在萌生一种恐惧，而他无法阻止它生长壮大。

亲，他的信总给他父母的小屋带来快乐。

他有时候也收到一封蓝色的信，信封上的地址写得很大，字迹歪歪扭扭的。父亲的每封信开头总是这么几句话：

亲爱的儿子，我和你母亲一切都好。家乡一切如旧。不过我还要告诉你……

他内心很想知道家乡发生的事情，乡邻们的近况，土地的状况，收成的好坏。

他对着小镜子，边打一条白色的领带边自言自语道："明天我要给爸爸写封信。如果今天晚上看到我进入那么富丽堂皇的房子，老头一定会惊讶万分的。上帝，我等会儿去赴的晚宴他从来没有经历过。"

他仿佛看到他父亲生意清淡的餐馆后面的黑糊糊的厨房，墙边一排发出昏黄反光的锅碗，老猫蜷缩在炉边，木桌上满是多年的油垢，当中放了一锅冒着热气的汤，两只盘子中间点了一支蜡烛。他仿佛看到父亲和母亲这两个农民慢吞吞地一小口一小口地喝汤。他熟悉他们脸上每一条细小的皱纹，他们的手臂和脑袋的每一个小动作。他甚至知道每天晚上他们面对面坐着喝汤时说的话。

他还想到："我应该去看看他们。"他打扮完，吹灭了蜡烛，就出去了。

一路上，街头女郎不断招呼他。

他挥手道："让我安静些！"

他满脸不耐烦，好像她们把他看错了似的。……他们把他当什么人了？难道这些婊子不知道区分一下男人吗？他为了去有钱的知名人士家赴宴，特意穿了一身笔挺的晚礼服。他觉得自己换了一个人，他变成了一个上等人，一个真正的上流社会的男人。

他很沉着地走进明亮的门厅。门厅上高高悬挂着青铜制的吊灯。他很自然地把他的拐杖和大衣交给两个迎上来的仆人。

所有的客厅都灯火通明。瓦尔特夫人在最大的第二间客厅接待客人。她以迷人的微笑迎接他，他和先到的两个男人握握手，他们是费明先生和拉罗·马蒂安先生，他们都是《法兰西生活报》的匿名议员撰稿人。拉罗什·马蒂安先生对报纸有一种特别的权威，他对众议院有很大影响力，谁也不怀疑他有一天会当上部长。

福莱斯特夫妇来了。福莱斯特夫人穿着玫瑰红的衣裙，特别高兴。杜洛瓦很惊讶地看到她对那两位议员特别亲热，她和拉罗什·马蒂安先生在壁炉边的一个角落低声交谈了五分钟。查理看来很虚弱，一个月以来，他瘦了许多。他咳嗽不止，边咳边说："我得下决心到南方去过这个冬天。"

诺倍尔·德·瓦伦尼和雅克·里瓦尔一起进来了。接着，里面的一扇门打开了，瓦尔特先生和两个高个小姐进来了。小的十六岁，很美；大的十八岁，很丑。

杜洛瓦知道老板有孩子，但还是惊呆了。他从未想到过老板的女儿。他想像中老板的女

相关链接

7. 树木不再是郁郁葱葱，原来是种月季和其他植物的地方，现在是高大的菊花花坛，有白的、粉红的、紫色的、绛红的、黄的；在充满了雨后枯叶的阴郁气味的空气里，这些晚季的高贵花朵散发出它们微微刺鼻的药香。在那座小房子前面是些五彩缤纷的，由人工培植成的稀罕品种；出于园丁的安排构思，组成了一个色气清淡、变化万千的又大又宽的十字形花圃，许多新奇品种在圃中昂然怒放。玛里奥每次走过这个花圃时，禁不住心绪低沉，暗想这个花十字架像是标志着一个坟墓。

儿还很小，而眼前他看到的是两个成年女人。他稍稍显出了一点惊慌。

介绍以后，她们俩一个接一个向他伸出手，然后走到给她们保留的小桌子边坐下，把一堆丝线轴放进一个篮子里。

大家好像在等某位人物，谁都不说话，各想各的心思，气氛有点尴尬。

杜洛瓦站起来，无所事事地朝墙上看看。瓦尔特先生想要引起大家的注意，就远远地对杜洛瓦说："您要看我的画吗？"

瓦尔特先生特别在"我的"字眼上加重语气："我来指给您看。"

他取了一盏灯照着，让大家看得清楚一些。

"这里，是一些风景画。"他说道。

一面墙的中央挂了一大幅基耶梅的油画，画的是暴风雨中的诺曼底海滩。下边一幅是阿比尼树林，然后是一幅阿尔及利亚平原，地平线上有一只高大的骆驼，像一座奇异的纪念碑。

瓦尔特先生又走到另一面墙眼前，庄严地说道："这是一组伟大的作品。共有四幅画：热凡的《参观医院》，巴斯蒂安·勒巴日的《收割女工》，布格罗的《寡妇》和让·保尔·罗朗斯的《行刑》。最后这幅表现的是一个旺岱神父在他的教堂墙边被蓝军的一个支队枪毙了。"

老板给大家看另一块画板，一本正经地说道："这里是一些异想天开的画。"老板的脸上掠过一丝微笑。大家首先看到让·贝罗的一小幅画《高与低》，是一个漂亮的巴黎女郎正登上一辆正在行驶的公共车，她的脑袋刚伸进车门，车内坐在凳子上的先生们喜形于色地看到年轻姑娘的脸冲向他们，站在下面站台上的男人们贪婪地看着姑娘的大腿。

瓦尔特老爹高高举着灯，不怀好意地笑道："怎么样？很不错吧？"

然后，他又说道："这是朗倍尔的《营救》。"

一张空桌子的中央，一只猫坐在它的后腿上，惊异地盯着一只苍蝇正掉进一只盛了水的杯子。它举起一只爪子，正准备一下子扑过去把苍蝇抓住，但是它又犹豫不决。它到底扑上去没有？

老板又指了一幅戴他侬的画：《上课》。画上一个士兵在兵营里教一只鬈毛狗打鼓。老板说道："这幅画很有思想性。"

杜洛瓦附和地笑着叫道："太妙了，太妙了，太……"

突然他不吭声了，他听到身后德·玛雷尔夫人的声音。她刚进来。

老板继续给大家看他的画，一边作解释。

他给大家看一幅莫里斯·勒伏瓦的水彩画：《障碍》。画上停着一顶轿子，两个粗俗的男人打架打得难解难分，把街道堵住了。一个女人从轿子的窗口探出快活的脸看着……她一点也没有不耐烦，也不害怕，欣赏着打架的两个粗鲁男人。

瓦尔特老爹说道："我在另外房间里还有其他画，是些不知名的画家的作品。这里是我的主要客厅。我买现在的年轻人的作品，把它们收藏起来，等它们的作者将来成名的时候就值钱了。”接着他低声说道：“现在正是买画的时候，画家们都在挨饿，他们没有钱……”

杜洛瓦一点都没有听明白，什么也没有看见。德·玛雷尔夫人就在他背后，他该怎么办？如果他和她打招呼的话，她是否会转身不理睬或者骂他几句？如果他不去跟她打招呼，别人会怎么想？

他心想：“我要瞅准时机。”他想找一个借口离开，心里很难过。

墙上的画看完了。老板放下他手中的灯，去和刚进来的人打了一下招呼。只有杜洛瓦一人仍看着墙上的画，好像意犹未尽。

他心里乱极了。他该怎么办呢？他竖耳听着别人的谈话。福莱斯特夫人在叫他：“杜洛瓦先生。”

他马上向她跑过去。她向他介绍一位女友。这位女友要开一次晚会，想在《法兰西生活报》的《回声》快讯上登一条消息。他连声道：“当然研，夫人，当然……”

德·玛雷尔夫人就在他旁边，他不敢转身走开。

突然，他以为自己神经出了毛病，她高声叫道：“您好，漂亮的朋友！您不认识我了？”

他急促地换着脚。她笑嘻嘻地站在他面前，眼神又亲切又快活，向他伸出了手。

他颤抖着捧起她的手，他担心她会捉弄他。她诚恳地说道：“您近来怎么样？好久不见您了。”

他克制不住激动喃喃说道：“我很忙，夫人，很忙。瓦尔特先生让我担任一个新职务，我忙极了。”

她始终正视着他，除了善意他没有发现她眼里包含有别的意思。她说道：“我知道。但是这也不成为忘记朋友的理由呀。”

一位胖夫人走进来，从他们中间穿过。这位袒胸露臂的胖夫人手臂红红的，脸颊红红的，衣着和发型都很讲究，步子很重，看她走路的样子就可以感觉到她厚重的臀部。

大家都尊敬地招呼她。杜洛瓦问福莱斯特夫人：“她是谁？”

“德·贝尔丝姆子爵夫人，笔名‘白瓜子’。”

他惊呆了，真想笑出来：“白瓜子，白瓜子！我以为是一个和您一样的年轻女人！白瓜子原来是她？啊！她很不错！不错！”

仆人在门口报告：“请各位就座。”

晚餐虽然很一般，但很快乐。晚餐上大家海阔天空神聊。杜洛瓦坐在老板的大女儿罗丝小姐和德·玛雷尔夫人中间。尽管德·玛雷尔夫人神态自如，谈吐如常，他坐在她旁边仍感到不自在。起先他坐立不安，说话犹犹豫豫，像个走了调的歌唱家。渐渐地，他放下了心，他们的目光时时碰在一起，和从前一样互相暗送秋波。

突然，他感觉到桌子下面有什么东西摩挲他的腿。他轻轻地把腿伸过去，碰到了他的女邻座的腿。她并没有把腿缩回去。他们没有说话，各自把头转向身边另一个邻座。

杜洛瓦心跳很厉害，把他的膝盖伸过去，他被捏了一把。他明白他们的爱情又复苏了。

相关链接

8. 衣领镶着一条很精致且有明净光泽的白羽毛饰带。羽毛一直披到两肩，颜色从白色过渡到像翅膀上的浅灰。整个儿上身都围上了这么一圈羽绒，使这个少妇带着一副野鸟的奇特神气。她的卷边女帽上插着别的色彩鲜艳、不拘一格的羽毛，这样，她金发之下的漂亮脸庞打扮得像是要冲过冰雹的野骛，飞向灰色的天空。

后来他们说了些什么呢？没有说什么大不了的事，但是每当他们的目光相遇，两人的嘴唇都哆嗦了一下。

年轻人想对老板的女儿表现得亲热一些，不时和她说句话。那位小姐毫不思索地学着她母亲的口气回答他。

德·贝尔丝姆子爵夫人坐在瓦尔特先生右边，她摆出公主的姿态。杜洛瓦饶有兴味地看看她，轻声问德·玛雷尔夫人："您认识另一位署名为'多米诺·罗丝'的女撰稿人吗？"

"很熟，她是德·李瓦尔男爵夫人。"

"她也长得这么粗吗？"

"不，不过和她一样滑稽。高个子，干瘦干瘦的，六十岁，戴着假鬈发、英国假牙，有王朝复辟时期的思想观点，打扮也是那个时期的。"

"他们从哪里找到这些笔杆子的？"

"贵族的遗老们总是被资产阶级接收的。"

"没有其他理由？"

"没有。"

老板和两位议员，还有诺倍尔·德·瓦伦尼和雅克·里瓦尔讨论政治问题，一直到点心上桌他们还在谈。饭后，大家又都回到客厅。杜洛瓦又凑近德·玛雷尔夫人，他盯着她眼睛问道："今晚我送您回去好吗？"

"不。"

"为什么？"

"拉罗什·马蒂安先生是我们的邻居，每次我到这里吃晚饭他都送我到家门口。"

"我什么时候能再见到您？"

"您明天来吃午饭。"

他们分手了，再没有多说什么。

杜洛瓦没有多呆，他觉得这晚会很平淡。他下了楼梯，追上了刚才告辞出去的诺倍尔·德·瓦伦尼。老诗人挽起了他的胳臂。他们在报社里用不着互相提防，他们之间的合作与众不同。他以长者的口吻善意地对年轻人说："您送我一段好吗？"

杜洛瓦答道："很高兴，老师。"

他们沿着马莱什勃大街慢慢地走。

这天夜里很冷，巴黎街上空荡荡的，天上的星星挂得高高的，好像从遥远的地方刮来了一股寒流。

起先，他们俩都不说话。然后，杜洛瓦没话找话说道："那位拉罗什·马蒂安先生看来很聪明，很有教养。"

老诗人低声问道："是吗？"

年轻人很惊奇，迟疑道："是呀，他看来是议院中最有能耐的人物之一。"

“可能吧。瞎子的王国里，独眼龙能称王。您看，那些人都很平庸，他们只想着两件事——金钱和政治——他们都是一些乡村学究。亲爱的，和他们没有话可说。我们喜欢的东西和他们谈不上。他们的聪明才智浅薄得很，只够花瓶底，或者只够陶罐底。

“啊！很难找到一个思路开阔的人，让你感到和他一席谈胜读十年书。我认识几个这样的人，他们都不在人世了。”

诺倍尔·德·瓦伦尼说话的声音清晰又有节制。如果他放开声音说话，会震荡静静的夜空。他好像异常激动，也很忧伤。他的心在颤抖，就像冰冻的大地在呻吟。他又说道：“有没有才能都无所谓，一切都要结束的。”

他沉默了。杜洛瓦今天晚上很快活，他笑道：“您今天心情不好，老师。”

诗人答道：“我的心情总是不好，孩子，过几年，您也会和我一样心情不好。生活就是一个海岸，您上了岸，看看顶峰，您感到很幸福；但是一旦到了顶峰，您突然发现下坡了，您看到了死亡的结局。登上顶峰非常缓慢，而走下坡路却非常快。在您的年龄是很快活的，充满了各种希望，不过，这些希望不会实现的；在我的年龄，已经不再等待什么了……只有等死。”

杜洛瓦笑了：“您说的话让我寒心。”

诺倍尔·德·瓦伦尼又说道：“不，今天您没有听懂我的话，但以后您会记起我今天对您说的话。

“总有一天，您会笑不出来的。对许多人来说，这一天来得很早。在我们看到的一切的背后，我们看到的是死亡。

“啊！您不明白死亡这个词。在您的年龄，这个词没有什么意义。在我的年龄，这个词是可怕的。

“是的，我们不是一下子懂得这个词，我们不知道为什么，由于什么原因，生活一下子都改变了。我想了十五年，一直在思索这个问题，好像背负了一只啃噬我的野兽。我一点一点，一个月一个月，一小时一小时地感觉到它，我像一座崩塌的房子。它使得我面目全非，我都不认识我自己了。我三十岁时曾经是一个开朗、活泼的强者，如今我一无所有了。我眼看着死神如何慢慢地、不怀好意地把我的头发从黑变白，它夺去了我坚韧的皮肤、我的肌肉、我的牙齿、我的身体，只给我留下失望的灵魂，它马上也要把我的灵魂带走了。

“是的，死神把我碾碎了，它缓慢又可怕地完成了漫长的摧毁我的存在的过程，它一秒钟一秒钟地吞噬着我。现在我干什么事情都感觉到死神的来临。每走一步都使我靠近死神一点，每动一下，每呼一口气都帮助死神加速完成它的讨厌的任务。呼吸，睡觉，吃喝，工作，梦想，我们做的一切都是死亡。活着就是死亡。

“啊！您以后会知道的！只要好好想一刻钟，您会明白的。

“您期待什么？爱情吗？那几个吻会使您更虚弱。

“您还期待什么？建功立业？如果在情场上失败的话，荣誉有什么用？

“您还期待什么？最后结局总是死亡。

相关链接

9. 孤孤单单！真是太冷了！真是太伤心了！这就结束了！唉多可怕的想法！希望已经完了，等待也没有了，抱着炽热的心幻想她的梦也结束了。它们曾不时地使自己得以在这片阴郁的土地上享受生活的欢笑，它们曾像是在暗夜里燃的篝火。永别了，那些在房间里想着她，纵横踱步直到天明的孤寂之夜；永别了，那些张眼时对自己说“我就将在我们小屋里看到她”的晨光。

“现在我看到死神来临，我真想伸手把它推开。它无处不在，笼罩了大地，布满了天空。我到处都看到死神的影子。马路上被压死的小动物，从树上掉下的落叶，某位朋友的花白胡子，看到这一切，我的心抽紧了，这一切似乎在向我叫道：‘死神来了！’

“它破坏了我干的一切事，损坏了我看到的一切形象。我吃的、喝的、我所爱的、皎洁的月光、美好的夏夜、灿烂的日出、大海、小河等等都被破坏了！”

他慢慢地走着，稍稍喘着气。他说得出了神，几乎忘了旁边听他说话的人。

他又说道：“从来没有人从死亡之路回来……人们可以保留雕像的模子来复制相同的人和物，但是我的躯体、我的脸、我的思想、我的愿望再也不会出现了。然而又会产生出几百万、几十亿的生灵，他们和我一样有鼻子、眼睛、额头、脸颊、嘴巴。他们也和我一样有灵魂，而我再也不会回来，尽管这些数不清的生灵和我差不多，但是他们都各不相同，说不尽的不相同。我身上的某些东西永远不会在他们身上再现的。

“我们有什么可依傍的呢？我们向谁呼救呢？我们有什么可以相信的呢？

“所有的宗教都是无稽之谈，它们的承诺都是自私的，愚蠢得可怕。

“只有死亡是无可怀疑的。”

他停下来，抓住杜洛瓦的大衣两边的领角，慢慢说道：“好好想想吧，年轻人。想它几天、几个月、几年，您就会看到有另一种活法。试试让自己超脱封闭您的圈子，超脱您的躯体、您的名利、您的思想以及人世间的一切。超脱尘世来看世界，您就会明白浪漫派和自然主义派的争论或有关国民预算的争论都是无关紧要的了。”

他开始加快了步子。

“但是，您也会体会到绝望者们的可怕的无援的心态，您会挣扎，被困惑淹没。您向四面八方呼叫‘救救我！’但没有人会答应您。您伸出双臂，您呼唤别人来援助您，安慰您，爱您，救您！但是，没有人会来答应您。

“我们为什么如此受苦呢？因为我们生来是靠物质生活而不是靠精神生活。思考多了，我们变聪明了，我们生活所需的条件并不变，这样物质生活和精神生活的比例就会起变化。

“您瞧瞧那些平庸的人们，只要没有大灾难降临，他们生活得很知足，并不为人类共同的不幸发愁。畜牲也不会感觉到这种共同的不幸。”

他又停下来，沉思了几秒钟，然后无可奈何地说道：“我是一个无望的人，我没有父母，没有兄弟姐妹，没有妻子儿女，没有上帝。”

他沉默了一会儿又补充道：“我只有诗韵。”

他抬头仰望天空，天上一轮满月发出苍白的亮光。他诵道：

我如何描绘这黑黑的夜空，
一颗灰暗的星星在其中游荡。

他们走到协和广场的桥头，默默地走过桥，沿着波旁宫向前走。诺倍尔又说道："结婚吧，朋友。您不知道在我这样年龄单身生活的滋味。今天，孤独使我焦虑不安。晚上在屋子里孤单单地呆在炉火边，好像世界只剩下我一个人，周围处处有危险，随时会有可怕的、我不了解的事情发生。我和隔壁邻居老死不相往来，墙壁把我和邻居远远隔开，就像窗外的星星那么遥远。我感到一阵燥热，一种夹杂痛苦和担忧的燥热。无言的墙壁真使我害怕，孤身独居的屋子里静得怕人，是那样深沉，那样忧伤。寂静不仅包裹了我的躯体，而且笼罩了我的灵魂。如果某一件家具裂开发出声响，我会一下哆嗦到心里，因为在这死气沉沉的屋子里想不到会发出任何声音的。"

他沉默了一会儿又说道："人老了，有几个孩子真不错。"

他们走到布尔戈涅街。诗人在一幢高楼前停下，按了一下门铃。他握着杜洛瓦的手，说道："别把我的话放在心上，年轻人，按照你的年龄生活吧。再见。"

他走进黑暗的过道里。

杜洛瓦心情沉重地走了。他觉得老诗人描绘了一个满是骷髅的窟窿，迟早有一天自己也会不可避免地掉进去。他低声说道："见鬼，他在家里一定不快活。我可不愿意有他那样的想法，见鬼去吧。"

一个香气扑鼻的女人从马车上下来进了自己的家门。他停下脚步让她过去，贪婪地吸了一口从那女人身上飘来的余香，他的心肺顿时充满了快乐和希望。他明天又将见到德·玛雷尔夫人了，他从头到脚感到轻松愉快。

一切都朝他微笑，生活对他很亲切，希望能得到实现该多好！

他陶醉在梦乡之中。他很早就起床了，到布洛涅林荫道去散步，然后再去约会。

风小了，半夜里天气转好了。阳光明媚，温暖如春。这天早上，很多人都到森林里去散步，呼吸新鲜空气。

杜洛瓦慢慢地走着，一边呼吸清新的空气。他走过星广场的凯旋门，又走到另一条大街。他看着对面马路上有钱的男男女女骑着马尽情驰骋。如果说他羡慕他们，那也只是一点点而已。他知道他们的姓名、他们的财富和他们的个人隐私，他的职业使他专门收集轰动巴黎的丑闻逸事。

穿长裙的女士小姐高傲地骑马而过，她们苗条匀称的身子裹在深色的呢裙里。杜洛瓦低声念叨她们情人的姓氏、头衔、身份来取乐。他好像看透了仪表堂堂之下的丑行。他玩这种游戏很开心，他玩得很起劲，他得到了安慰。

他高声说道："一伙伪君子！"他用目光在那些骑马的人中间找寻流言蜚语最多的人。

他看到许多有弄虚作假之嫌的人，他们所处的社交圈就是最大的惟一的消息来源，当然这种消息来源也是道听途说的。

另外还有些名流，有的靠着他们的妻子的年金生活，这是众所周知的；有的靠他们的情妇；有的用来历不明的钱还欠债(这是体面的行为)。他看到好多金融家的巨大财富刚起步时

相关链接

10. 这是一个万物诞生的早晨。在这种日子里，人们感到在公园里和整个儿人行道上，所有的栗子树都将同日盛放，像一棵棵点着了的分枝灯一样。属于夏日大地的生命诞生了，沥青人行道在树根的啮噬下正偷偷发颤。

是偷盗而来的，这种金融家在最上等的贵族府邸到处可见。还有一些令小资产阶级咋舌的正人君子，他们在国家机构中投机钻营的花招，对于任何了解社会底层的人都不是秘密。

这些人都有一副神气十足、目中无人的样子。

杜洛瓦笑着重复道："一伙荒淫无耻之徒，一伙强盗。"

一辆小巧玲珑的敞篷马车飞驰而过。马车上套了瘦瘦的两匹白马，马鬃和马尾随风飞舞。赶马的是一个小小的金发女郎，这是一个有名的交际花。两个穿侍者服的青年坐在她后面。杜洛瓦停下来，向他们鼓掌致敬。他们在道貌岸然的贵族们的众目睽睽的目光下如此大胆地调情，也许让杜洛瓦感到自己也有和他们相类似的东西，一种天然的联系，他们是同一种人，有同样的心灵。在他将来的成功中也会有类似的大胆举动。

他心满意足、轻松愉快地提前一点钟到了他原来的情妇门口。

她伸过嘴唇亲热地迎接他，好像他们之间没有决裂过似的。有好一会儿，她甚至忘了在她家里应该多加小心，不能太亲热了。然后，她吻着他卷起的小胡子尖，说道："你不知道我多么烦闷，亲爱的。我盼望亲亲密密地和你过一个月，但是我丈夫要缠我六个星期，他是来休假的。我不愿意六个星期见不着你，尤其在我们发生小小的不愉快以后。瞧，我作了安排，你星期一来吃晚饭，我已经对他说起你了，我给你介绍。"

杜洛瓦有点着慌，他不知道该怎么面对被他占有了妻子的男人。他担心一个表情，一个眼神，随便什么动作会使他露出马脚。他低声说："不，我不想和你丈夫认识。"

她很奇怪，坚持己见。她站到他眼前，睁大了一双无恶意的眼睛问道："为什么？多么奇怪！这种事情是司空见惯的呀！我没想到您这样怯懦。"

他被刺伤了，说道："好吧，我星期一来吃晚饭。"

她又说道："为了做得自然些，我还请了福莱斯特夫人。请太多人来我家吃饭，对于我可不是一件轻松的事。"

星期一以前，杜洛瓦几乎没有去想这次见面的事。可是，等他登上德·玛雷尔夫人的楼梯时，他感到非常慌乱，不仅仅因为他不得不去握那位丈夫的手，喝他的酒，吃他的面包，还因为害怕别的说不出所以然的事。

他被带进客厅，像往常一样等候着。通卧室的门开了，他看到一个举止端庄、个子高大的白胡子男人。他朝杜洛瓦走来，彬彬有礼地说道："我妻子经常谈到您，先生，我很荣幸认识您。"

杜洛瓦也迎上来，竭力表示友好，用力地握了握主人伸过来的手。然后，他坐下来，不知说什么才好。

德·玛雷尔先生往炉火上加了一块木头，问道："您当记者多久了？"

杜洛瓦答道："刚刚当了几个月。"

"啊，您升得很快呀？"

"是的，是比较快。"他不假思索地聊了起来，也不去想他到底说些什么，只是像一般不太熟悉的人那样说些无关紧要的话。他放下了心，开始觉得这种状况很有趣。他看着令人肃然起敬的德·玛雷尔先生差点要笑出来，心想："您这个老头，我让您戴了绿帽子。"

他心里感到了一种满足，一种偷了东西没被人抓获的快乐，一种窃喜。突然，他很想和这个男人交朋友，取得他的信任，让他说出他生活中的秘密。

德·玛雷尔夫人突然进来了。她莫测高深地微笑着看了他们一眼。她走到杜洛瓦跟前。当着那丈夫的面，他不敢像平时一样地吻她的手。

她镇静、愉快、坦然，好像这种会面对她已是习以为常的。罗丽娜也过来了。父亲在场使她比平时更拘谨一些，她把额头伸给乔治·杜洛瓦。她母亲对她说："今天，你不能叫他漂亮的朋友了。"

女孩脸红了一下，好像犯了一个大错，被人捅穿了一个不该说的、她内心的秘密。

福莱斯特夫妇来了。查理的健康状况使大家担忧。他这一星期瘦了许多，脸色苍白，咳嗽不止。他说他们遵医嘱决定下星期四去戛纳。

他们很早就告辞回去。杜洛瓦摇摇头说道："我看他情况不妙。"

德·玛雷尔夫人道："啊，他找到这么一个妻子也算运气。"

杜洛瓦问道："她帮了他很大的忙吧？"

"一切都是她干的。她什么都知道，她佯装深居简出，其实认识所有的人。她要什么有什么，随时随地都可以有。她非常精明、灵巧，谁也比不上她。对一个想要成功的男人来说，她是一个宝。"

乔治·杜洛瓦又问道："她肯定很快再结婚的。"

德·玛雷尔夫人答道："是的，我甚至不奇怪她已经看上某人……某个议员了……除非他不愿意……因为……他会遇到很大障碍的……思想上的障碍……就这样，我不得而知。"

德·玛雷尔先生慢吞吞地不耐烦地嘟哝道："你总是猜疑我不喜欢的事。我们不要去管别人的闲事，管好自己的事就行了。这是大家都应该遵守的原则。"

杜洛瓦告辞出去。他的心绪乱极了，头脑开始胡思乱想起来。

他第二天去看望福莱斯特夫妇。他们正在整理行李。查理躺在长沙发上，气喘吁吁地唠叨："一个月前，我就应该走了。"

他还对杜洛瓦一再叮嘱，交待报社的事，虽然他已经和瓦尔特先生商量好了。

告别时，杜洛瓦用力握握他朋友的手道："再见吧，老兄。"

福莱斯特夫人送他到门口。他热切地对她说道："您还记得我们的约定吧？我们是朋友，是同盟者吧？如果您需要我的话，无论什么事情，马上就告诉我。一封信，我招之即来。"

她低声道："谢谢，我会记得的。"她的眼睛也对他说："谢谢。"非常深情，非常柔和。

杜洛瓦下楼时，碰到了慢吞吞上楼的伏德里克先生。杜洛瓦在他家见过他一次。伯爵看来很忧伤："也许他们要走了？"

杜洛瓦想表现出他也是体面人，彬彬有礼地向伏德里克行礼。

相关链接

伯爵傲慢地、很有礼貌地回了礼。

福莱斯特夫妇星期四晚上离开了巴黎。

第 七 章

查理的离开使得杜洛瓦在《法兰西生活报》编辑部里的地位更重要了。老板要求每个人都要对他的文章负责。杜洛瓦不仅要为《回声》快讯署名撰稿，还写了其他几篇重要文章并署名签字。他的文章引起了一些争论，他用了一点心计就应付过去了。他和政要们的密切交往使他逐渐地变成一个目光敏锐、手腕灵活的政论家。

他一切都很顺利，只有一点小麻烦，一家投石党办的小报经常攻击他这个《法兰西生活报》的《回声》快讯的编辑主任。这家小报叫《笔记》，一个匿名作者把《回声》快讯称为瓦尔特先生的别动队，极尽狡黠刻薄之能事，每天攻击他这个《回声》的编辑主任。

一天，雅克·里瓦尔对杜洛瓦说："你真沉得住气。"

杜洛瓦喃喃道："您说该怎么办?他又没有指名道姓攻击我。"

一天下午，杜洛瓦走进编辑部办公室，布瓦那尔递给他一份《笔报》，说道："瞧，又有一篇攻击您的文章。"

"谈什么问题?"

"没有谈什么问题，讲的是一位风化警察逮住了一个姓奥倍尔的夫人。"

乔治接过报纸，这篇文章标题为《瓦尔特开玩笑》：

> 我们曾经报道风化警察逮住了一个叫奥倍尔的夫人。《法兰西生活报》的著名记者今天说奥倍尔夫人是我们想像出来的。然而，这位夫人住在蒙马特区松鼠街十八号。我们很明白，得到巴黎警察总监支持的瓦尔特银行的人们从中得到怎样的好处。至于记者本人，他最好告诉我们具有轰动效应的消息的幕后新闻：诸如某某人死了，第二天又被辟了谣；某地打了仗，结果又没有打成；某些头面人物的重要讲话，其实他们什么都没有说；所有和"瓦尔特利益"有关的一些鲜为人知的细节，或者有关出自我们某同行生花妙笔的文章。

年轻人沉默不语，他没有发火，他明白其中有些事情对他很不利。

布瓦那尔又说道："是谁给您提供这信息的?"

莫泊桑《蛮子大妈》片段：

1. 至于微末的人们，因为本来贫穷而又被新的负担压得透不过气来，所以他们付出的代价最高；因为素来人数最多，所以他们成群地被人屠杀而且真的成了炮灰；因为都是最弱小和最没有抵抗力的，所以他们终于最为悲惨地受到战争的残酷祸殃；有了这类情形，他们所以都不大了解种种好战的狂热，不大了解那种激动人心的光荣以及那些号称具有政治性的策略；这些策略在半年之间，每每使得交战国的双方无论谁胜谁败，都同样变得精疲力竭。

杜洛瓦想了好久，记不起来了。突然，他想起来了，说道："啊，是圣波丁。"

他又重读了一遍《笔报》。他脸一下子涨得通红，怒气冲天地叫道："怎么，他们竟说我为这条消息得到了酬金……"

布瓦那尔打断了他的话："天哪，这事对您很棘手。老板对这种事是非常注意的。消息报道中这种事是常有的……"

圣波丁正好走进来。杜洛瓦忙迎上去，问道："您读了《笔报》这篇文章吗？"

"读了，我刚从奥倍尔夫人家里来。是有这么一位夫人，但是她没有被逮捕。这是没有根据的谣传。"

杜洛瓦赶快去见老板。瓦尔特先生怀疑地看着他，态度很冷淡。听了他的叙述后，老板说道："您是否自己到那位夫人家里去一下，让别人不要再如此造您的谣。我指的是后果，这种事对报纸，对我，对您都很麻烦的。作为一个记者，和凯撒的妻子一样，不应该让人有所怀疑。"

杜洛瓦由圣波丁带路乘上一辆公共马车去蒙马特区松鼠街十八号。

这是一幢很大的楼房。他们登上七层楼，一个穿羊毛短上衣的老妇人开了门。她认出了圣波丁，问道："你们找我有什么事？"

圣波丁答道："我给您带来了警长先生，他想了解一下您的情况。"

她边让他们进屋，边说道："您来过以后，又来过某家报纸的两位记者，我也不清楚他们是哪家报纸的。"说着她又转向杜洛瓦问道："是这位先生想了解情况吗？"

"是的，您是否被某位风化警察逮捕过？"

她举起双臂道："从来没有过，我的好先生，从来没有过。事情是这样的，我是一家肉铺的老顾客，他很会做生意，我经常发现他分量不足，但是我不说穿他。有一天，我女儿女婿要来吃饭，我去买两斤大排，发现他给我的是骨头残渣。当然，我也可以炖骨头汤，但是我要买的是大排，而不是别人剩下的骨头渣。我不买了，他就骂我老耗子，我回骂了他，我们各不相让吵得不可开交。店门口围了上百个人，哄笑着看热闹。一个警察闻声过来让我们到警察局去说明情况。我们到了警察局，他们就让我们背对背各自叙述情况。从此以后，为了避免争吵，我就到别的铺子去买肉，我甚至不从那家肉铺门前走过。"

她不做声了。杜洛瓦问道："就这些？"

"我说的全是实话，先生。"她请他喝一杯果茶蕨子酒，他谢绝了。老妇人要求公布那家肉铺短斤少两的事。

杜洛瓦回到报社就写了答辩文章。他文章中写道：

《笔报》的一位匿名作者就所谓风化警察逮住了一个老妇人大做文章，往我脸上抹黑，我认为这是无中生有的。我亲自去采访了奥倍尔夫人。她至少有六十岁，她给我讲了她和肉铺老板因为短斤少两引起争吵，最后吵到警察局的经过。这就是事件的真相。

相关链接

2.“您家里那些兵到哪儿去了？”

她伸直那条瘦胳膊向着那堆正在熄灭的红灰，末了用一种洪亮的声音回答：“在那里面！”

大家团团地围住了她。那个普鲁士人问：“这场火是怎样燃起来的？”

她回答：“是我放的。”

我对《笔报》的匿名作者玩弄的伎俩嗤之以鼻。再说，连真实姓名都不署的文章是不值得一驳的。

乔治·杜洛瓦

瓦尔特先生和雅克·里瓦尔到报社看了这篇文章很满意，决定当天见报。

杜洛瓦很早就回到住处，他有点激动不安。对方将作如何反应？对方是谁？为什么突然攻击他？根据记者们的习惯，这次争吵还会走得很远，很远。这一夜他睡得很不安稳。

第二天，他在报上见到了自己的文章，他觉得有些词句似乎应该写得更婉转一些。

一整天他都很激动，这天夜里又没有睡好。一清早他就起床去买《笔报》，可能又有反驳他的文章了。

天气很冷，冰结得很厚。人行道边上的水流冻成了两条冰带子。

报纸还没有送到报亭。杜洛瓦记起他的第一篇文章《一个非洲猎人的见闻》刊登出来的那一天的情景。他的双手和双脚冻得发麻，尤其是十根手指尖痛得厉害。他开始绕书报亭跑步转圈。坐在玻璃窗里的女报贩蜷缩在她的脚炉上，她戴着风帽，只露出她的鼻子和通红的脸颊。

报纸终于送来了。女报贩给了杜洛瓦一份摊开的《笔报》。他朝报纸扫了一眼，看看是否有他的名字出现。起先他没有看到什么，刚要松口气，突然，他看到在两个破折号之间有一段插话：

《法兰西生活报》的杜洛瓦先生一边辟谣，一边还在撒谎。然而，他还是承认了有一个叫奥倍尔的女人的存在，这个女人跟着一个警察进过警察局。只需在警察两字前再加上“风化”两字就行。

某些记者的认识水平是和他们的才干相关联的。

本人签名：路易·朗格蒙

乔治·杜洛瓦心跳加快了。他回到家里穿好衣服，也不知自己在干什么。别人指名骂了他，不能再犹豫了。为什么骂他？为了不足挂齿的小事，只是为了一个和卖肉的吵架的老太婆。

他很快穿好衣服，八点刚过就到了瓦尔特先生家。瓦尔特老爹已经起床，正在读《笔报》。

“嗯，”他看到杜洛瓦，板着脸说道，“您该不会退让吧？”

年轻人没有回答。

老板又说道：“您立即去找里瓦尔，他会帮您忙的。”

杜洛瓦低声咕哝了几句，告辞出来，找到了里瓦尔家。里瓦尔还在睡觉，听到门铃才跳下床。他读了报上的消息说道："见鬼，必须到那里去一下，还有谁可为您作证？"

"我不知道！"

"布瓦那尔，您觉得怎么样？"

"可以。"

"您枪法好吗？"

"一点都不好。"

"见鬼，手枪会使吗？"

"稍许会一点。"

"行了，我收拾一下，您先练练枪法。等我一会儿。"

他进了梳洗间。不一会儿，他就出来了，洗得干干净净，胡子也刮过了。

"跟我来吧。"他说道。

他住在一幢楼房的底层。他领杜洛瓦下到一个很大的地下室。那里放了许多枪支，还可以打靶。通往街道的窗口都遮得严严实实的。

他点亮了通往隔壁地下室的一整排煤气灯，地下室尽头立了一个涂了红色和蓝色的铁人。他把两支新式手枪上了弹药放在一张桌子上，像在靶场上一样发出了简短的口令：

"准备……"

"放！一，二，三！"

杜洛瓦木然地听从他的口令，举起手臂，瞄准放枪。由于小时候常常玩弄他父亲的老式手枪，在院子里打鸟，他好几枪都打中了靶人的腹部。雅克·里瓦尔很满意地说道："好，很好，您去吧，去吧。"

他对杜洛瓦说："您就这样练习射击到中午。这里是子弹，不要舍不得放。我会来叫您吃午饭，并且告诉您新消息。"说完他就出门了。

杜洛瓦独自一人又打了几枪，然后坐下，沉思起来。

这种事情真蠢，这说明了什么呢？骗子被打倒了难道不是骗子了吗？一个体面人挨了骂，冒着生命危险去和一个无赖决斗，他能得到什么呢？杜洛瓦在黑暗的地下室东想西想，想起诺倍尔·德·瓦伦尼对思想贫乏又平庸的人们的议论：他们整天只想着一些琐碎的事，愚蠢之极。

杜洛瓦高声说道："他说的话真有道理。"

他口渴了。他听到背后的滴水声。他发现了一只水龙头，凑过去喝了几口水，然后又继续沉思下去。这个地下室阴森得像座坟墓。远处传来的粗重的马车轮子滚动声听来就像远远的雷鸣声。几点了？在地下室里好像在监狱里一样，除了狱卒送饭来以外，没有任何时间的标志。他久久地等待着里瓦尔回来。

突然，他听到了脚步声和说话声，雅克·里瓦尔带着布瓦那尔回来了。里瓦尔一看到杜洛瓦就叫道："都安排好了。"

相关链接

莫泊桑《一个女长年的故事》片段：

1. 在它们中央立着那只很健美的雄鸡。它几乎每一转眼之间就选择了一只雌的，并且发出一道轻轻的召唤声音，还绕着转一圈。那只雌的懈怠地站起来，并且用安稳的神气接待它，屈着爪子，用翅膀托起它，随后雌的抖着自己的羽毛，从中撒出些儿尘土，重新又在厩肥的上边躺下。而雄的呢，正用啼声报告自己的胜利。于是在各处天井里的所有的雄鸡应和着它，这样从一个田庄转到另一个田庄；俨然是它们互相传送这类爱情的挑战。

杜洛瓦以为对方写了道歉信，事情可以了结了。他心跳加快了，喃喃道："啊，谢谢。"

里瓦尔又说道："那个朗格蒙很干脆，他接受了我们提出的所有条件。距离二十五步，发令举枪射击，只打一发子弹。这样举枪射击比较有把握。瞧，布瓦那尔，您明白我说的话了吗？"

他拿起枪，一边射击，一边示范如何保持直线平衡。

他说道："现在我们去吃午饭吧，中午已过了。"

他们到附近一家餐馆吃午饭。杜洛瓦没有说话，他以吃东西来掩盖他的恐慌，然后陪布瓦那尔去报社。他心不在焉、机械地处理事务，不过在别人看来他还是很镇定自若的。

下午三四点钟，雅克·里瓦尔和他握握手，告诉他第二天早上七点钟，证人们将乘四轮马车到他家，接他到决斗地点凡西奈树林去。

一切都出乎意料地安排好了，没有征询过他的意见，也没有让他参与，都不容他说一句话，也不问他同意与否。这一切进行得那么快速，使得他有点晕头转向，几乎不明白到底发生了什么事情。

布瓦那尔忠心耿耿地一整天陪着他。他们一起吃了晚餐。晚上九点杜洛瓦才回到家。

他独自一人在屋子里跨着大步急急地踱来踱去。他心慌意乱，脑子里一片空白，只有一个念头："明天要去决斗了。"这个念头占据了他纷乱的思想，除此再没有其他想法了。他当过兵，向阿拉伯人开过枪，那时危险性并不大，犹如打猎时开枪打野猪。……

总之，他做了他应该做的事情，表现了他应该表现的姿态。人们以后谈论到他时，会赞同他为他庆贺的。然后，他像个受到了强烈的思想震动的人那样，高声地自言自语道："这个人真野蛮！"

他坐下沉思起来。他把里瓦尔交给他的对方的一张名片扔在小桌上。白天他已经念了不下二十遍这张名片，此时他又念了一遍："路易·朗格蒙，蒙马特大街一七六号"。仅此而已。

他凝视着名片上令人神秘莫测的字母。"路易·朗格蒙"，这人到底是谁？多大年纪？是高是矮？长相如何？一个陌生人，出于任性，借了一个老太婆和肉铺老板吵架的琐事小题大做，突然无缘无故地搅乱了你的生活，这种事难道不让人怒火中烧吗？

他又高声骂道："这个人真野蛮！"

他盯着名片，若有所思地发愣。他对这张名片油然升起一股仇恨的怒火，他的怒火中又夹杂着一种无可名状的不知所措。这件事糟透了。他拿起一把不甚锋利的指甲剪刀，使劲地戳着名片上的名字，好像要刺穿某人的胸膛。

他真的要用手枪决斗吗？为什么不用剑来决斗？用剑决斗可能只是手臂或某一只手被刺伤，用手枪决斗就生死难卜了。

他自言自语道："行了，必须摆出镇定自若的样子。"

他被自己的声音吓了一跳。他看看周围，开始感到自己太紧张了。他喝了一杯水就上床了。

他一躺下就熄了灯，闭上了眼睛。

尽管屋子里很冷，但他在被窝里仍然燥热不安。他翻来覆去睡不着，仰天躺了五分钟又转向左侧，不一会儿又翻身转向右侧，很不安宁。

他口渴了，起来喝水。一阵不安袭来，他扪心自问："我会害怕吗？"

为什么屋子里一有响声他就心跳不止？他睡得很不安稳，挂钟里的细微的弹簧声响都会使他吓一大跳，紧张得张开嘴喘息好几秒钟才定下神来。

他哲学家式地思考这场决斗的结局。他又一次扪心自问："我会害怕吗？"

既然他已经下决心干到底，那就义无反顾地去战斗，决不打哆嗦，当然不会害怕。但是，他感觉到自己内心非常不平静，他问自己："会不会不由自主地害怕？"这个一直缠着他的疑问，叫他焦虑不安，这种烦躁真可怕！如果有一种力量压倒了他的意志力，结局会如何呢？

当然，他愿意去决斗，他会去决斗的。但是如果他发抖了怎么办？如果他昏过去了怎么办？他考虑了他的处境，他的声名，他的前途。

突然某种特别的需要使他一跃而起，跳到镜子前，点起蜡烛仔细端详自己。可镜子里的自己双目圆睁，苍白之极，他从来没有见过。

突然，一个念头像一颗子弹似的飞进他的头脑里："明天这时候，我可能已经死了。"他的心又剧烈地跳起来了。

他转身看看自己的床铺，床铺上清晰地留下了他刚才仰天睡觉的痕迹。他双颊下陷像死人的骷髅，苍白的双手无力地摊开一动也不动。

他害怕看到这张床。为了不看这张床，他打开窗子朝外看。一股刺骨寒风使他从头凉到脚，他气喘吁吁后退了几步。他想取暖，但不敢回过身，倒退着慢慢地把火重新拨燃。他的双手一碰到东西就神经质地颤抖。他的头脑昏昏沉沉的，思绪纷乱破碎，他像个醉鬼似的晕头转向。他不住地问自己："我怎么办？我成了什么样的人？"

他踱来踱去不住地重复道："我必须振作起来，我必须非常振作。"

他想："我应该给父母写一封信，以防万一。"

他坐下来，拿出信笺，草草地写道："亲爱的爸爸妈妈……"

他觉得在目前悲剧性的情况下，这样的称呼太缠绵了。他把信纸撕了重新开头："亲爱的父亲、母亲，天一亮我就要去决斗了，因为可能有不测……"

他不敢再写下去了，跳起来离了座。

不测的念头压在他心间：他就要去决斗了，他再也避免不了这场决斗，他会有什么事？他要去决斗，他已经下定决心了。尽管他意志坚定不移，但他似乎觉得自己没有足够的力量坚持到达决斗地点。

他的上下牙齿不住地打颤，发出干巴巴的细微声音。他问自己："我的对手是否决斗过？他是否常去射击场？他著名吗？他上档次吗？"

他从来没有听到过这个名字。如果对方并不是一个优秀的手枪手，他不会那么干脆地接

相关链接

2. 他完全变成粉红色的了，丰满的脸儿，滚圆的身子，活像是个用上有生命的脂肪做成的小包裹。他那些由于肌肉隆起而张着的手指头儿，用一种明显的满意样子从从容容地动着。

受用这种危险的武器决斗的。

杜洛瓦想像着他和对方的会面情景、他将采取的姿态及对方的姿态。他挖空心思想像决斗时的点滴细节。突然他看见一支枪管的深深的小黑洞正对着他，从这个小黑洞里将会朝他飞出一颗枪弹。

他顿时绝望之极，不能自拔。他全身颤抖不止。他真想像个疯子似的在地上打滚，又撕又咬。他紧咬牙关竭力不喊出声来。他看到壁炉上有一只玻璃杯，他想起衣柜里还有一瓶几乎没有喝过的酒。他保持了军队里养成的习惯，每天早晨喝一小口酒清清肠胃。

他拿出酒瓶，凑着瓶口，咕嘟咕嘟一口气喝下去。待他把瓶子放到桌子上喘口气时，发现已经喝掉了三分之一。

不久，他感到胃里火辣辣的，接着四肢发热了。他喝得晕乎乎的，反而定下心了。他觉得皮肤发烫，于是又把窗子打开了。他心想："我有办法了。"

天渐渐亮了，清晨又宁静又寒冷。渐渐泛白的天边，星星似乎一颗颗都消失了，远处铁路上的信号灯发出惨淡的红色、绿色、白色的光。

几辆机车从车库开出来，边鸣着汽笛边驶了过来与头几趟列车相接。远处还有几辆机车反复发出尖尖的鸣叫，好像田野里啼晨的公鸡叫唤人们醒来。

杜洛瓦心想："我可能再也见不到这番景象了。"他自怜自惜起来了，决然地对自己说道："行了，在决斗的时候必须什么都不想，这是惟一使自己镇定自若的办法。"

他着手梳洗修整自己。刮胡子时，他想到这可能是最后一次照镜子了，又沮丧了一秒钟。他又喝了一口酒，穿好了衣服。

接下去的时间很难挨。他来回踱步竭力使自己定下心来，但一听到有人敲门，就吓得差点摔了跟斗。

证人们来了。这么早！

证人们都裹着皮大衣。里瓦尔握握杜洛瓦的手，说道："西伯利亚寒流来了。"突然他又问道："还好吗？"

"很好。"

"很平静吗？"

"很平静。"

"好！您吃过东西了吗？"

"吃过了，我都准备好了。"

布瓦那尔特意戴了一条特别的绿色和黄色的勋章饰带。杜洛瓦从来没有看见他戴过这条勋章饰带。

他们出了门。马车里还有一位先生，里瓦尔称他为"勒·勃鲁门大夫"。杜洛瓦和大夫握握手，低声说道："谢谢。"他刚坐到前边座位上，马上又像碰到弹簧似的跳了起来。他碰到了一件硬家伙，那是放手枪的箱子。

里瓦尔嘟哝道:“决斗者和医生坐在后座。”杜洛瓦终于明白了,他在医生旁边坐下。

两位证人上了车,马车就出发了。车夫知道该到哪里去 。

放手枪的箱子使大家都不自在,尤其杜洛瓦真不想看它。两位证人把它挪到背后,可是他们坐得不舒服,又把它竖起放在他们俩中间,又怕它随时可能倒下,最后把它放在脚底下。

医生不时地讲述些逸闻,但是大家都无心多说话。只有里瓦尔和他敷衍几句。杜洛瓦想说些什么,但是他又怕打乱了思绪,暴露自己内心的恐慌,他真怕自己会发起抖来。

马车很快到了郊外,差不多九点了。冬天的早晨很寒冷,到处都结了冰,树木都披上了一层霜衣。他们踩在冰冻的土地上,脚下发出了嚓嚓的声音。树林一片寂静,一点点声响都会传到很远的地方。蓝蓝的天空像镜子似的发光。耀眼的太阳光也带有寒意,照在这片冰冻的世界上没有丝毫的暖意。

里瓦尔对杜洛瓦说道:“我从雷奈特那里弄来的手枪。他亲自把手枪上了子弹。手枪箱已经封好了。它们将和他们的证人一起抽签。”

杜洛瓦机械地答道:“谢谢。”

里瓦尔又叮嘱了他几点细节,他不想让杜洛瓦出半点差错。他对每一个细节都要重复好几遍:“当他们问:先生们,准备好了吗?您要高声回答:‘是的’。一发令开枪,您要马上举起枪,要在他们发出‘三’字前扣动扳机。”

杜洛瓦心里不停地重复:“一发令开枪,我就抬起手臂;一发令开枪,我就抬起手臂。”

他像小孩背书似的不住地念叨着,想把这句话刻在脑子里:“一发令开枪,我就抬起手臂。”

马车驶进了树林,向左转到了一条大道,驶了一段路又向右转弯。里瓦尔突然推开车门向车夫叫道:“就在那里,从这条小路过去。”马车转进一条两边掉满落叶的小路,落叶上都披了一层霜花。

杜洛瓦仍不住地念叨:“一发令开枪,我就抬起手臂。”他想要是出一场车祸,那一切都解决了。啊,如果翻了车,运气就太好了!如果他断了腿,该多好!……

他发现一块空地的尽头停着一辆马车,四位先生在那里冻得直跺脚。他感到呼吸困难不得不张开了口。

证人们先下车,然后杜洛瓦和医生也下了车。里瓦尔捧着手枪箱和布瓦那尔一起向对方走过去。对方两位证人也迎了过来。杜洛瓦看见他们很有礼貌地相互致意,然后一起走到空地,他们一会儿看看地上,一会儿看看树林,好像担心什么东西会掉下来或飞走。然后,他们数着步子,花很大的力气把两根棍子插进冻土中,接着他们重又聚合一起,嘻嘻哈哈像一群孩子在玩耍。

勒·勃鲁门医生问杜洛瓦:“您感觉良好吗?需要什么东西吗?”

“谢谢,我不需要什么。”

他似乎觉得自己疯了，又觉得自己睡着了在做梦，好像有什么超自然的东西出乎意料地笼罩了他。

他害怕吗？也许吧！他不知道。他周围的一切都变了。

雅克·里瓦尔走回来了，满意地低声对他说道："一切都准备好了，我们抽到的手枪很好使。"

杜洛瓦对此并不在意。

别人帮他脱去大衣，他随他们摆弄。他们还查了他上衣口袋里是否有皮夹等类似护身的东西。

他仍叮咛自己："一发令开枪，我就抬起手臂。"

他们把他领到竖着的一根木棍边，给了他一把手枪。他发现有一个男人站在他对面。对方已经准备好了。这是一个大腹便便的秃顶男人，戴着一副眼镜。

他看见了对方，但是只想着："一发令开枪，我就抬起手臂。"

一片寂静中一个声音问道："先生们，准备好了吗？"这声音好像是从遥远的地方传来的。

乔治喊道："是的。"

刚才的声音下令道："开枪……"

他再也没有听见别的声音，也看不见别的东西，一点也不明白发生了什么事情，他只觉得自己抬起手臂，用尽全力扣了扳机。

他什么都没有听见。但是他马上看到自己的手枪口冒出了烟。他对面的男人仍站在原位。他发现对方头上另外有一圈白色的烟雾缭绕。

他们俩都开了枪。决斗结束了。

他的两位证人和医生忙跑过来拍拍他，一边解开他的衣服，一边不安地问："您没有受伤吧？"他茫然地答道："我想没有吧。"

朗格蒙也和他一样安然无恙。雅克·里瓦尔不高兴地嘟哝道："用手枪决斗总是这样，不是中弹丧命就是安然逃过。讨厌的武器。"

杜洛瓦没有动弹。他惊呆了，高兴得愣住了："决斗结束了。"他手里还紧紧握着那把手枪，别人把他的手枪拿下来。他好像和全世界打了一仗。结束了。多么幸福呀！他感到自己勇气倍增，可以向任何人挑战。

证人们商量了几分钟，约定当天再碰一下头，一起写这场决斗的报道。然后大家乘上马车，马车夫笑着打了一下响鞭上路了。

他们四人在街上一起吃了午饭，边吃边谈论这场决斗。

杜洛瓦也谈了他的印象："这场决斗不伤我一根毫毛。你们可以作证。"

里瓦尔说道："是的，您表现得很不错。"

证人把决斗的报道写好后交给杜洛瓦，刊登在《回声》快讯上。他很惊讶地读到文章中写

相关链接

莫泊桑《比埃洛》片段：

1. 首先，她们听见一种钝弱的响声；随后，是一阵不平之鸣，尖锐得使人伤心，显见得那是一条受了伤的狗发出来的，随后，又是一阵接续而来的短促哀鸣，最后，又是一阵失望的长号，使人想到它正对着坑口伸长脑袋求救。

它叫着，唉！它叫着！

他和路易·朗格蒙打了两发子弹。他问里瓦尔："我们都只打了一发子弹呀。"

里瓦尔笑道："是的，一发子弹……每人一发子弹……两人一共打了两发子弹。"

杜洛瓦觉得解释还算圆满，不再说什么了。瓦尔特先生和他拥抱道："好极了，您捍卫了《法兰西生活报》的旗帜！好极了！"

晚上，乔治到各大报社和几家大咖啡馆去露露面。他两次碰到了他的对手，他也是去各处露露面。他们没有打招呼。如果他们中有一个受了伤，他们就会握手的。他们俩都信誓旦旦地说听到了对方子弹的呼啸声。

第二天上午十一点，杜洛瓦收到一封蓝色快信，信上写道：

> 上帝，我真担心！赶快到康斯坦丁诺堡大街来。
>
> 吻你，我的爱人。你真勇敢。我爱你。
>
> 克罗

他立即赴了约会。她一下子扑进他怀里，拼命吻他："啊！亲爱的，你可知道今天早上读了各报的报道后，我有多么激动。啊！快讲给我听，我要你把一切都告诉我。"

他只得详详细细地叙述了一遍。

她问道："决斗前一夜你一定睡不安宁吧？"

"不，我睡得很好。"

"要是我的话，我眼睛都合不拢。告诉我，在决斗场上的情况。"

他有声有色地讲述道："我们俩面对面相隔二十步，只有这间屋子长度的四倍。雅克问了我们都准备好了没有，就发了口令：'开枪。'我马上平举手臂，完全成一条直线。我真不该瞄准他的头部。我的手枪太硬了，我习惯使用比较柔和的手枪，扳机的反冲力可以小一些。这都无关紧要了。对方打得也不错，他的子弹从我太阳穴边擦过。我感觉到有一阵风掠过。"

她跪着听他讲，把他搂在怀里，好像要分担他的危险似的。她低声道："啊，我亲爱的可怜人儿……"

他讲完后，她对他说道："你不知道，我再也离不开你了。我必须看见你。我丈夫在巴黎不太方便。早晨你起床前，我可以有一小时来看你，但是我不愿意进你那讨厌的房子。怎么办！"

他突然有了一个念头，他问道："你这里房租多少？"

"每月一百法郎。"

"我租下这屋子，我搬到这里来住。我的住处和我现在的身份不太相称 。"

她想了一会儿说道："不行，我不愿意。"

他很奇怪，问道："为什么？"

"因为……"

"这不成为理由。这屋子对我很合适。我来了，我就在这里住下了。"他又笑道："再说，这

相关链接

莫泊桑《一个诺曼底人》片段：

1. 秋天，绚烂的秋天，把它的金色和紫色掺杂在依然鲜明的最后剩余的绿色里，仿佛是日光结成了点点颗粒从天上落到了茂密的树丛里。

屋子是以我的名义租下的。”

她仍拒绝道：“不行，我不愿意。”

“为什么？”

她亲昵地喃喃道：“因为你会把别的女人带来，我不愿意。”

他生气了：“永远不会的，我向你保证。”

“不行，你还是会把别的女人带来的。”

“我向你发誓。”

“真的？”

“真的。以我的名誉担保，这是我们俩的屋子，只有我们俩。”

她吻得他都透不过气来：“这样的话，我是很愿意听的，亲爱的。但是，你知道，如果你骗我，只要骗一次，我们俩之间就一切都完了。”

他一再赌咒发誓。他们决定当天就搬来。

她对他说：“星期天你来吃晚饭，我丈夫觉得你很可爱。”

他有点受宠若惊：“啊，真的？……”

“是的，你很讨他喜欢。你对我说过，你是在乡下一座城堡里长大的？”

“是的，怎么了？”

“那么，你一定会种植了？”

“是的。”

“行了，你就谈谈园艺和庄稼收成吧。他很喜欢的。”

“好，我会和他谈谈的。”

她又吻了他许久然后才离开。决斗使她对他亲热异常。

杜洛瓦去报社时想道：“多么奇怪的女人！谁知道她到底要什么？喜欢什么？一对多么奇怪的夫妇！谁把这么一个老头和这么风流的女人结合在一起呢？那位视察员凭什么决定娶这么一个女学生？莫明其妙！谁知道呢？是爱情？也许吧。”

然后，他得出结论：“她到底是一个很迷人的情妇，我要是把她放了才是大傻瓜呢。”

第　八　章

决斗使得杜洛瓦跻身于《法兰西生活报》的头牌记者行列，但是他始终为思路贫乏而苦恼。他专门抨击世风日下、人性堕落、爱国热情和法兰西精神的消沉。(他想出“消沉”这个词，

很是得意)

德·玛雷尔夫人是个典型的巴黎人,爱开玩笑,既多疑又轻信。她常取笑他的文章冗长研唆。他微笑道:“瞧着吧,我会出名的。”

他搬到了康斯坦丁诺堡大街,把衣箱、鞋刷、刮胡刀、肥皂等日常用品都搬来了。德·玛雷尔夫人一星期来两三次。他还没有起床她就来了,户外的冷风冻得她全身发抖。一分钟之内,她就把衣服脱了钻进了他的被窝。

杜洛瓦每星期四去她家吃晚饭,和她丈夫谈谈农业问题,讨好他。杜洛瓦真的也很爱谈有关土地的问题。他们俩谈得很投机,把他们俩共同的女人撂在了一边,任其在沙发上打瞌睡。罗丽娜也常常趴在父亲膝盖上或“漂亮的朋友”的膝盖上睡着了。

杜洛瓦走后,德·玛雷尔先生总是一本正经地说:“这个小伙子很讨人喜欢,他很有头脑。”

二月底的早上,走过街上的花摊时总能闻到紫罗兰的清香。

杜洛瓦日子过得很开心。

一天,他回到家发现门下有一封信。他看看信封上的邮票,上面盖着“戛纳”的邮戳。他打开了信封,信上写道:

> 亲爱的先生和朋友,您曾经说过我在任何情况下都可求助于您,是吗?现在,我想请您帮我一把,请您赶快来帮帮我,不要让我独自一人陪着快要死去的查理。尽管他还能起床,但医生告诉我,他可能活不过这星期了。
>
> 我已经没有力气和勇气日夜看着这个将死的人。我一想到即将来临的最后时刻就害怕。我只能向您提出这样的要求,我丈夫没有其他亲人。您是他的老朋友,是他为您打开了新闻界的大门。快来吧,我求您。我没有其他人可求了。请相信我,我是您忠诚的老朋友。
>
> 玛德兰娜·福莱斯特　于戛纳,若丽别墅

乔治心头油然升起一种异样的感觉,一种轻松感,觉得眼前豁然开朗起来。他喃喃道:“我当然要去,可怜的查理!对我们都有必要。”

他把这封信给老板看了。老板嘟哝着准了他的假。他叮咛道:“快点回来,我们少不了您。”

杜洛瓦先打了一份电报给福莱斯特夫妇。第二天他乘了七点钟去戛纳的快车。

第二天下午四时,他到了戛纳。

一个警察把他领到若丽别墅。从戛纳到茹昂湾的海滩,杉树成林,连绵不断,一幢幢白色小屋掩藏在杉树林中,若丽别墅就是其中一幢。

若丽别墅是一幢意大利式的低矮小屋,它建在公路边。这条公路曲曲折折穿过树林,每

相关链接

莫泊桑《两个朋友》片段：

1. 在秋天，傍晚的时候，那片被落日染得血红的天空，在水里扔下了红霞的倒景，染红了河身，地平线上像是着了火，两个朋友的脸儿也红得像火一样，那些在寒风里抖动的黄叶像是镀了金，于是索瓦日先生在微笑中望着莫利梭说道："多好的景致！"那位惊异不置的莫利梭两眼并不离开浮子就回答道："这比在环城马路上好多了，嗯？"

一个拐弯处都是一个美丽如画的景点。

仆人开了门，叫道："啊！先生，夫人等得您好心焦。"

杜洛瓦问道："您的主人怎么样了？"

"啊，很不好，先生。他活不长了。"

杜洛瓦走进客厅。客厅玫瑰色的墙上画有蓝色的图案，高大的窗子朝着大海。

杜洛瓦喃喃道："见鬼，这幢乡下别墅太棒了。他们从哪里弄到那么多钱？"

他听到裙子的窸窣声忙转过身来。

福莱斯特夫人向他伸出双手："您真好，您能来真太好了。"

她突然抱住了他，然后，他们互相看着对方。

她的脸有点苍白，瘦了一些，但是一如既往很有生气，也许忧伤的神态使她更美丽了。她低声说道："真可怕，您瞧，他自己明白没希望了。他对我很粗暴。我告诉他您要来了。您的行李呢？"

杜洛瓦答道："我把行李留在车站了，我不知道您建议我住附近哪家旅馆。"

她思索了一下说道："您就住在这里吧。您的房间已经准备好了。他随时都可能死去，如果夜里断气的话，就只有我一个人了。我派人去取您的行李。"

他向她鞠一躬说道："悉听尊便。"

"我们上楼吧。"她说道。

他随她上楼去。她推开二楼的一扇门。杜洛瓦发现一扇窗子边，红红的夕阳下，一个骷髅似的人全身裹着毯子坐在靠背椅上瞧着他。他几乎认不出这人是谁了，他猜出这个人就是他的老朋友。

屋子里热烘烘的，充满了肺痨病人常有的，混杂着汤药、乙醚、沥青那种无可名状的气味。

福莱斯特勉强地抬抬手说道："你来了，来看着我死去，我感谢你。"

杜洛瓦笑笑说："看着你死去，这可不是一场好戏。我可不想挑这样的机会游戛纳。我是来看望你，顺便休息一下。"

福莱斯特喃喃道："请坐。"他垂下头，好像沉浸在绝望之中。

他呼吸急促，气喘吁吁，有时发出一声呻吟，好像要告诉别人他病得多么厉害。

他妻子见他不说话，过来靠在窗上。她朝地平线方向点一下头说道："看，多么美丽的景色。"

他们对面是一幢幢别墅点缀的海岸，别墅群一直延伸到戛纳市。这座城市呈半圆形地坐落在海岸边，右边是戛纳市的头，然后伸向防波堤。古老的城里有一口古钟居高临下地矗立在堤的上方。左边城脚下正对着两座小岛，这两座小岛好像蓝色海水中的两块绿色斑点。岛上地势平坦，真好像两片巨大的树叶荡漾在海水中。

远处是防波堤和古钟，地平线的另一边是鲁昂。蓝色的天边绵延不断的山岭剪影或圆或钝或尖。最后是一座锥形的山峰，陡峭的山坡一直延伸到大海之中。

福莱斯特夫人指着山峰说道："这是埃斯特雷尔峰。"

暗色的峰顶后面的天空红彤彤的，金灿灿的，使人眼花缭乱。面对落日的余辉，杜洛瓦惊叹不已，找不到恰当的词来表达他的感受。

"啊！太美了。"

福莱斯特朝他妻子抬起头说道："让我透透气。"

她答道："当心，天色已晚，太阳下山了，你会着凉的。你知道这对你身体没有好处。"

他虚弱无力地挥了一下手，好像要打出一拳似的。他满脸怒气地嘟哝了一句。他双颊瘦削，抿着双唇，所有骨节都暴露无遗，真像是一个快要死的人。他叫道："我对你说，我闷得慌。我迟早总要死的，早点晚点有什么两样……"

她把窗子开得大大的。

一股海风突然吹拂到他们三人身上。这是一股温暖柔和的春风，春风带来了令人陶醉的树木花草的清香，可以嗅出其中夹有强烈的树脂味和呛人的桉树味。

福莱斯特急促地吸进这股暖风，又急急地吐出发烧的热气。他的手指甲都抠进了椅子的把手。他喘着气，怒冲冲地低声说道："把窗子关上，这对我很不好。我情愿死在地窖里。"

他妻子慢慢地关上窗，然后贴着窗玻璃凝视着远方。

杜洛瓦很难受，他想和福莱斯特聊几句，宽宽他的心，但是找不到合适的话语来安慰老朋友。

杜洛瓦低声问道："你自从来到这里之后，情况没有好转吗？"

福莱斯特耸耸肩，不耐烦地说道："你都看到了。"他又垂下了头。

杜洛瓦又说道："见鬼，这里的天气和巴黎相比真是太好了。现在巴黎还是冬天呢，下雪，结冰，下雨，下午三点天就黑了，必须点灯。"

福莱斯特问道："报社里有什么新鲜事吗？"

"没有什么新情况。来了一个叫拉克林的年轻人代替你的位子，他是从《伏尔泰》报社出来的，但是他太不成熟了。正等你回去呢。"

病人喃喃道："我？我该到地下去写专栏文章了。"

念头一旦固定了下来，就会像敲钟似的，随时随地在每一种想法、每一句话中出现。

一阵沉默，深深痛苦的沉默。夕阳已经慢慢暗淡下去了。红彤彤的天空渐渐昏暗下来，山岭也慢慢地黑成一片。夜幕降临了。夕阳的些许余光射进屋子，把家具、墙壁、挂毯、花纸、墙角都染上了深浅不一的紫墨色。壁炉上的镜子反映出远处的地平线，像是一块血红色的板。

福莱斯特夫人没有动弹，她一直把脸贴在玻璃窗上，没有转过身来。

福莱斯特气喘吁吁，断断续续地说道："我还能看到几次夕阳下山？……八次……十次……十五次……二十次……也许三十次……不会再多了……你们还有时间……我已经完了……我死后一切仍会照旧……"他的话使人心都碎了。

他沉默了几秒钟，然后又说道："这一切都提醒我过几天我就什么都见不到了……真可怕……我什么都见不到了……世界上存在的东西我都见不到了……那些酒杯……盘子……舒服的床铺……马车……乘马车兜风多好，晚上……我多么喜欢这一切呀……"

他的手指神经质地微微抖动，好像在椅子的把手上弹钢琴似的。他的沉默比唠叨更令人难受。可以感觉到，他一定想到了一些可怕的事情。

杜洛瓦忽然想起诺倍尔·德·瓦伦尼几个星期前对他说过的话："现在我看到死神来临，我真想伸手把它推开……我到处都看到死神的影子。马路上被压死的小动物，从树上掉下的落叶，某位朋友的花白胡子，看到这一切，我的心抽紧了，这一切似乎在向我叫道：死神来了！"

那时，他没有听懂这些话，看到福莱斯特这副样子，他懂了。他心里油然升起一种陌生的恐惧。他似乎感觉到这个奄奄一息地坐在这张椅子上的人，死神伸手可即。他想站起来马上逃离这地方回巴黎去。啊，要是早知道这样子，他就不来了。

夜幕笼罩了整间屋子，好像是向这个垂死的人催命。屋子里很黑，只有窗口的微弱的天光勾画出了年轻女人靠在窗框上的身影。

福莱斯特怒冲冲地问道："怎么，今天不点灯了？难道你们就这样照料一个病人吗？"

窗口的人影消失了，只听到屋子里有人按了一下铃。

一个仆人马上进来把一盏灯放在壁炉架上。福莱斯特夫人对她丈夫说道："你想躺下，还是想下来吃晚饭？"

他低声喃喃道："我想下来。"

晚饭还没准备好，他们三人一动不动又等了一小时。难得说这么一句无关紧要的话，似乎沉默太久了会有什么神秘莫测的危险，会让这间死神已在转悠的屋子里的沉闷空气凝固起来。

晚饭终于准备好了。吃饭时杜洛瓦觉得上菜没完没了，时间太长了。他们都没有说话，默默地吃着，然后用手指尖把面包弄成碎屑。仆人穿着一双旧拖鞋，无声无息地来来回回侍候他们，稍微有一点走动的声音都会惹恼查理。只有一架木头挂钟，机械而又规则的"滴答"声，打破了四周的寂静。

一吃完饭，杜洛瓦借口疲劳回客房休息去了。他趴在窗子上看着天空中的满月。月亮圆圆的，真像一盏巨大的球灯。明亮而有光晕的月光照在那些别墅的白墙上。柔和的月光撒在海面上，波光粼粼，煞是好看。他很想找一个理由赶快溜走，找一个诸如收到了瓦尔特先生电报的借口。

但是第二天早上醒来，他又觉得很难实现溜走的计划。如果他溜走的话，福莱斯特夫人不会再理他了，他会因为胆怯失去她的照拂。他心想："唉，真麻烦。算了，生活中总有不遂意的事，再说不会拖得太久的。"

天空晴朗，南方蔚蓝的天空总使人心里充满了喜悦。杜洛瓦不想太早去看望福莱斯特。

相关链接

2. 他们郑重地把这些鱼放在一个浸在他们脚底下水里的很细密的网袋里了。一阵甜美的快乐爬到他们的心上。世上人每逢找到了一种久已被人剥夺的嗜好，这种快乐就抓住了他们。

晴朗的日光，在他们的背上洒下了它的暖气。他们不去细听什么了，不去思虑什么了，不知道世上其他的事了，他们只知道钓鱼。

他一直走到了海滩边。

吃午饭时他才回来。仆人对他说："我们先生已经问了先生两三次。先生愿意上楼去见我们先生吗？"

他上了楼。福莱斯特坐在一张靠背椅上，似乎睡着了。他妻子靠在长沙发上，正在看书。

病人抬起了头。杜洛瓦问道："你好吗？你今天气色不错。"

病人低声说："是的，好一些了，我有点力气了。你赶快和玛德兰娜一起吃了饭，我们乘车去转一圈。"

当年轻女人和杜洛瓦单独在一起的时候，就对杜洛瓦说："瞧，今天他自以为好了，从早晨开始他就不断想出一些计划：到鲁昂湾去买些粗陶，装饰我们巴黎的公寓。他拼命想出去，但是我怕出事。路上颠得厉害，他受不了。"

马车来了，仆人扶着福莱斯特一步一步挪下楼梯。他一看到马车就吩咐把车篷放下。他妻子不同意："你会着凉的。我敢肯定。"

他很固执："不，我感觉好多了。"

一路上树木成荫，路两边就好像两座大花园。戛纳真像一座英国式的公园。然后他们上了沿着海边的安第伯公路。

福莱斯特向朋友介绍当地的情况。他先指给他看巴黎伯爵的别墅，又指给他看其他知名人士的别墅。他很高兴，其实是无药可救的病人的一种虚弱的强颜欢笑。他没有力气举起手臂，只能抬抬手指头。

"瞧，这是圣玛格丽特岛和关押巴扎尼又被他逃脱的城堡，有关这件事的传说很多。"

他回忆起以前的军旅生活。他还记得给他们讲故事的军官们的姓名。公路突然拐弯了，整个鲁昂湾及以它命名、隐藏在深处的白色小城展现在他们眼前。海湾的另一端现出了安第伯的房子的尖顶。

福莱斯特忽然孩子似的高兴地叫道："啊，海军舰队，你快看海军舰队。"

海湾中央有六艘大船，它们像六块嶙峋礁石。庞大的舰船形状奇特，高塔林立，吃水很深，仿佛扎根在深深的海底。真不明白，这么沉重的舰船，吃水又那么深，它们还能在海上游动。这是一支游动的炮队，高大的舰船就像建在礁石上的灯塔。

一艘大三桅船张开所有的白帆，快乐地从它们旁边驶向大海。在巨大的铁甲战舰旁边，它显得亲切可爱。

福莱斯特竭力辨认这几艘战舰，他一一道出他们的名字："高倍尔号"、"苏弗朗号"、"杜贝列海军上将号"、"恐怖号"、"毁灭号"。他又改口道："我搞错了，那艘是'毁灭号'。"

他们到了大陶器铺，上面写着："鲁昂湾艺术陶"。马车绕过一片草坪，停在店铺门前。

福莱斯特想买两只大瓷瓶放在他的书房里。由于他不能下马车，店老板把样品一一拿到车上让他挑选。他挑了许久，还征求妻子和杜洛瓦的意见。他说："这可以摆在我书房后面的家具上，我坐在椅子上随时都可以看到瓷瓶。我要古希腊的式样。"

相关链接

莫泊桑《羊脂球》片段：

1. 全体都像是压伤了的，折断了腰的，头脑迟钝得想不起一点什么，打不定一点什么主意，只是习惯性地向前走。假若停步，就立刻会因为没有气力而倒了下来。

他看了样品，又吩咐再拿出一些样品给他看。最后他挑好了，付了钱。他要求马上给他寄走。他说："我过几天就回巴黎去。"

他们沿着鲁昂湾回家去。忽然一阵寒风向他们袭来，福莱斯特又咳嗽了。

起先还没有什么要紧，咳得还不厉害，但是渐渐地他越咳越厉害。他不停地咳，咳得都喘不过气来。

福莱斯特气喘吁吁，每次呼吸都被从肺部冲上来的咳嗽噎住了。没有办法止住咳嗽，没有办法使他安静下来，必须马上把他从马车上抱到房间里去。杜洛瓦抱着他的双腿，他每咳一次杜洛瓦都感觉到他双脚的颤动。

福莱斯特在暖和的被窝里仍不停地咳，一直咳到半夜，只能用麻醉药来止住要命的咳嗽。他无法躺下，只能坐在床上，睁着眼睛，一直到天亮。

他第一句话就是叫理发师来。他坚持每天早上刮胡子。他为了刮胡子只得起床，一刮完胡子马上又得躺下。他气急起来，呼吸非常困难。福莱斯特夫人很害怕，让仆人把刚躺下的杜洛瓦叫醒，去请医生来。

杜洛瓦马上去把加伏医生请来了。加伏医生开了处方，叮嘱了几句话。杜洛瓦送医生出去时问情况到底怎么样，医生说："时间不多了，明天早上，他就会死去。请您告诉他妻子请一个神甫来。我无能为力了。不过我还是随叫随到。"

杜洛瓦让仆人把福莱斯特夫人叫出来，告诉她："他快死了。医生建议找一个神甫来。您看呢？"

她犹豫了好久，考虑再三，然后缓缓地说道："好吧，这样各方面都好些……我让他有所准备，告诉他神甫想来看望他……我束手无策了，请您帮我找一个不给我们添太多麻烦的神甫来。他只需作一次忏悔就行，余下的事我们自己处理。"

年轻人找了一个老神甫。神甫一眼就明白了目前的情况。他一进病人的房间，福莱斯特夫人马上走出去和杜洛瓦一起坐在隔壁房间等候。

"我告诉他请了一个神甫来。他非常震惊，脸上的表情可怕极了……好像他感觉到一股阴森的凉风……他明白一切都完了，他的时间不多了……"

她脸色非常苍白，说道："我忘不了他当时的表情，他肯定看到了死神……"

他们俩听到神甫粗哑的声音。神甫说道："不，不，您的情况没有那么糟。您是病了，但是没有生命危险。我是作为朋友和邻居来看望您的。"

他们没有听清福莱斯特说些什么。老神甫又说道："不，我不来给您行圣礼。等您好一些我们再谈这个问题。现在如果您能趁我来看您时作一次忏悔，那就再好不过了。我是一个牧师，我抓住一切机会来带回我的羔羊。"

长久的静默，福莱斯特大概有气无力地说了什么。

突然，神甫操着在祭坛前作祷告的特别声调念道："上帝是永恒的，孩子，您跟我念悔罪经吧，Confiteor Deo omnipotents …… Beatae Mariae somper virgini ……①。”

他不时地停下来等垂死的病人跟着念完，然后他说：“现在您忏悔吧……”

年轻女人和杜洛瓦正襟危坐，不敢动弹，他们激动不安地等候最后的时刻到来。

病人咕哝了一句什么，神甫又重复道：“您好意做了错事……是什么性质的，孩子？”

年轻女人站起来简短地说道：“我们到花园走走，不应该偷听他的隐私。”

他们走到门前玫瑰树下的一张长凳上坐下。玫瑰树已经开花了。玫瑰树前还有一个康乃馨花篮，散发出沁人心肺的清香。

他们沉默了几分钟，杜洛瓦问道：“您不会马上回巴黎吧？”

她答道：“啊，不，这里的事一完，我就回巴黎。”

“您在这里再呆十多天？”

“不，不会再多呆了。”

他又问道：“他没有亲人吗？”

“除了表亲以外再没有任何亲人了。他很小的时候父母就双亡了。”

他们俩都看着一只蝴蝶急促地拍着翅膀在康乃馨上飞来飞去采花粉。他们俩都不做声。

仆人出来报告：“神甫先生的事情已经结束了。”

他们一起回到屋子。

福莱斯特显得比昨天夜里更消瘦了。

神甫抓着他的手道：“再见，孩子，明天早上我再来。”

神甫走了。

神甫一走，垂死的人喘着气，竭力向他妻子伸出他的双手哀求道：“救救我……救救我……亲爱的……我不想死……我不想死……啊！救救我……你们说该怎么办，快去请医生来……让我干什么都行……我不想……我不想……”

他哭了，豆大的泪珠从他眼里流到他的脸上。他像孩子似的耷拉着嘴哭了。

他垂在床边的双手开始慢慢地不停地动弹，像是要去抓住毯子上的某样物件。

他妻子哭了。她喃喃道：“不，不要紧的，明天会好的，你昨天出去太累了。”

福莱斯特像一条长跑刚停下来的狗，急促地喘着气。他呼吸急促，又虚弱得几乎听不到他的声音。他不停地重复：“我不想死！……啊，上帝……我的上帝……我怎么了？我什么都看不见了……再也看不见了……啊，上帝！”

他两眼发直，凝视着别人看不见的东西，眼睛里充满了恐怖。他的双手仍继续不停地乱抓乱摸。

突然，他从头到脚全身哆嗦了一下。他低声道：“坟墓……我……我的上帝……”

---

① 吁告我主，全能天主，卒世童贞圣母玛丽亚……

相关链接

2. 居民们在他们的晦暗屋子里都被吓糊涂了，正同遇着了洪水横流，遇着了大地坍陷，若是想对抗那类灾害，那么任何聪明和气力都是没有用的。因为每逢一切事物的秩序受到了颠覆，每逢安全不复存在，每逢一切素来享受人为的或者自然的法律所保护的事物听凭一种无意识的残忍的暴力来摆布，这种同样的感觉必然也跟着显现出来。

他不吭声了。一动不动、惶惶不安地喘着气。

时间慢慢地过去，从附近一座教堂传来了中午的钟声。杜洛瓦走出屋子稍许吃了一点东西，过了一小时他又回到屋子。福莱斯特夫人拒绝吃任何东西。病人没有动弹，他的双手仍在毯子上慢慢地挪动，好像要把手挪到脸上。

年轻女人坐在床边的一张椅子上，杜洛瓦坐在她旁边的另一张椅子上。他们默默地等待着。

医生派来的一个看护在窗边打瞌睡。

杜洛瓦昏昏欲睡，突然他感觉到发生了什么事。他睁开眼睛正好看到福莱斯特闭上了双眼，就像两支烛火一下子熄灭了。福莱斯特喉咙口打了一个嗝，嘴角边淌下两条血水，流到了他的衬衣上。他的双手再也不能动弹了。他呼吸停止了。

他妻子一下明白过来。她大叫一声，跪倒在地，趴在毯子上号啕大哭起来。乔治吃了一惊，惶惶然划了一个十字。看护醒了，她走到床边说道："结束了。"

杜洛瓦冷静下来，舒了一口气，低声说道："比我想像的要快。"

一阵悲伤过后，大家开始忙于办丧事，通知有关人士。杜洛瓦一直忙到深夜。

他回来时饿极了。福莱斯特夫人吃得不多。他们俩一起坐在灵堂里为死者守灵。

床头柜上点了两支蜡烛，蜡烛中央放了一只盘子。里面有一点点水和一束白色的金合欢花枝作圣枝，因为没有找到黄杨木。

屋子里只有这对年轻男女守着已死去的他。他们都不说话，若有所思地看着他。

乔治守在尸体旁边觉得有点阴森可怕，他全神贯注盯着那具尸体。晃动的灯影使那骷髅般的脸更显得瘦削凹陷。难道这就是他的朋友查理·福莱斯特？昨天还跟他说过话。一个生灵就这样结束了，多么奇怪、多么可怕的事情！噢，他又回想起诺倍尔的话："从来没有人从死亡之路回来的。"

还会诞生几百万、几十亿类似的生灵，同样有两只眼睛，一只鼻子，一张嘴巴，一个脑袋，脑袋里还有思想，但是躺在这张床上的人是再也不会复活了。

他和所有的人一样生活了好多年，一样吃饭，欢笑，爱过也希望过。但是对他来说，一切都已经结束了，永远结束了！人生一场，过了几天日子，然后就什么都没有了。一个人诞生，长大，幸福过，等待过，然后死亡。永别了！男人或女人，你再也不会回到地上人间。然而，每个人内心都对永恒抱着热切而又实现不了的愿望。每个人都是一个世界，是大千世界中的世界，每个人都会完全变成肥田的粪土。所有植物、动物、人类、星星……世界的一切都在运动，然后死去，变成另一种形式。但是从来不会有一个生灵死后复活，无论昆虫、人类或行星。

一种莫明其妙的、巨大又沉重的恐惧压在杜洛瓦的心头。

所有的生灵都会一下子被毁灭，真令人悲叹。这种不可避免的无边无际的空虚令人恐惧。恐惧使他低下了头。他想到只能存活几小时的苍蝇，只能存活几天的小动物，只能存活几个年头的人们，只能存在几个世纪的土地，它们之间有什么区别呢？还有多少希望的曙光呢？

就这么回事了。

他别转头不想再看那具尸体了。

福莱斯特夫人低垂着头，好像沉浸在痛苦之中。她的金发披散在悲伤的脸上，显得非常美。一股柔情掠过年轻人的心头，令他感动，好像看到了一丝希望。他的日子还长着呢，何必自怜自惜呢？

他开始欣赏她。她沉浸在痛苦中，对他没有多加注意。他想："生活中惟一美好的事就是爱情了！把所爱的女人搂在怀里，那是人间最大的幸福了。死去的福莱斯特真有运气，他娶了这么一个聪明可爱的伴侣。他们怎么相识的？她怎么会答应嫁给这个又平庸又没钱的男人？她怎么最终把他变成一个有身份的人？"

他思索起人们藏在心中的秘密。他想起人们议论纷纷的伏德里克伯爵，据说是这位伯爵给她置办了嫁妆，让她结婚的。

她现在怎么办呢？还有谁会娶她？某位议员？或者某个有前途的青年，某个更高明的福莱斯特？她有什么打算、计划、主意？他多么想知道这一切！为什么替她今后操心呢？他扪心自问，他发现他的担忧来自于他内心一种模糊的潜意识，只有到自己内心深处探寻才能发现这个隐秘。

他为什么自己不去尝试一下呢？对付她，他是绰绰有余的，他肯定会很快得手的。

他为什么不会成功呢？他觉得自己是讨她喜欢的。她对他有一种超出友情的东西，一种两个相似的人之间的好感，一种既互相引诱又共同合谋的默契。她知道他有聪明，有决断，有毅力，她可以信赖他。

不正是她在这种非常严重的情况下把他叫来的吗？她为什么叫他来？这不正是一种选择，一种流露，一种定位吗？她恰恰在即将当寡妇的时候想到了他，也许她想到了要选一位将来会当她伴侣，即她的盟友的人。

他迫不及待地想弄个明白，他要向她问清楚，他要了解她的意图。后天他就要回去了，他不能和这个年轻女子单独呆在这幢房子里。回巴黎前，他必须抓紧时间，出其不意，小心巧妙地弄清楚她的计划，不让她有反悔的余地。

屋子里静悄悄的，只听到壁炉上的挂钟有规则的"嘀嗒"声。

他低声问道："您一定很累了吧？"

她答道："是的，我心里很烦。"

他们说话的声音在这间阴森森的屋子里出奇地响，使他们俩都很吃惊。他们马上看看死者的脸，好像生怕死人还像前几小时一样会动弹，还会听到他们讲话。

杜洛瓦又说道："啊，这打击对您是太大了。您的生活完全改变了，您的心灵和生活确实遭到很大影响。"

她长长地叹了一口气，没有回答。

他继续说道："您将孤单一人，这对一个年轻女子来说太伤心了。"

相关链接

她一言不发。他又说道："不管怎么样，我们之间有约定的，您随时都可以要我帮忙。我是属于您的。"

她向他伸出一只手，同时朝他看了一眼。她的目光既忧伤又柔和，能一直看透人们的骨髓。她说道："谢谢，您是好人，您太好了。"

"如果我能冒昧为您做些什么，我会说：请相信我。"

他握住她伸出的手，盯着它，把它握得紧紧的，热切地想吻这只手。最后他下定决心，慢慢地把嘴唇凑过去，他把这只有点发烫的、发出香味的、细皮嫩肉的手久久地贴在嘴唇上。

然后，他感到这种友好的抚爱延续得太久了一点，就让她的手放下了。这只手无力地掉在她的膝盖上。她沉重地说道："是的，我将很孤单，我将努力鼓起勇气。"

他不知该怎样让她明白要是能娶她为妻，他将幸福无比。当然，在这种时刻，在这种地方，在这具躯体跟前，他是不能对她说这话的。但是，他可以找一句模棱两可、恰如其分的话来表达他的心愿。

但是，他们面前的这具僵硬的尸体，使他为难。他感到这具尸体把他们隔开了。屋子关得紧紧的，他闻到从尸体身上散发出的一股呛人的腐肉的气味，这是床上的死者向守灵的亲人发出的、开始腐烂的气味。这种气味不久就会在盛尸体的棺材里弥漫。

杜洛瓦问道："是否开一下窗？"

她答道："行。我也闻到了。"

他走到窗前把窗子打开。一股深夜清新的空气吹进来，月光撒在一幢幢别墅的白墙上和波光粼粼的蓝色海面上。杜洛瓦深深地吸了一口气。忽然他感觉到内心充满了希望，好像幸福正摇摆着向他靠拢，他精神为之一振。

他转过头说道："您来吸一口新鲜空气。天气真好！"

她平静地走到他身边，把胳臂支在窗框上。

他低声地对她说："请您听我说，请您听明白我要说的话。尤其听了我在这种时刻来谈这样的事情不要发火。后天我就要离开您了，等您回到巴黎再对您说可能已经晚了。瞧……我只是一个穷鬼，没有钱，没有地位。但是我意志坚强，有点聪明，我正在上路，前途不错。一个女人和一个成功的男人在一起可以知道她能得到什么，和一个刚开头的男人在一起就前途未卜了，这有利有弊。有一天，在您家里，我曾对您说过我的最美好的梦，是娶一个像您这样的女人为妻。今天，我再对您说一遍我的这个愿望。您别马上回答我，让我说下去。我不是向您提出要求，现在时间地点都不恰当。我要让您知道，您只需一句话就能让我幸福。无论您把我作为您的朋友或您的丈夫，随您意，我的身心都属于您的。我不要您现在就回答我，在这里，我不想再谈这个问题了。我们回到巴黎以后，您再告诉我您的决定。回到巴黎以前不要再提一个字了，好吗？"

他移开视线不看她，一口气说完这些话，好像他在对着夜空说这些话。她似乎没有听见，仍两眼发直，木然不动，她的目光茫然呆滞。窗外月光下一片苍白。

3. 然而在空气当中总有一点儿东西，一点儿飘忽不定无从捉摸的东西，一种不可容忍的异样气氛，仿佛是一种散开了的味儿，那种外祸侵入的味儿。它充塞着私人住宅和公共场所，它使得饮食变了滋味，它使人觉得是在旅行中间，旅行得很远，走进了野蛮而又危险的部落。

他们肩并肩，手挽手，默默地陷入沉思之中。

过了一会儿，她低声道："有点冷了。"

她转身向床边走去，他跟在她后面。

他走到床边，确实闻到了福莱斯特发出的腐尸味。他把椅子挪远一点。他再也不能长久地忍受腐尸味了。他说："明天一早必须把他运走。"

她答道："是的，一定运走。运尸车八点来。"

杜洛瓦叹一口气道："可怜的人。"

她也伤心地叹了一口长气。

他们已经习惯了，不再总看那尸体了。福莱斯特的死亡使他们愤愤不平，现在他们思想中已经认可了他的死亡，他们也会死的。

他们都不说话，继续守灵不睡觉。到了深夜，杜洛瓦首先瞌睡了。他醒来时发现福莱斯特夫人也在瞌睡。他换了一个姿势重又闭上眼睛，一边还咕哝了一句："还是躺在被窝里舒服。"

突然一声响动使他惊起。看护进来了。天已经亮了。坐在对面椅子上的年轻女人也惊醒了，尽管在椅子上过了一夜，她脸色有点苍白，但是仍很美丽，很有生气，也很和蔼。

杜洛瓦朝尸体看了一眼，全身哆嗦了一下，叫了起来："啊，他胡子长了。"

这具尸体和活人一样在几小时之内长出了胡子。他们看到这种在尸体上显现出的生命现象都愣住了。他们觉得眼前有一种神奇的力量，有一种死后复活的超自然的力量的威胁，有一种异常的、震撼理智的、使人不知所措的东西。

他们俩都离开灵堂。他们一直睡到十一点钟。人们把查理装入棺材后，两人都如释重负地松了一口气。他们面对面坐着共进午餐，重又想找些使人轻松愉快的话题。他们都想回到生活中来，因为死神把他们折腾得够久了。

窗子大开着，暖和的春风从窗外吹进来，带来了门前盛开的康乃馨的花香。

福莱斯特夫人向杜洛瓦建议到园子里去散步，他们慢慢地绕小草坪走一圈，尽情地呼吸温暖的充满杉树和桉树清香的新鲜空气。

她突然头也不回地和他说话了，就像夜里他在楼上停尸房里头也不回地和她说话一样。她慢慢地、一本正经地低声说道："听我说，亲爱的朋友，我认真考虑过您对我提出的建议，我不愿意您没有得到我的回答就回巴黎去了。我不对您说行或不行，再等一段时间，再观察一下，我们互相更了解一些。您从您的角度多考虑考虑，不要轻易作出决定。查理还没有下葬，我就跟您谈这个问题，因为在您向我表达了您的意思之后，为了让您不牵肠挂肚太长时间，让您知道我是怎样一个人是很要紧的。您的个性是否能忍受得了我，您是否能理解我？请您听懂我的话。对于我，婚姻不是一条锁链，而是一种协作。我要自由。我所做的一切事，出出进进，我要完完全全的行动自由。我不能容忍妒忌心，受人控制，或者对我的行为评头论足。当然，我也保证不会玷污了我所嫁的男人的姓氏，不会使他难堪出丑。但是这个男人必须保证平等待我，把我看成他的盟友，而不是低他一等的惟命是从的老婆。我知道我的想法与

相关链接

4. 有人打呵欠了，另一个几乎立刻模仿他；每一个人在轮到自己受着影响的时候也都打呵欠了，不过却随着自己的个性和世故以及社会地位，或者带着响声张开嘴巴，或者略略张开随即举起一只手掩住那只吐出热气的大窟窿。

众不同，但是我决不更改一点点。就这些。

“我再补充一点：不要急于回答我，这是无济于事的，也不恰当的。我们还会再见面的。我们以后再谈这个问题。现在您继续去散步，我要回到他身边去了。晚上见！”

他久久地吻她的手后，一言不发地走了。

直到吃晚饭时，他们才又见面，然后各自回房休息去了。他们俩都累了。

第二天，查理·福莱斯特无声无息地在戛纳的公墓下葬了。乔治·杜洛瓦决定乘一点半的快车回巴黎。

福莱斯特夫人送他到车站。他们安静地在月台上走走，说些无关紧要的话，等候开车。

火车进站了，只有五节车厢，是一列真正的快车。

杜洛瓦找好了位置，又下车再和她聊一会儿。快要离开她了，他突然感到强烈的忧伤和遗憾，不知他是否会永远失去了她。

一个乘务员叫道：“去马赛、里昂、巴黎的旅客快上车。”

杜洛瓦上了车，他呆在车厢门口还要对她说几句话。火车头“呜”地叫了一声，列车慢慢地启动了。

年轻人探出头，看到年轻女子木然地站在月台上目送他远去。忽然，他想到马上看不见她了，赶快双手放到嘴上，给她一个飞吻。

她慢慢地也给了他一个吻。她只是做了一个不易察觉的动作而已。

第二部

第 一 章

杜洛瓦回到巴黎，一如往常地生活。他住在康斯坦丁诺堡大街的底层公寓里。他生活得很理智，他正在为开始新的生活作准备。他和德·玛雷尔夫人保持了一种夫妇般的关系，好像他在预先练习做丈夫。他的情妇很奇怪他们之间竟如此平静，守规矩。她常常笑着问他："你比我的丈夫还像个丈夫，其实以前的你不必有所改变。"

福莱斯特夫人还没有回来，她还留在戛纳。她给他的信上说四月中旬回巴黎，信上一字不提他们分手时的情景。他耐心等待着。他下了决心，如果她犹豫了，他还是要千方百计娶她为妻。他相信自己会发财，他感到自己有一种难以形容又无可抵御的诱惑力。这是一种所有的女人都会为之倾倒的诱惑力。

一封短信告诉他决定性的时刻来到了。信上写道：

我已到了巴黎。快来看我。

玛德兰娜·福莱斯特

只有这几个字。他是九点钟收到这封信的。

当天下午三点，他进了她的家。她向他伸出双手，微笑着称赞他亲切漂亮的笑容。他们互相凝视了几秒钟。

然后，她低声说道："您真好，在那种可怕的情况下到那里去帮忙！"

他答道："我一切听您的吩咐。"

他们坐下来谈话。她问有什么新闻，有关瓦尔特及报社所有同事们的近况。

"我很想念这张报纸。我内心已经成了一个记者。我喜欢记者这个职业，有什么办法呢？"

然后，她沉默了。他相信自己懂得她的意思，她的微笑，她的声音，她的话语都向他发出了一种信号。虽然他决心不要操之过急，但他不由自主地低声问道："那么……为什么……为什么……您不用杜洛瓦的姓来重操旧业呢？"

她突然沉下脸，把一只手放到他的手臂上，低声道："还不是时候。"

他猜到她接受了。他一下跪在她面前，热烈地吻她的双手，急切地说道："谢谢，谢谢，我多么爱您呀！"

她站起来，他也跟着站起来，他发现她脸色苍白极了。他明白了她是喜欢自己的，也许已

相关链接

5. 语言上戒备得真严，一个局外的人可以一点也不懂。不过那层给上流妇人做掩护的薄薄的廉耻之感只蒙着表面，所以她们在这种放纵的冒险之中是心花怒放的，快活得发了痴，觉得正对她们的劲儿，把爱情和肉欲混在一块儿，好像一个馋嘴的厨子正给另一个人烹调肉汤一样。

经好久了。他们面对面地站着，他一把搂住她，吻她的前额，一个长长的、严肃的热吻。

她脱开他的嘴唇，靠在他的胸脯上，一本正经地说道："听着，我的朋友，我还没有决定。也许行。但是在没有得到我的允许前，您必须绝对保密。"

他发了誓，高高兴兴地走了。

从此，他常常去看她，她常常和他讲她的计划。她一会儿一个计划，并且在计划中总把他俩混在一起。他比较含蓄谨慎，不轻易表示赞同。

杜洛瓦卖力地工作，花钱很有节制，尽量攒点钱，以免结婚时身无分文的难堪。他一下子变得吝啬了。

夏季过去了，秋天来临了，谁也没有怀疑到他们的关系。他们很少见面，一如往常。

一天晚上，玛德兰娜盯着他的眼睛对他说："您还没有把我们的计划告知德·玛雷尔夫人吧？"

"没有，朋友。我答应过您不告诉任何人的。"

"嗯，可以告诉她了。我来告诉瓦尔特夫妇。就在这个星期，没有意见吧？"

他红了一下脸，说道："行，明天就说。"

她不动声色地移开视线，好像没有注意到他的窘态。她又说道："如果您愿意的话，我们五月初结婚，那时候比较合适。"

"我很高兴，一切听您的。"

"五月十日是星期六，我喜欢这个日子，因为是我的生日。"

"行，就五月十日。"

"您父母住在鲁昂附近吧？您对我说过。"

"是的，他们住在鲁昂附近的冈特罗。"

"他们干什么的？"

"他们是……他们靠一笔小小的年金生活。"

"啊，我非常想见见他们。"

他犹犹豫豫很为难："但是……他们……"

他终于决然地说道："亲爱的朋友，他们是农民，他们含辛茹苦送我上学，我并不为他们感到脸红，但是他们头脑简单，举止粗俗，可能会使您看不惯。"

她甜甜地微笑了，和颜悦色地说道："不，我会很爱他们的。我想去看望他们。我以后再和您谈这个问题。……我也出身贫寒……但是我父母已去世了。除了您，我在这个世上再没有任何亲人了……"她把手伸给他。

他深受感动，他从未有过这种被征服感。

"我想到一些事，但很难说明白。"她说道。

"什么事？"他问道。

"亲爱的，我和所有女人一样有我的弱点。我喜欢光彩夺目名声响亮的东西。我想要一个贵族的姓氏。您能否趁我们结婚之际想办法换一个贵族头衔?”她也红了一下脸,好像她提了一个不正当的建议。

他答道:“我倒常想起过,但是事情没有那么容易。”

“为什么?”

他笑道:“我怕弄巧成拙。”

她耸耸肩:“不会的,大家都这么做,没有人会笑您的。只要把您的姓一分为二,叫‘杜·洛瓦’,就行了。”

他很了解这种做法,说道:“不行,这种做法太一般了,做的人太多了。我想先借用我家乡的名作我的笔名。然后逐渐把我的笔名加到您向我建议的一分为二的姓氏前。”

她问道:“您的家乡叫冈特罗?”

“是的。”

她思索一下说道:“我不喜欢那个尾音,能不能稍微改动一下?”

她拿起桌上的一支笔,写了好几个姓氏。研究了一会,突然她叫道:“有了。”

她递给他一张纸,上面写着:“杜·洛瓦·德·冈特尔夫人。”

他考虑了几秒钟后,郑重地说道:“好,很好!”

她很高兴,不停地说道:“杜·洛瓦·德·冈特尔,杜·洛瓦·德·冈特尔夫人,太好了!太好了!”

她信心十足地说:“瞧着吧,让大家都接受这个姓名并不难,问题在于要抓住时机。机不可失,时不再来。从明天起,您的专栏文章就署杜·德·冈特尔,您的消息报道就署杜·洛瓦即可。您每天在报纸上这样出现,谁也不会奇怪您有不同的署名。

“我们举行婚礼时还可以稍作变动,对朋友们说,您以前因为职位不高,出于谦虚把姓氏中的‘德’去掉了,或者什么都不说。您父亲的小名叫什么?”

“亚历山大。”

她念叨了两三遍:“亚历山大,亚历山大。”一边念,一边听这几个音节是否上口,然后她在一张白纸上写道:“亚历山大·杜·洛瓦·德·冈特尔先生和夫人很荣幸地告知您,他们的儿子乔治·杜·洛瓦·德·冈特尔和玛德兰娜·福莱斯特夫人结成夫妇。”

她把纸片拿远一点仔细看看,觉得效果很好。她说:“我们不费吹灰之力就达到目的了。”

他出来走到街上,完全以杜·洛瓦,甚至以杜·洛瓦·德·冈特尔自居了。他觉得好像自己刚才已取得了一种新的重要身份。他昂首挺胸地走路,神气十足,翘着小胡子,真像一个绅士。他真想高兴地告诉行人们:“我叫杜·洛瓦·德·冈特尔。”

但是他刚回到家,想起了德·玛雷尔夫人,他很不放心。他马上给她写了一封信,要求明天和她见一次面。

“这事很伤脑筋,”他想,“她会对我大发脾气的。”

他决定不去想它,听其自然。他平时碰到不顺心的事情就是这样对待的。他写了一篇关

相关链接

6. 整整一夜，在过道的黑暗中间，如同战栗似的传出一阵阵的轻微声息，那是仅仅教人察觉得到的，像是一阵阵的呼吸声，一阵阵赤脚的触地声，一阵阵无从捉摸的摩擦声。人们显然睡得很迟，因为有好些光线从各处屋子门底下的缝儿里漏了进来。香槟酒真有它的效力，据说，它是扰乱瞌睡的。

于增收新税收以平衡预算的奇文，他在文章里提出，姓氏中带有“德”的贵族，每人每年交一百法郎，有贵族头衔的，从男爵到亲王，每人每年交五百到五千法郎不等。

文章写完，他签了名：杜·德·冈特尔。

第二天，他收到情妇寄来的蓝色短信，她说一点钟来。

他焦急地等她到来。他决心快刀斩乱麻，她一来就把一切告诉她，然后等她发过脾气再冷静地说明理由：德·玛雷尔先生顽固地存在于世上，他不能无限期地孤身一人，他不得不娶另一个女人做他合法的伴侣。

他很激动，一听到门铃声心跳就加快了。

她一进门就扑到他的怀里：“你好，漂亮的朋友。”

她发现他的态度很冷淡。她朝他仔细瞧瞧，问道：“你怎么了？”

“你先坐下，”他说道，“我们来认真谈一下。”

她坐了下来，帽子也没有脱，只是把面纱撩到额头上。她等着他开口。

他垂下眼睛，想了一想开头，慢慢地开口说话：“亲爱的朋友，你看，我非常惶恐，非常忧伤，非常为难，不知怎么来对你说出我要对你说的话。我很爱你，我从心底里真心爱你，我很怕我要对你说的话会使你难过。”

她脸色苍白，全身颤抖。她低声问道：“发生什么事情了？快告诉我。”

他用悲伤又决然的声调对她说：“我要结婚了！”

这是人们常用来宣布不幸、其实却是开心的消息的那种装腔作势的声调。

她痛苦地从心底里叹了一口气，好像一个快要失去知觉的女人。她突然气急得说不出话来。

见她没有说什么，他又说道：“你知道，我下这个决心前有多么痛苦。但是既没有地位又没有钱，我孤身一人在巴黎走投无路。我需要身边有一个经常给我建议并安慰我、支持我的人，我要找一个助手，一个盟友，现在我找到了。”

他不说下去了，希望她开口说话。他料想她会大发脾气，痛骂他一顿。

她一只手捂住胸口，胸脯一起一伏，呼吸仍很困难，她对他拼命摇头。

他抓起她搁在椅子把手上的另一只手。她马上把手抽了回去。她木然地低声喃喃道：“啊……上帝……”

他在她面前跪下，不敢碰她一下。他低声说道：“克罗，我的小克罗，请你理解我的处境，请你明白我是怎样的人。啊，要是我能娶你该有多么幸福！但你是有夫之妇，我有什么办法？你想想，好好想一想！我必须在社会上立足，没有家庭我就没有立身之地。你知道吗？几天前，我真想杀了你丈夫。”

他的声音柔和、悦耳、令人捉摸不透又充满了诱惑力。

他看到情妇眼里慢慢涌上了两颗泪珠，这两颗泪珠刚滚出来，眼眶里又涌上了两颗新的泪珠。

他喃喃道："你别哭呀，克罗，你别哭呀。我求你了，你使我的心都碎了。"

她拼命忍住泪水问他："她是谁？"他考虑了一下，他明白这是必须告诉她的。他答道："玛德兰娜·福莱斯特。"

德·玛雷尔夫人全身哆嗦了一下。她沉默不语，似乎忘了他还跪在她脚下。

她眼里不断地涌出泪珠，滚滚而下。

她站起来。杜·洛瓦以为她会一言不发，既不指责也不埋怨地走了。他心灵深处受到了伤害，感到了屈辱。他要拉住她。他伸手抓住了她的衣裙，一把抱住她圆圆的双腿。她再也无力挣扎了。

他哀求道："我求你别这样离开我。"

她从上到下看了他一眼。她绝望的悲伤的目光充满了妩媚，流露了一个女人内心的全部温柔。她喃喃道："我没有话可说……我没有一点办法……你有理由……你的选择很有必要……"

她一下挣脱了他的双臂。她走了。他也不想再拉住她。

只剩下他一个人了。他站起来，昏昏沉沉的，就像头上挨了一闷棍似的。他下定了决心："管它呢，事情了结了，也没有吵架，正合我意。"

他心中一块石头放下了，感到一下子轻松了，可以自由自在地开始新生活了。他朝墙壁击了几拳。他沉醉于成功之中，感到自己很有力量，可以和命运搏斗一番。

他们又见面时，福莱斯特夫人问他："您告诉玛雷尔夫人了？"

他平静地回答："是的……"

她扫视了他一下问道："她很激动吧？"

"不，她一点不激动。相反，她认为我们的结合很好。"

消息不久就传开了。有的人很惊奇，有的人声称早就预料到了，还有的人只是意味深长地笑笑，表示这消息一点不使他们吃惊。

杜洛瓦开始在他的专栏上署名杜·德·冈特尔。在新闻报道上仍署名杜洛瓦，在政论文上署名杜·洛瓦。他现在常常写些政论文章。他常在未婚妻那里呆半天。她友好地对待他，她的友好中不动声色地夹有一种亲热。她主张悄悄地举行婚礼，只要几个证婚人在场就行了，当天晚上就离开巴黎去鲁昂看他父母，在他们那里住几天。

杜洛瓦竭力劝她改变计划无效，最后只得让步。

五月十日，因为没有邀请宾客，这对新人没有到教堂举行婚礼，他们到市政府登记以后就回来整理了行李，到圣·拉扎尔车站去乘晚上六点开往诺曼底的列车。

一路上，他们俩没有说上二十句话，包厢里只有他们俩。列车一开动，他们相视而笑，都竭力掩饰某种不自然的心态，不让对方发现。

列车缓缓地开出长长的车站，沿着塞纳河驶向平原。

杜洛瓦和他妻子不时聊几句无关紧要的话，然后又转头朝包厢门看看。

相关链接

7. 她使出了惊人的努力，镇定了自己，如同孩子一般吞下自己的呜咽，但是眼泪出来了，润湿了她的眼睑边缘，不久两点热泪从眼睛里往外流，慢慢地从颊部往下落，好些流得更迅速一些的眼泪又跟着来了，像一滴滴从岩石当中滤出的水，有规则地落到了她胸脯突出部分的曲线上。她直挺挺地坐着，眼光是定着不动的，脸色是严肃而且苍白的，她一心希望不至于有人看见她。

他们的列车驶过阿斯尼埃尔桥，看到桥下大小船只布满了河面，他们心里很快活。强烈的五月阳光撒在平静的河面及大小船只上，夕阳灼热的光芒似乎把它们凝固了。河中央一艘帆船向两岸张开了它巨大的三角形的白色双帆，像一只准备上天的巨大的飞鸟。

杜洛瓦喃喃道："我喜欢巴黎的郊区，那里的炸土豆片是我所吃过的最好的食品。"

她说道："瞧，夕阳下小船在河面上荡漾，真美。"

他们都默不做声。他们都不敢提过去的生活，也许他们俩都在品尝遗憾中的诗意。

杜洛瓦坐在他妻子对面，慢慢地拿起她的手吻着。

"等我们回来后，到夏都去吃晚饭。"

她低声说道："我们有好多事要做。"她的语气里似乎在说："应该干些有用的事，不能光顾玩。"

他一直抓住她的手，琢磨如何向她表示亲热。面对一个无知的少女，他游刃有余，而玛德兰娜聪明狡黠，使他有点束手无策。他担心在她面前露拙。太腼腆或者太莽撞，行动太慢或者太快都是不恰当的。

他稍稍握紧这只手。他不等她的回应就说道："真奇怪，您竟成了我的妻子。"

她惊讶地问："这有什么奇怪的？"

"我不知道，我觉得很奇怪。我想吻您，但是我很奇怪我竟会有这种权利。"

她平静地把脸向他伸过去。他像吻一个姐妹似的吻了她。

他又开口道："那次福莱斯特请我吃晚饭，第一次见到您，我心想：上帝要是让我能得到像她一样的女人该多好！结果，我竟然得到了。"

她喃喃道："说得真好。"她笑嘻嘻地直视着他。

他心想："我太冷静了。我真蠢。我还应该加快一点。"

他问道："您是怎么认识福莱斯特的？"

她撇撇嘴说道："我们到鲁昂来只是为了谈论他吗？"

他脸红了，说道："我真笨。我很怕您。"

她高兴了："怕我？不可能吧。怎么会呢？"

他坐到她身边，凑得很近。

她叫道："啊！一头鹿！"

列车穿过圣·日耳曼森林，她看到一只狍子惊恐地跃过一条小路。

杜洛瓦趁机在她脖子上长长地吻了一下。

她愣了几秒钟，然后抬起头道："您使得我发痒，别这样。"

他并没有罢休，轻轻地用他的卷胡子擦拨她白嫩的脖子。

她摇了一下身子道："别这样。"

他右手从她背上滑到她头上，他抓住她的头，把她转过来。他一下子扑上去，紧贴住她的嘴唇。

她挣扎着终于把他推开了。她重复道:“别这样。”

他根本不听她的,紧紧搂住她,嘴唇颤抖着贪婪地拼命吻她,要把她推倒在车座上。

她用力挣脱出来。她跳起来说道:“啊,乔治,别这样。我们已经不是孩子了,我们可以等到鲁昂再说。”

他满脸通红坐着,她理智的话语使他心凉,他冷静了下来。

“好吧,我等。”他尽力快活地说道,“到达鲁昂以前,我不会再多言多语惹人讨厌。我们现在正穿过布瓦希。”

“轮到我说话了。”她说道。

她明确无误地谈了他们回去后该干些什么。他们应该保留她和前夫住的公寓。杜洛瓦将继承福莱斯特在《法兰西生活报》的职位和待遇。

他们结合以前,她已经像个精明的生意人一样处理好了他们家庭生活的一切细节。

他们说定经济上各自分开,他们把一切可能发生的情况都考虑周全了,诸如死亡、离婚、生孩子等。杜洛瓦声称带来了四千法郎,但是其中一千五百法郎是借的,其余的是去年积攒下来的。年轻女人带来了四万法郎,她说是福莱斯特留下的。

她又谈起福莱斯特,把他作为榜样。她说:“他是个很节约、很有分寸、很勤奋的男人。他能在很短的时间内积攒一大笔钱。”

杜洛瓦心不在焉地听她说话,他想着别的心事。

她有时若有所思地停一下,然后又接着说:“再过三四年,您可以每年挣到三四万法郎。如果查理还活着的话,他能够挣到这么多。”

乔治开始有点不耐烦了,他说道:“我们到鲁昂去似乎并不是为了谈论他吧?”

她在他脸上轻轻拍打一下笑道:“是的,我不该谈起他。”

他像个乖孩子似的把双手放在双膝上。

“您真像个小傻瓜。”她说道。

“这是您叫我的,我就把傻瓜当下去吧。

“为什么?”

“因为家里一切由您做主,连我本人都由您做主。您是个寡妇,您很看重这一点。”

她奇怪地问道:“您到底要说什么?”

“您结过婚,有经验,我没有结过婚,对婚姻生活一无所知。您的经验可以弥补我的无知。”

她叫道:“太过分了!”

他答道:“是这么回事,我不了解女人。您对男人很了解,因为您是寡妇,您来教我吧……如果您愿意的话,今天晚上就可以开始了。”

她高兴地叫道:“啊!如果您寄希望于我的话……”

他像个中学生似的,说道:“是的,我寄希望于您。我期待您给我好好地上二十堂课,十堂

相关链接

课讲句子成分、朗读和语法……十堂课做练习和讲修辞……我什么都不知道。"

她开心地叫道:"你真笨!"

他说道:"既然你对我以你相称,我也学你的样,亲爱的,我越来越喜欢你了,分分秒秒与日俱增,但愿迟一点到达鲁昂。"

他用演员的声调眉飞色舞地说得滔滔不绝。年轻女人听得津津有味,她已习惯和放荡不羁的文人们相处在一起。

她从侧面看着他,觉得他确实很有魅力。她产生了一种真想爬上树去把果子摘下来的欲望,理智又促使她沉住气,等到开饭时候再从从容容地吃果子。

她想到这里有点脸红了。她说道:"小学生,请您相信我的经验之谈。火车上的吻分文不值,它会倒胃口的。"

她脸更红了,低声说道:"麦苗还青的时候不能收割。"

他笑笑,从这张漂亮的嘴里吐出的意味深长的话使他激动不已。他划了一个十字,做祈祷似的嘴里嘟哝了一句,说道:"我向主宰欲望的神圣·安多做了祷告。现在,我能像青铜器一样意志坚定不动情。"

夜幕慢慢降临了,半透明的暮色笼罩在右边的广阔田野上。列车沿着塞纳河行驶。这对年轻人看着铁路边上发着闪闪红光的长河。天上的一块块晚霞映在河面上呈现出火烧般的紫光,这一块块紫光渐渐变深变暗,暮色沉沉,广阔的田野沉浸在黑暗之中。

忧伤的夜色进入了车厢,渗进了他们俩的心灵,刚才还高高兴兴的这对夫妻,一言不发,相对无言。

他们俩互相靠得紧紧的,看着五月的夕阳西下的美景。

车到芒特,列车员点亮了小油灯,小油灯的黄色光影在毛毯上忽闪不停。

杜洛瓦紧紧搂住妻子的腰。他刚才强烈的欲望却变得缠绵了。他有点发软,哄小孩似的轻轻抚摸着她。他低声对她说:"我多么爱你,我的小玛德。"

他柔和的声调使得年轻女人感动得一股暖流传遍全身。他把脸放在她的胸脯上。她弯下腰伸出了双唇。

他们默默地、深深地、久久地相吻。突然他们一下跳了起来,突然一下子又发疯般地紧紧贴在一起,气都喘不过来,他们又笨拙又猛烈地紧紧搂抱在一起。他们俩都留在对方的怀里,都有一点失望。他们既缠绵悱恻又无精打采,直到汽笛声告知进入下一车站。

她用手指尖理一理两鬓散乱的头发,说道:"真傻,我们都成了孩子。"

他拼命地吻她的手,发烧般地从一只手吻到另一只手。他说道:"我喜欢你,我的小玛德。"

他们俩脸贴着脸,一动不动,一直呆坐到鲁昂。他们凝视着车厢外边一幢幢房子里透出来的点点灯火,陷入沉思之中,他们俩都高兴地感觉到对方在自己的身边。他们都越来越焦急地等待能够无所顾忌地亲热搂抱的时刻到来。

莫泊桑《月色》片段:

1. 上帝从前为什么造了这些东西?既然夜是注定给睡眠用的,给停止意识用的,给休息用的,给人忘却一切用的,为什么又教它比白昼更有趣味,比黎明和黄昏更柔和?好些过于微妙过于意味深远的事物对于强烈的光既然不相宜,为什么这个月球,这个态度从容使人感到诱惑而且比太阳富于诗意的月球,竟像是被上帝注定来小心翼翼地照明这些事物一般,把黑暗世界照得通明透亮?

他们在车站的旅馆下榻。客房的窗子正对着月台。他们稍稍吃了一点东西就上床了。

第二天早上八点,清洁女工把他们叫醒了。

他们喝了床头柜上的茶。杜洛瓦看着他的妻子,突然像发现宝藏似的,欣喜若狂地抓住她的臂膀,喃喃道:“我的小玛德,我多么爱你,非常非常爱你……”

她又高兴又满足地笑笑,边吻他边低声说道:“我也一样……也许吧。”

他想到要去看望父母,心里很不安。他预先向妻子作过介绍,让她有思想准备。他认为还要对她再叮咛几句:“你知道,他们都是农民,是乡下人,不是喜剧里的人物。”

她笑道:“我知道,你已经对我说过了。你快起床吧,我也要起床了。”

他跳下床,穿上袜子道:“我们在家里会很不舒服的,我的屋子里只有一张铺草垫的旧床。冈特罗的人们都不用床绷。”

她似乎很兴奋:“很好呀。在你身边睡不踏实太妙了……听公鸡啼晨,多么美妙呀。”

她披上白色的睡袍。杜洛瓦马上认出了这件睡袍,心里很不是滋味。他知道他妻子有十几套晨衣,为什么偏偏穿这件?难道他不能让她换一套新嫁妆吗?他希望她的睡衣、睡觉做爱时穿的内衣都不是她和前夫一起生活时穿过的。他觉得温热柔软的衣料上会保留着福莱斯特的某些东西。

他走到窗前点了一支香烟。

窗外的港口是一片繁忙的景象。河面上停满了各种帆船和蒸汽船。尽管他早就听惯了轰隆隆的轮机声,但仍激动不已。他叫道:“真美!”

玛德兰娜跑过来,她把双手搭在丈夫的肩上,忘情地凑近他,非常高兴激动。她连连说道:“啊,真美!多么美!我没想到这里会有那么多的船!”

一小时以后,他们出门了。他们几天前就说好了去父母家吃午饭。一辆生锈的敞篷公共马车吱吱嘎嘎地把他们拉走了。马车沿着一条又长又难看的马路行驶,然后穿过一片草地,有一条小河从草地中间流过,接着,马车又爬上了河滩。

玛德兰娜有点累了,她坐在这马车里,暖洋洋的阳光及乡下的新鲜空气,使她昏昏欲睡。

她丈夫叫醒了她:“快看!”

他们正停在河滩边的高坡上,这里是一个有名的景点。

这里居高临下,广阔的山谷展现在眼前,又长又宽的蓝色河水的波涛从这头流到那头。进入山谷口,点缀着许多小岛的塞纳河曲曲折折地向鲁昂流去。然后鲁昂出现在塞纳河的右岸,在晨雾中依稀可见。阳光照在一幢幢房间的顶上及一座座钟楼的顶上像一颗颗闪光的珠宝。屋顶有高有低,有尖有粗。在这群哥特式建筑中,古铜色大教堂的尖顶高高冒出,又难看又奇特,这是世界上最高的教堂了。

河对面烟囱林立,那是圣·塞凡工厂区。长长的砖砌的烟囱比钟楼多得多,它们向蓝天喷吐着黑黑的烟雾。它们中最高的是消防队的瞭望塔,它可以和大教堂相媲美。

相关链接

莫泊桑《米龙老爹》片段：

1. 但是那老翁绝不细听，向着战胜的军官瞪着两只眼睛，这时候，一阵微风搅动了他头颅上的那些稀少的头发，他那副带着刀伤的瘦脸儿突然收缩，显出一幅怕人的难看样子。他终于鼓起了他的胸膛，向那普鲁士人劈面唾了一些唾沫。

团长呆了，扬起一只手，而那汉子又向他脸上唾了第二次。

工厂区后面是一座杉树林。塞纳河从工厂区和教区中间穿过去后继续向前。绿荫葱葱的河坡高低起伏，时而显现出嶙峋的白色石头。塞纳河划了一个长长的弧圈后消失在远方的地平线上。一艘艘苍蝇般的蒸汽大船拖着一串串小船在塞纳河上来来往往，它们喷出了一圈圈浓烟。河中的小岛一个接一个，有的间距很大。这些岛屿大小不一。

马车夫停下车让他的乘客饱饱眼福。他是个有经验的马车夫，知道不同的乘客观赏风景的时间长短不一。

马车夫重又扬鞭上路了。杜洛瓦突然发现几米远处有两个老人迎面走来，他跳下车喊道："他们来了。我看见他们了。"

这是一对农民夫妇，老头老太跌跌撞撞跑过来。老头子个子矮小，脸红红的，肚子有点大，很壮实。老太个子很高，干瘦，有点驼背，愁眉苦脸的样子，是个从小操劳、没有欢笑、任凭丈夫和酒客们嬉闹的女人。

玛德兰娜也下了马车。她看到这对老夫妇可怜巴巴的样子，心都抽紧了，油然升起一种她从来没有体验过的忧伤。他们都没有认出这位漂亮的先生竟是他们的儿子，他们也不会想到他们的儿媳妇竟是这么一位穿浅色长裙的美丽夫人。

他们急急地往前走，去迎候他们的儿子，顾不上问话也顾不上细看这位坐马车来的城里人。他们从马车边走过去。乔治笑着喊道："你好，爸爸！"

他们俩都愣住了。老太先清醒过来，她站在那里喃喃道："是你吗？我们的儿子？"

年轻人答道："是我，妈妈！"

他走过去重重地吻了她的双颊，这是一个儿子的亲吻。他父亲把帽子摘下，他和父亲碰了一下额头。他父亲戴的是鲁昂人常戴的高高的黑色丝帽，和卖牛人常戴的帽子差不多。

乔治向父母介绍道："这是我妻子。"

两个乡下人不安地看着玛德兰娜，父亲的目光中表示出赞同和满意，母亲的目光中却夹杂了一种无可名状的妒忌。

这个爱喝酒的老头天性快活，他狡黠地眨眨眼，迫不及待地问道："我能吻她吗？"

儿子道："当然。"

玛德兰娜很不自然地把脸凑过去。老头响响地吻了她两下，然后用手背擦擦嘴唇。

老太克制着心里的仇恨，吻了她的儿媳妇。这不是她理想中的儿媳妇，她希望有一个粗壮结实、能干活的儿媳妇。这位夫人香气扑鼻，看来是个娇生惯养的女人。

马车装了新婚夫妇的行李在前面行驶，他们跟在马车后面步行。

老头挽起儿子的胳臂把他拉到后面，关心地问道："一切都好吗？"

"很好！"

"那就好。你妻子有钱吗？"

"四万法郎。"乔治答道。

老头赞赏地吹了一声口哨，说道："真有你的！"

这笔数目使他大为激动。他一本正经地补充道："说实在的，这个女人很美。"

他也喜欢这样的女人，他当年也有这样的艳遇。

他们到了村里。这个村子散布在公路两边，每边各有十幢房子。住房是砖结构，堆杂物的破房是粘土结构。砖房顶上铺着石板，土房顶上铺着茅草。杜洛瓦老头的"好风光"餐馆就在村口。公路的左边，有一个店堂和一个阁楼，门前有一根松树枝做的老式指路牌。

店堂里，两张罩了桌布的桌子拼在一起，桌上放好了餐具。来帮忙的女邻居看到进来了一位美丽的夫人，马上深深地鞠了一躬。她认出了走在后面的乔治，叫道："上帝，是你吗，小乔治？"

他高兴地回答："是的，是我，勃鲁林大妈。"

他像拥抱父母一样拥抱了这位大妈。

他转向妻子道："你来看看我们的房间，把你的帽子摘了。"

他带她从右边的一扇门走进一间屋子。屋子里没有生火，地上铺了方砖，四周的墙用石灰刷成白色，床上挂了棉布帐幔。圣水缸上面挂了一个十字架和两幅彩色画，一幅是保尔和维吉尼在一棵蓝色棕榈树下，另一幅是拿破仑一世骑在一匹黄色的马上。这间空荡荡的屋子里只有这两幅画作点缀。

一等到屋子里只剩下他们俩，乔治立即搂住了玛德兰娜。他说道："你好，玛德。我很高兴看到两位老人。我在巴黎时并不怎么想念他们，回到家乡，见到二老，还是很开心的。"

板壁被敲得咚咚响，父亲边敲边叫："快点，汤烧好了。"

他们只好去吃饭。

午餐吃得很久。农民式的午餐，上菜次序也不讲究，羊腿竟在香肠之前上来了，上了羊腿竟又上炒鸡蛋。杜洛瓦老爹喝了好几杯酒，趁着酒兴打开了话匣子。他说话没遮没拦，滔滔不绝说了许多不堪入耳的故事。乔治早听熟了那些故事，但仍笑嘻嘻地听父亲讲。家乡的空气使他变得粗野，他又回到了童年的地方；热爱家乡的天性左右了他，他找回了童年时代的记忆，找回了所有以前的一点一滴；哪怕挂在门上的某把刀上的商标，一张跛腿的椅子，都会使他想起某件小事；地上的泥土气，从附近树林里吹来的一阵风所带来的林中小屋、小溪及肥料的气味等都能使他回味无穷。

杜洛瓦大妈没有说话，一直忧伤地沉着脸。她乜斜着眼瞧着儿媳妇，内心滋长着嫉恨。她操劳了一辈子，繁重的劳动使她手指粗糙不堪，四肢扭曲变形。她嫉恨眼前这个城里来的女人，这个女人使她看到了自己的丑陋。她不时起身端菜，给大家斟酒。酒瓶里的气很足，瓶塞拔出来时就像开柠檬汽水瓶一样发出了巨响，斟入酒杯的酒冒出了许许多多的泡沫。

玛德兰娜几乎没有吃什么，也不说话。她像往常一样嘴角边挂着凝固了的笑容。她的笑容很勉强，显得有点忧伤。她很失望，很难受。为什么呢？是她自己想来的。她一点也不清楚她将要进入的是农民的家，小农民的家。她想像中的他们是什么样的呢？她这个人不太有梦想的。

她是否知道女人们总是对眼前的东西不满意，她是否把他们想像得太诗意了？不，她把他们想像得更有文学色彩、更高尚、更感情化、更美化了。然而，她并不希望他们像小说中的人物那样与众不同。他们的一举一动中有千百件琐碎的小事，千百次瞬息即逝的粗鲁的动作，以及俗不可耐的秉性和俗不可耐的言语、嬉笑都使她吃惊。她怎么会如此敏感呢？

她想起自己的母亲，她从未向任何人谈起过她的母亲。她是个受人引诱的女教师，在圣·德尼长大，死于贫困之中。那年玛德兰娜十二岁，一个陌生人抚养了她。也许那个人就是她父亲？他是谁呢？她不得而知，她模糊地猜测他就是父亲。

午餐还没有吃完，顾客们进来了。他们和杜洛瓦老爹握手。他们意外地看到老爹的儿子都欢叫起来。他们斜眼看看年轻女人，狡黠地眨眨眼，意思是："上帝，乔治老婆的皮肉多么细嫩呀！"

有的顾客没有如此亲密，他们在木桌前坐下，叫道"来一升啤酒"、"两杯葡萄酒"。

他们坐下玩起多米诺骨牌，不时咚咚地敲打着小小的黑色和白色的骨牌。

杜洛瓦大妈仍跑进跑出，愁眉苦脸地招呼顾客们，收下他们的酒钱，用围裙角擦桌子。

店堂里弥漫着廉价的土烟和雪茄的烟雾，呛得玛德兰娜咳嗽不止。她说："我们走吧，我受不了啦。"

午餐还没有吃完，杜洛瓦老头很不高兴。她站起来，走到门口对着马路的一张椅子上坐下，等她公公和丈夫喝完他们的咖啡和酒杯里的酒。

不一会儿，乔治走到她跟前问道："你想到塞纳河边去走走吗？"

她欣然同意了："好，我们走吧。"

他们走下河坡，租了一只船上克罗赛岛去。一下午，他们的船沿着小岛在柳树下荡漾。他们俩都陶醉在暖洋洋的春意之中，直到黄昏他们才上岸。

烛光下的晚餐比午餐更让玛德兰娜受不了。杜洛瓦老爹喝得半醉不说话，杜洛瓦大妈仍拉长着脸没有好脸色。

在昏暗的烛光下，映在墙上的脑袋、鼻子及其动作都夸张无比。有时候某个人稍稍转过身，他的墙上的影子便成了一只巨手举起巨大的刀叉伸向血盆似的大口。

晚餐一结束，玛德兰娜马上把丈夫拉到外边，她不想再在这间充满呛人烟酒味的昏暗的屋子里呆下去了。

他问她道："你厌烦了吧？"

她想否认。他阻止了她："不要说了，我看出来了。如果你想回去的话，我们明天就走。"

她低声道："是的，我想回去。"

他们慢慢地朝前走。暮色沉沉又充满了温馨的气息，不时听到许多轻微的声音。他们走进一条小路，路两边是黑黝黝的高大的树木。

她问道："这是什么地方？"

他答道："森林。"

相关链接

莫泊桑《我的茹尔叔》片段：

1."我们应当付您多少，先生？"

我当时简直想说："我的叔叔。"

他回答道："两个半金法郎。"

我拿出了我那块值一百个铜子儿的银币，他找了零钱还我。

我望着他的手，他那只全是皱纹的手很脏，又望着他的脸，一副忧愁的衰老可怜的脸，向自己说："这是我的叔叔，父亲的兄弟，我的叔叔。"

我留下了十个铜子儿给他做小费。他向我道谢了："上帝保佑您，少爷！"

她问道："森林很大吗？"

"非常大，是法国最大的森林之一。"

这片沉睡着的古老森林非常茂密，地上的腐草层厚厚的，非常柔软，从里面飘出一股混合着泥土味、树木味和腐草味的清香。

玛德兰娜抬头看到从树冠的空隙间露出的天空，她发现了几颗星星。尽管一丝风也没有，树枝一动也不动，她仍感到周围林涛的翻腾。

一阵莫名的不安从她心里油然升起，她全身发麻。为什么？她不明白。她觉得自己被淹没了，周围充满了危险，她被所有的人抛弃了。在这窸窣作响的有生命的穹顶下，她孤身一人在这世界上挣扎。

她喃喃道："我有点害怕，我想回去。"

"好吧，我们回去吧。"

"那么……我们明天就回巴黎？"

"是的，明天就回去。"

"明天一早？"

"明天一早。"

他们回到家，老人们已经睡了。她睡得很不好，一有响动就醒，乡下的声音对她很陌生。猫头鹰的叫声，猪圈里的一头猪拱墙壁的声音，半夜里一只公鸡的啼叫都吵得她不得安睡。

天蒙蒙亮，她就起床准备出发了。

乔治对父母说他要回巴黎去了。他们一下子愣住了，马上就明白了是谁的主意。

父亲只问了一句："我还能再见到你吗？"

"当然，夏天吧。"

"很好。"

杜洛瓦大妈咕哝道："但愿你不会后悔你所做的一切。"

为了安慰他们，他留给他们两百法郎。一个小伙子为他们去叫一辆马车来，十点钟接这对年轻夫妇走。他们拥抱了老农夫妇就走了。

马车一下河坡，杜洛瓦就笑道："瞧，我预先告诉过你，我不应该让你认识老杜·洛瓦·德·冈特尔先生和夫人。"

她也笑了，反驳道："我很高兴，他们都是好人，我开始爱他们了。我将从巴黎给他们寄一点好东西。"

接着，她又低声道："杜·洛瓦·德·冈特尔……你瞧着吧，收到我们以此署名的信，谁也不会奇怪的，我们在信中说我们在你父母的庄园里度了一星期的假。"

她凑过身子吻吻他的胡子尖："你好，乔。"

他答道："你好，玛德。"

他把一只手伸到她的腰后，紧紧搂住了她。

相关链接

在早晨的阳光下，大河像一条银色的带子从山谷的底部向远处伸展出去，河边所有工厂的烟囱向天空喷吐着浓烟，所有教堂的尖顶刺破了古老的蓝天。

第　二　章

莫泊桑《懊恼》片段：

1. 客厅的门开了，桑笛尔太太进来了。她现在是一位滚圆肥胖而且脸面团团笑声哈哈的妇人。她走了上来，两只手伸得和身体相离很远，两只袖子卷在那双粘着糖浆的精赤的胳膊上部。

杜·洛瓦夫妇回到巴黎已经两天了，乔治仍回报社上班，他等着卸去《回声》编辑快讯报道的工作，接替福莱斯特的职务，完全投身到政治中去。

这天晚上，他回家吃晚饭。这房子原来是她前任的。他上楼时心里充满了喜悦，他急于马上拥抱他的妻子。他强烈地感觉到她的肉体的魅力，心甘情愿受她的摆布。刚才走过莱特圣母院大街一家花店时，他为玛德兰娜买了一束蓓蕾饱满的玫瑰和一包香纽扣。

他每上一层楼，就在楼梯拐角处照照镜子，每照一次镜子都使他想起第一次进这幢房子的情景。

他忘了带钥匙，他按了门铃，仍是原来的仆人出来开门。是他妻子提议留下这个仆人的。

乔治问道："夫人回来了吗？"

"回来了，先生。"

他穿过餐厅时惊讶地发现桌上放了三副餐具。客厅的门开着，他看到玛德兰娜正把一束玫瑰放进壁炉上的花瓶里，那束玫瑰和他手里拿的玫瑰一模一样。他很不高兴，好像谁窃取了他的念头、他对她的关心和他热切期待的乐趣。

他一边走进客厅一边问道："你请了客人？"

她继续插花，头也不回地答道："也是，也不是。是我的老朋友伏德里克伯爵。他每星期一来这里吃饭，这是他的习惯，今天他和从前一样要来吃饭。"

乔治低声道："啊，好吧。"

他手里拿着那束玫瑰站在她背后。他真想把花藏起来，扔掉。然而，他却对她说："瞧，我给你带了一束玫瑰来。"

她突然转过身，满脸笑容地叫道："啊，你真好，能想到给我带玫瑰回来。"

她伸出双臂和双唇，高兴地向他扑来。她是那么真切，他才感到一点安慰。

她接过玫瑰，深深吸了一口气，高兴得像孩子似的，蹦蹦跳跳地把玫瑰花插到另一只花瓶里，两只插了玫瑰的花瓶相对而立。她看看这两只花瓶低声说道："我真高兴，现在我的壁炉够漂亮的了。"

她几乎马上又转过话题，语气肯定地对他说："伏德里克很可爱，你马上会和他交上朋友的。"

门铃响，伯爵来了。他熟门熟路地进来了，好像进了他自己的家。他殷勤地吻了年轻女人的手指，又转向年轻的丈夫，友好地向他伸出手问候道："你好吗，亲爱的杜·洛瓦？"

他非常和气，不像从前那样装得一本正经。他透露出情况已和从前不同。乔治很惊讶，竭力客气地回答他的问话。过了五分钟，旁人会以为他们早就认识而且已做了十年的好朋友。

玛德兰娜容光焕发地对他们说："你们俩聊聊吧，我到厨房去看看。"

两个男人目送着她出了客厅。

她回到客厅时，他们正谈刚上演的戏剧。他们谈得很投机，真是一见如故，相见恨晚。

晚餐气氛亲切友好，很融洽。伯爵和这对漂亮的新婚夫妇在一起很开心，他迟迟舍不得告辞离去。

伯爵一走，玛德兰娜对她丈夫说："他不是很好吗？他很坦率，是个值得信任的好朋友。他待人很诚恳，很忠诚。啊！如果没有他……"

她不再说下去了。

乔治说道："我觉得他很讨人喜欢。我想我们会相处得很好。"

她马上说道："晚饭前，伏德里克来了，我来不及告诉你，我得到了一些重要消息，有关摩洛哥的消息，是拉罗什·马蒂安议员，未来的部长告诉我的。我们必须马上写一篇文章，一篇有轰动效应的大文章，我已掌握了事实和数据。我们立即动手写，你拿着灯。"

他拿了灯，和她一起走进书房。

书架上排放着原来的书籍。书架顶层放着福莱斯特临死前夕在鲁昂海湾买的三只花瓶。桌子底下放着死者的皮脚套，正等着杜·洛瓦把双足伸进去。他坐到桌前，拿起象牙制的蘸水笔，那笔杆上留下了福莱斯特的齿印。

玛德兰娜靠在壁炉上，点了一支香烟，口述她的新闻、她的观点及文章的提纲。

他仔细地边听边作笔记。她讲完了，他提出一些看法，然后再把文章的提纲加以发挥，写成一个攻击有关部门的行动提纲。这还仅仅是进攻的开始。他妻子听得很出神，连烟都不吸了。她顺着乔治的思路，视野变得开阔了。

她不住低声说道："对……对……太好了……太妙了……"

他讲完后，她说道："现在来写文章吧。"

开头总是很难下笔，他搜尽枯肠寻找合适的词句。她轻轻地走过来搭在他肩上，在他身边低声告诉他所需要的句子。

有时候，她必须思索一会。她问他："你是这个意思吗？"

"是的，很好。"

她以女人的尖刻来刺伤对方。她取笑对方的长相、对方的策略，既引人发笑，又抓住要害。

相关链接

2. 如同受着本能支使似的走了好半天。他的衣裳都湿透了，帽子变样子了，软得像是一块破布，帽檐像屋檐似的滴着水。他始终走着，一直向前走着。末后走到了他们很多年以前某一天吃午饭的那个地方，对那个地方的回忆正使他的心痛苦不堪。

这时候，他坐在那些落了叶子的树底下流泪了。

杜·洛瓦有时候补充几句，增加抨击的力度和深度。他在编辑《回声》快讯时掌握了一套含沙射影的手段。每当他感到玛德兰娜提供的消息不太可靠时，就写句模棱两可的话，让读者自己去揣摸，效果反而比肯定的语句更好。

他们的文章写好了，乔治高声读了一遍。他们俩都很满意。两人相对而笑，又欣喜又惊讶，好像他们刚刚才认识对方。他们互相又钦佩又亲热地凝视了好久。他们激动地拥抱，炽热的爱情从他们的头脑传遍全身。

杜·洛瓦拿起灯说道："睡觉吧。"他的眼睛已冒出了火。

她答道："您先走，我的主人，您手中有灯，您来领路。"

他在前面走，她跟着他进了卧室。她用手指尖搔他的脖子，催他走快一点，他最怕挠痒痒了。

署名乔治·杜·洛瓦·德·冈特尔的文章发表了，反响很大。在众议院里引起了震动。瓦尔特先生祝贺乔治并让他担任《法兰西生活报》的政治编辑职务。布瓦那尔重新接手《回声》快讯。

《法兰西生活报》掀起了对部长先生的猛烈抨击。他们的批评文章写得很巧妙，又有事实根据。有时嬉笑怒骂，有时一本正经，振振有词，令人吃惊不已。其他报纸不断摘录《法兰西生活报》的文章，整段整段地引用它。政要们开始询问起警察局是否能制裁这个陌生的狂热的政敌。

杜·洛瓦在政界出了名。他从人们与他紧紧握手及脱帽致意中感到自己的影响正日益增长。他妻子头脑机敏，消息灵通，知识丰富，使他惊愕不已。他对她钦佩得五体投地。

他家的客厅整天有某个参议员、某个众议员、某位检察长、某位将军来做客，他们对待玛德兰娜像老朋友似的无拘无束又不失身份。她在哪里认识这些人的？她说是在社交场合。但是，她是怎么赢得他们的信任和好感的？他不明其中奥妙。

"她可以当一个很好的外交官。"他心想。

她常常回家很晚。一天开饭时间过了，她才满脸通红、气喘吁吁、风风火火地从外面回来。她等不及摘去面纱就说道："今天我有好东西给你。司法部长刚任命两个检察长，他们是联合委员会的成员。我们来给他点厉害的，让他永远忘不了。"

于是，他们写了一篇文章攻击司法部长。第二天又登了一篇，第三天又登了一篇。拉罗什·马蒂安议员每星期三来他们家吃晚饭，伏德里克伯爵星期一来吃晚饭。拉罗什·马蒂安的高兴溢于言表，他和年轻女人及她的丈夫用力握握手。他不断地重复道："上帝，多么猛烈的进攻！我们怎么不会成功呢？"

他希望把外交部长拉下来，他对这个职位已觊觎好久了。

这是一个面目多变的政客，他没有信念，也没有多少钱财，也没有多少重要的关系，胆小怕事。他原是外省的律师，在当地还算是个绅士。他在所有极端派中间周旋，保持平衡，他是带耶稣会色彩的共和派，自行生长出来的蘑菇，全民选举使他从底层老百姓中冒出来了。他那种乡下人的权谋使他的议员同事们都望尘莫及。他的装束、待人接物都恰如其分，笑容可掬，使他在当时高级官员们的社交圈里取得了成功。这是个混合社交圈，圈中人物并不全是温文尔雅的贵族。

人们到处都在议论："拉罗什会当上部长的。"他也很想当上部长。

他是瓦尔特先生的报纸的最大的股东之一。瓦尔特先生既是他的同事，又是他许多金融生意上的盟友。

杜·洛瓦充满信心地支持拉罗什，他蒙胧地期待以后或许会从中得到什么好处。其实，他只是继续着福莱斯特已开始了的事业。拉罗什答应过福莱斯特，一旦胜利了，他将送福莱斯特十字勋章。现在十字勋章将挂在玛德兰娜的新丈夫的胸膛上。总之，一切照旧。

大家都感到一切依旧，同事们不厌其烦地和杜·洛瓦开同样的玩笑。终于有一天他生气了。

同事们索性叫他福莱斯特了。

一天，他刚走进报社，有人叫道："瞧，福莱斯特来了。"

他装作没有听见，在他的信筐里找信件。那人提高了声音又叫道："喂，福莱斯特。"

同事们一个个憋不住笑出了声。

杜·洛瓦正要走进主编办公室，那个叫他的人拦住了他："啊，对不起，我和你说话呢。真蠢，我总把你和可怜的查理搞错。你的文章和他的文章太相像了，谁都会搞错的。"

杜·洛瓦没有回答。他恼火极了，心中对死者升起了一股无言的怒火。

当人们为新、旧两个编辑的遣词造句、思想观点如此相像而惊讶时，瓦尔特先生曾经声明过："是很像福莱斯特的文笔，但是比福莱斯特的文章内容更丰富，更激烈，更有魅力。"

又有一次，杜·洛瓦偶然打开放比尔包开[1]的柜子，看到原是福莱斯特玩的球棒上扎着一根黑纱带，而他在圣波丁手下工作时玩过的球棒上扎着一根玫瑰色的缎带。两种球都放在同一层架上。一块牌子上写着：

> 已故福莱斯特公司的收藏品，继承人福莱斯特·杜·洛瓦 S. G. D. G公司，经久不衰的文章适用于任何情况，包括旅行见闻。

他平静地关上柜子，大声说道："到处都有妒心十足的笨蛋。"

但是他的自尊心深深地受到了伤害。他害怕听到"福莱斯特"这个名字，听到它就会脸红。这个名字比锯齿还尖利地刺伤他的心，几乎成了对他的咒骂。似乎它对他叫道："是你妻子帮你干的活，她也同样帮别人干过，没有她你一事无成。"

---

① 比尔包开是一种接球玩具，把长细绳系在一根小棒上的小球往上抛去，然后用小棒的尖端或棒顶的盘子接住。

他相信没有玛德兰娜的话，福莱斯特肯定一事无成；至于他自己，走着瞧吧！

他回到家里仍然气鼓鼓的。这幢房子的一切，所有的家具、摆设，一切他碰得到的东西，都使他想起死去的福莱斯特。他刚结婚住进来时从未注意到的许多细小的东西使他心上的伤口恶化了。

他碰到的每一件东西，都使他想起查理的手曾经触摸过它们；他看到的、使用的东西都是查理以前用过的，都是他买来的、他喜欢的、他拥有的。乔治一想到他朋友和他妻子从前的关系就生气。

乔治有时也奇怪自己内心莫明其妙的愤懑。他扪心自问："见鬼，我对玛德兰娜的朋友们一点不妒忌，从来不担心她干什么，让她随意进进出出。我怎么一想到查理就有气呢？"

他又想："其实，他只是个笨蛋而已，我就是气不过这一点。我气不过玛德兰娜竟会嫁给这么一个笨蛋。"

他不断地问自己："她这样的女人怎么能和如此愚蠢的人哪怕呆上一会儿？"

千百件微不足道的小事像针尖般地刺激他，使他的愤懑与日俱增，玛德兰娜的一句话，或男佣女佣的一句话都不断使他想起查理。

杜·洛瓦喜欢吃甜食。一天晚上，他说："我们吃饭时为什么从来没有甜食？你从来不叫佣人上甜食。"

玛德兰娜高兴地答道："是的，我没有想到，因为以前查理不喜欢甜食……"

他一挥手忍不住打断了她的话："啊！你知道，查理使我烦透了，这也是查理，那也是查理，查理喜欢这，查理喜欢那。查理已经死了，让他安静些吧。"

玛德兰娜惊讶地看着她丈夫，不明白他的怒火从何而起。她是个细心的女人，她猜到了，一切都使他想到死去的朋友，他对死者的妒忌心每秒钟都在增长。她认为这种妒忌心很幼稚，但是她心里很得意，不过她什么都没有说。

他埋怨自己沉不住气。然而，那天晚上，他们仍一起写了一篇文章准备第二天发稿。他把双脚伸进一只皮制的暖脚套里却很不舒服。他一脚踹掉了它，笑着问道："以前查理的双脚是否总受冻？"

她也笑着回答："啊！他整天感冒，他的肺很不结实。"

杜·洛瓦冷酷地说道："他果然死于他的肺病。"接着，他又讨好地说道："还好，我的肺很结实。"

他吻了一下妻子的手。

睡觉时，查理的阴影总缠着他。他问道："查理是否总戴着棉布软帽以防伤风？"

她以为他仍旧在说笑话，她答道："不，他前额绑一条马德拉斯布做的女人头巾。"

乔治耸耸肩，傲慢地说道："真是个傻里傻气的笨蛋。"

从此，他不断提起查理。他随时都会提到查理，他一脸怜悯地称他朋友为"那个可怜的查理"。

相关链接

莫泊桑《一场政变》片段：

1. 在再也找不到什么新的灵感、新的词汇的情况下，他拔出了武器，朝前跨两步逼近地轰了旧君主一枪。那颗子弹在这个脑袋上钻了一个小小的黑洞，一个几乎看不见的黑点。没有见到效果，于是马沙烈先生又开了一枪，又打了一个眼，接着是第三枪，而后连续地射出了所剩下的三颗子弹。拿破仑的前额上白灰飞扬，可是那双眼睛、那鼻子和胡子的两个尖角仍然完整无损。

有时候，乔治在报社里两三次地听到同事们叫他福莱斯特，他回到家里就要把死者狠狠咒骂一通。他尽情数落查理的缺点、丑相，并且加以夸张，好像他要在他妻子的心目中和查理决一死战。

他不断地问道："玛德，你记得吗？有一天，矮胖子福莱斯特对我们声称胖子比瘦子更有力气。"

他寻根究底询问关于查理私生活的细枝末节。年轻女人很为难，拒绝告诉他，但他仍然纠缠不休。

"说吧，讲给我听听。那时候，他一定傻乎乎的。"

她嘴唇微动，低声地说道："让他安静些吧。"

他说："不行，告诉我，这个畜牲！他在床上一定呆头呆脑的。"

最后，他总要扔一句："他是个野蛮人。"

六月末的一个晚上，他在窗口吸烟，天气很热，他想出去散步。

他问道："我的小玛德，到树林里去散步，好吗？"

"好的。"

他们叫了一辆敞篷马车，通过香榭丽舍，到了布洛涅森林。这是一个无风的夜晚，天气闷热。巴黎的空气吸进胸膛里像火烧般的闷热。情人们纷纷坐了马车络绎不绝地到森林来凉快凉快。

乔治和玛德兰娜饶有兴趣地看着那一对对紧紧靠着坐在马车里的男男女女。女人们穿着浅色的衣裙，男人们穿着深色的衣服。天空繁星闪烁，情人们的马车像一条长河似的向森林滚滚而去，可以听到地上车轮的滚动声。情人们成双成对紧紧搂在一起，默默地坐在马车上，缠缠绵绵，卿卿我我，暮色下充满了热吻。情人们做爱频频，情意浓浓。空气沉闷得令人透不过气来。一对对情人陶醉在同样强烈的欲望、同样炽烈的热情之中，他们都热昏了头。满载爱情的马车上发出一阵阵喘气声，把人搅得心慌意乱。

乔治和玛德兰娜也受到了感染。他们一言不发，轻轻地拉起手，周围的气氛压得他们透不过气来，内心一阵阵躁动。

他们的马车一在旧城墙的遗址前拐弯，他们马上拥抱热吻起来。她低声喃喃道："我们又像在鲁昂的路上，多么孩子气。"

车流到了矮树林进口就分散开了。通往湖泊的路上，年轻人摩肩接踵而至。公共马车稍稍拉开了距离。浓密的树木使得暮色更加深沉了，空气中弥漫着树叶的清香及小溪流的湿气。这时，繁星点缀的夜空飘来一丝凉意，使得在树下打滚的情人们玩得更惬意了，他们陶醉在迷人的热吻之中。情人们被笼罩在深沉的暮色之中，平添了一种神秘感。

乔治喃喃道："啊！我的小玛德。"他紧紧搂住她。

她对他说道："还记得你家乡的树林吗？阴森森的，无边无际走不到头，好像里面到处都有凶猛的野兽。而这里多么迷人，清风拂面。我知道树林那一边就是塞佛尔镇。"

他答道："啊！我家乡的林子里只有鹿、狍、狐狸，野猪也经常出没，还有一幢看林人的小屋。"

看林人这个名词发音正好是福莱斯特。刚一出口倒好像是谁闷闷地叫了他一声，他马上不做声了。他感到浑身不自在。妒忌心又上来了，不可遏制的妒忌心把他的生活都搅浑了。

过了一分钟，他问道："你常和查理到这地方来吗？"

她答道："是的，我们经常来这里。"

他突然想立即回家去，这种神经质的愿望使他的心抽紧了。福莱斯特又开始出现在他脑海里，占据了他的思想，使他透不过气来。杜·洛瓦想着他，一味地谈论他。

他不怀好意地问道："告诉我，玛德……"

"告诉你什么，朋友？"

"你让那个可怜的查理戴绿帽子了吗？"

她不屑地低声说道："你怎么变得这么研唆？"

他仍对她纠缠不休。

"我的小玛德，坦率地承认，你让他戴了绿帽子，是吗？你承认吧？"

她不做声。她像所有的女人一样，一听到这个词就呆若木鸡。

他固执地说道："上帝，如果还有谁的脸相有点特别的话，那就是他了。啊，对！啊，对！福莱斯特戴绿帽子，我觉得很有趣！他真是一副傻相。"

她笑了。他却觉得她大概想到了什么事，坚持问道："告诉我，是怎么回事？你向我承认欺骗了他是很有趣的事，告诉我。"

他全身颤抖，希望那个讨厌的已死的查理真的戴上那顶丢人现眼的绿帽子。然而，他想到另一方面，又有另一种模糊的激动，使他迫不及待地寻根究底。

他不断地重复道："我的小玛德，我求你了，告诉我，是否有人把你从他手里偷走了。要是你没让他戴上绿帽子真是错过了良机。老实告诉我，玛德。"

现在她肯定觉得他的固执很好玩，她咯咯地笑了。

他凑到她耳边说道："告诉我吧……好吗？"

她动了一下身子，冷静地避开一点，突然朗声说道："你真蠢。谁会回答这种问题呢？"

她说得那么轻描淡写，以致她丈夫感到一股寒意穿过他全身血管。他目瞪口呆，手足无措。

他们的马车沿着湖边慢慢行驶。天上点点星光向他们眨眼。湖面上隐隐约约有两只天鹅慢慢游动。

乔治对车夫吩咐道："我们回去。"

马车掉回头和其他源源而来的马车擦肩而过，那些马车上的大车灯像一双双眼睛似的在夜幕笼罩的树林里眨动。

她说话的腔调真奇怪！杜·洛瓦心想："她承认了？她一定欺骗过她的前夫！"

相关链接

莫泊桑《雨伞》片段：

1. "那上头是什么？"

她丈夫没有回过头来安然答道：

"谁呀，什么东西？你说什么？"

现在，怒气塞住了她的嗓子，她简直说不出话了：

"你……你……你烧焦了……你的……你的雨伞。你……你……你真发痴了！你想把大家弄得倾家荡产！"

他自己觉得面色发青了，转过身子向她问：

"你说什么？"

"我说你烧焦了你的雨伞，瞧吧！"

她如同要和他相打一般扑到他跟前，激烈地把那个圆圆的小小焦痕放在他的鼻子下面。

想到此，他火冒上来了。他真想揍她，扼她脖子，抓她的头发!

"啊，刚才要是她说：'亲爱的，我是为了你才欺骗他的。'那又是另一回事了。"

他双臂交叉，眼睛朝天发愣，心绪乱极了。他有一肚子的怨气和怒火。所有的男人面对女人的任性都会怨气冲天的。他第一次体验到做丈夫的疑心重重的滋味。他妒忌死去的朋友，妒忌伏德里克伯爵，陌生又钻心的妒忌使他突然仇恨起玛德兰娜。既然她欺骗了前夫，他又怎么能信任她呢?

他渐渐地平静下来，克制住自己的不快。他想："女人总是女人，应该享用她们，而不能对她们动一点点真情。"

他心里的苦涩变成了刻薄的话语，涌到了嘴边又被咽了下去。他对自己说："世界是属于强者的。必须当一个强者，必须高踞于一切之上。"

马车速度加快了，驶过了旧城墙。杜·洛瓦看着前面天空中的一片火烧云，听着一片乱哄哄的喧闹声。声音很大，有远有近，这是生命的巨大躁动。在这夏天的夜晚，巴黎还没有入睡，它正像个泥足巨人似的在呼呼喘气。

乔治心想："我真傻，自寻烦恼。事实上有勇气的人才能面对现实取得成功，何况自私就是一切。为自己谋取权势和钱财比谋取女人和爱情更值得去努力。"

星广场上的凯旋门，像个巨人似的叉开它巨大的双腿，立在巴黎的入口，它似乎正准备迈开双腿向展现在它前面的宽敞的大街走去。

乔治和玛德兰娜的马车加入了回归的车流。他们俩默默地紧紧地搂抱着，俨然一对永远恩爱的夫妻，似乎全人类的幸福已集于他们一身。

年轻的妻子感觉到她丈夫内心似乎在想些什么，她柔声问道："你在想什么，我的朋友?你半小时没有说过一句话了。"

他开玩笑似的说道："我在想那些只顾搂抱亲吻的笨蛋们。我想我们存在于世界上是因为还有其他事情可干。"

她喃喃道："是的……但是有时候亲热亲热还是很不错的。"

"很不错的……没有其他更好的事可干的时候，亲热亲热是很不错的。"

乔治的思想总是把罩在生活外表的那层诗意剥掉。他狠狠地想道："我自己约束自己，克制自己，自作多情，自寻烦恼，真是太傻了。"

他眼前浮现出福莱斯特，他不生气了，好像他们刚刚和好，重又成为好朋友了。他想对朋友叫道："晚安，老朋友。"

玛德兰娜有点捉摸不透他的沉默，问道："我们到多尔多尼咖啡馆去喝一点冷饮再回家，怎么样?"

他斜眼看看她。路边一家歌厅耀眼的灯光正照在她身上，勾勒出了她那披着金发的苗条的侧影。

他想："她很漂亮。嗯，很好，我是棋逢对手了。从今以后，要让我再为你痛苦的话，除非北

相关链接

极变热。"

他回答道:"好呀,亲爱的。"

为了不让她察觉到什么,他吻了她。

年轻的妻子感到丈夫的嘴唇冰凉冰凉的。

马车在咖啡馆门前停下了。他仍挂着平时的微笑,把手伸给她,扶她下了车。

莫泊桑《散步》片段:

1. 世上有好些真正没有运气的人,忽然一下,如同一面厚实的幕布被人撕开了似的,他望见了苦楚,望见了自身生活里的漫无边际的、单调的苦楚:过去的苦楚,现在的苦楚,未来的苦楚。最后的日子和最初的一样,无论在前,在后,在左,在右,他四周一无所有,心里一无所有,任何方面都一无所有。

第 三 章

第二天,杜·洛瓦一走进报社就去找布瓦那尔。

"亲爱的朋友,"他说道:"我想请你帮一下忙。大家把我叫做福莱斯特有一段时间了,这种玩笑我已经开始不耐烦了。你能否做件好事,转告大家,谁要再开这种玩笑,我将甩他耳光,让他们考虑是否值得为了开玩笑挨上一剑。我看你是个忠厚的人,有能力阻止事态恶化,才对你说这番话,况且你还当过我的决斗证人。"

布瓦那尔答应向大家转告他的话。

杜·洛瓦出去买了点东西。一小时后他回到报社,就再没有人叫他福莱斯特了。

他回到家里听到客厅里有好几个女人的声音。他问道:"谁在那里?"

"瓦尔特夫人和德·玛雷尔夫人。"仆人答道。

他心跳了一下,马上镇定下来:"随机应变吧。"便开门进去了。

克罗蒂特坐在壁炉边,从窗外透进的阳光照在她身上。乔治觉得她看到他走进来时脸色似乎有点发白。乔治先和瓦尔特夫人及其两个女儿打招呼,两个姑娘坐在她们母亲两边。然后,乔治才和他从前的情妇打招呼。她向他伸出一只手,他用力握紧了,似乎向她说:"我永远爱您。"她也紧握他的手作为回答。

他问道:"我们有一个世纪没见面了吧?您别来无恙?"

她洒脱地回答:"很好。您呢,漂亮的朋友?"

她又转向玛德兰娜问道:"我仍叫他漂亮的朋友,你允许吗?"

"当然,亲爱的,你要干什么我都答应。"

她这句话里似乎有某种讽刺的意味。

瓦尔特夫人说,雅克·里瓦尔要在他的单身汉的居所举办击剑比赛,社交界的妇女都将出席观战。她说道:"这次比赛将很精彩,但是很扫兴,我丈夫没有空,没有人带我们去。"

杜·洛瓦马上自告奋勇陪她们前往。瓦尔特夫人接受了,她说:"我和我的女儿十分感谢您的好意。”

他看着瓦尔特的小女儿心想：“这个苏姗娜长得还真不错。”

这位小姐身材纤细，小巧玲珑，弱不禁风的样子，像个金黄色头发的布娃娃，发亮的蓝灰色眼睛像是一个既细腻又狂放的画家用油彩画出来的，肌肤白嫩光滑没有一点疙瘩斑点，卷曲的头发蓬松不乱，像一片可爱的云朵披在肩上。她真像一个有钱人家的小女孩怀里抱着的昂贵无比的比她们还高的布娃娃。

瓦尔特的大女儿罗丝长得很难看，脸扁扁的。她是一个令人乏味、不屑一顾、不愿搭理、也不置可否的姑娘。

瓦尔特夫人站起身转向乔治，说道：“那么，下星期四下午两点我等您。”

他答道：“放心吧，夫人。”

瓦尔特夫人一走，德·玛雷尔夫人也起身告辞：“再见，漂亮的朋友。”

她紧紧握住他的手久久不放。她无言的表示使他感动，也许这个孩子般任性的波希米亚式的资产阶级女人真的爱他，他又一下子对她充满了激情。

“明天我去看她。”他想。

客人们一走，只剩下他们夫妻俩时，玛德兰娜笑了起来，笑得爽朗快活。她看着他说道：“你使瓦尔特夫人动情了。”

他疑惑地说：“别瞎说。”

“是的，我敢肯定，她说起你时简直有点忘乎所以。她很少动感情，她想为她两个女儿找到像你这样的丈夫……还好，这事情对于她是无关紧要的。”

他不明白她说的话：“怎么无关紧要？”

她是个相信自己判断力的女人，她答道：“啊！瓦尔特夫人是一个永远无可指摘的女人。各方面对她都无可指摘。但对于她的丈夫，你和我都很了解，而她就不一样。她嫁给了一个犹太人，够她受的，但是她对他很忠诚，她是一个正经女人。”

杜·洛瓦吃惊地说道：“我以为她也是犹太人？”

“她是犹太人？完全不是。她是玛德兰娜教堂办的所有慈善机构的女施主。她是在教堂里举行婚礼的。我不知道瓦尔特先生是否佯装接受了洗礼，或者是教会睁一只眼闭一只眼。”

乔治喃喃道：“啊……那么说……她……看上了我……”

“是的，完全如此。如果你没有结婚的话，我会建议你向苏姗娜而不是罗丝求婚。”

他捋捋小胡子答道：“嗯，当母亲的还没有被虫子咬过呢。”

玛德兰娜不耐烦地说道：“你知道，小伙子，我倒希望你看上那个当母亲的呢。她已经过了初犯错误的年纪，要犯错误还得早一些。”

乔治若有所思道：“要是我没有结婚的话真的能娶苏姗娜？”然后，他耸耸肩说道：“算了……异想天开……当父亲的不会接受我的。”

他叮咛自己今后要多加注意瓦尔特夫人对自己的态度，他并不想自己是否可以从中得

相关链接

莫泊桑《首饰》片段：

1. “你可是说从前买了一串金刚钻项链来赔偿我的那一串？”

“对呀，你从前简直没有看出来，是吗？那两串东西原是完全相同的。”

说完，她用一阵自负而又天真的快乐神气微笑了。

伏莱士洁太太很受感动了，抓住了她两只手：

“唉。可怜的玛蒂尔德，不过我那一串本是假的，顶多值五百金法郎！……”

到什么好处。

整个晚上，他都沉浸在和过去的克罗蒂特相爱的日子的回忆之中，回忆充满了温馨和情爱。他想起了她当时的诙谐风趣、她的亲切体贴，只是后来发生了变化。他对自己说：“她真的待我很好，我明天去看她。”

第二天，他一吃完午饭就到凡尔诺依街德·玛雷尔夫人家去。还是原来的女仆给他开了门。她像那些小资产阶级家的佣人一样问候道：“还好吗，先生？”

他答道：“很好，孩子。”

他走进客厅。客厅里有人很不熟练地在弹钢琴，是罗丽娜。他以为她会跳起来搂住他脖子，可是她却像个大人似的规矩地站起来，向他行礼致意后，又昂头退下了。

她那样诚惶诚恐，像个遭人指责的女人。他惊呆了。她母亲进来了，他吻了她的双手。

“我多么想念您呀！”

他们坐下来，笑嘻嘻地互相盯着对方，心里想着吻对方的嘴唇。

“我亲爱的小克罗，我爱您。”

“我也是。”

“那么……你没有生我的气吧？”

“我生气了，也可以说没有生气……我难受过，后来我明白你是有道理的。我对自己说：‘算了！他迟早会回到我身边的。’”

“我不敢回来。我心里嘀咕你会怎样对待我。我不敢，但是我非常想回来。嗯，告诉我，罗丽娜怎么了？她只对我打了一声招呼就气鼓鼓地走了。”

“我不知道。但是自从你结婚后，就不能对她提到你。我相信她是妒忌的。”

“是吗？”

“是的，亲爱的。她不再叫你漂亮的朋友，她把你叫做福莱斯特先生。”

杜·洛瓦脸红了一下。他凑近年轻女人说道：“你的嘴唇。”

她把嘴唇凑过去。

“我们在哪里相会？”他说道。

“嗯……康斯坦丁诺堡大街。”

“可是……那套公寓还在？”

“还在……我保留了它。”

“你保留了它？”

“是的，我想你会回来的。”

他满心喜欢，感到非常骄傲。她爱他，她是真心爱他的，爱得很深很执著。

他低声道：“我喜欢你。”接着他又问道：“你丈夫好吗？”

“他很好。他在这里刚住了一个月，前天走了。”

杜·洛瓦忍不住笑道：“真巧呀！”

她不动声色地说道："是呀，真巧。不过，他在这里也无妨。你知道的。"

"是的，他是个可爱的男子。"

"你呢，"她问道，"你的新生活过得如何？"

"不好，不坏。我妻子是一个好伙伴，一个好助手。"

"她再没有其他的作用了？"

"没有了……至于感情嘛……"

"我明白了。不过她很亲切。"

"是的，但是她不让我动心。"

他凑近克罗蒂特低语道："我们什么时候再见？"

"嗯……明天吧……你看呢？"

"好，明天，两点钟好吗？"

"好，两点钟。"

他站起身准备告辞。他又局促地说道："你知道，我想独自承担康斯坦丁诺堡大街的公寓的开支。我要求由我支付。那里会一切齐全，如同你付租金时一样。"

她深情地吻了他的双手，低语道："随你的意，我只是把它保留下来，以便我们相见。"

杜·洛瓦心满意足地离开了。

他走过一家照相馆，橱窗里一个高大女人的大眼睛相片使他想起了瓦尔特夫人。

"她们都差不多，"他心想，"她其实也很不错。我怎么没有注意到她呢！我倒想看看星期四她将如何对待我。"

他沾沾自喜，搓着双手往前走，内心充满了成功的喜悦。女人们的青睐使他的性欲和虚荣心得到了充分的满足。

星期四来到了，他对玛德兰娜说："你去里瓦尔家看击剑比赛吗？"

"啊，不，我不感兴趣，我要到众议院去。"

天气晴朗，他乘了敞篷马车去接瓦尔特夫人。

他一看到她，目瞪口呆，愣住了。她显得又美丽又年轻。她穿一身浅色袒胸衣裙，金色的花边下胸脯鼓鼓的。他从未见过她如此鲜润诱人。她表情平静得体，像个竭力不引人注目的稳重的母亲。她话语不多，只谈些众所周知的一般性的话题。她思想清晰有序，没有过激的言辞。

她女儿苏姗娜穿一身玫瑰色衣裙，像一幅瓦多笔下的新作。苏姗娜的姐姐像个陪伴这个可爱的小姑娘的教师。

里瓦尔家门前排了一长队车子。杜·洛瓦把胳臂伸给瓦尔特夫人，他们进了门。比赛的收益将捐给巴黎第六区的孤儿们。所有与《法兰西生活报》有联系的参议员和众议员的夫人们都是这家孤儿院的赞助人。

瓦尔特夫人答应带女儿们出席观看击剑比赛，但是她拒绝以赞助人的名义出席，她只在

相关链接

莫泊桑《壁橱》片段：

1. 我暗自说那些婆娘都是畸形的，与其说她们富于脂肪不如说她们全是油垢。这一部分肥得凸出来，另一部分却又干瘦，腆着一个"酒肉和尚"式的大肚子，而两条鹭鸶式的长腿的膝盖部分却又向里弯曲，所以真的没有一个值一枚鲁意，她们在讨价五枚鲁意以后好不容易才能够得到那么一枚。

捐助教会的慈善事业时署名。她倒不是笃信宗教，而是因为她嫁了一个犹太人使她不得不强调自己是虔诚的。里瓦尔举办的这场比赛似乎带有一点反宗教的共和色彩。

三星期以来，各家不同色彩的报纸都刊登了有关这场赛事的消息：

优秀记者雅克·里瓦尔以其机智仁爱之心为巴黎第六区的孤儿们举办一场盛大的击剑比赛，比赛将在这位单身汉住所的美丽的击剑厅内举行。

著名的参议员夫人——拉罗瓦涅夫人、拉蒙特尔夫人、里索冷夫人，以及著名的众议员夫人——拉罗什·马蒂安夫人、贝斯罗尔夫人、费尔明夫人邀请大家前往观战。比赛间隙将有募捐，所得款项将立即交给第六区区长或他的代表手中。

里瓦尔想像这场比赛会引起轰动效应，他将从中得益。

雅克·里瓦尔在门口迎接来宾，冷餐已经准备好了，费用将从比赛收入中扣除。里瓦尔亲切地为来宾们指路。他们从一道通往地下室的楼梯下去，走进一个大厅，大厅里有各种剑和枪。里瓦尔不断地对夫人们说道："夫人们，请往下走，比赛将在地下大厅里举行。"

他一看到老板夫人来了，马上就迎上前去，然后和杜·洛瓦握手说道："你好，漂亮的朋友。"

乔治惊讶地问："谁告诉您的？……"

里瓦尔打断他的话道："这位瓦尔特夫人，她认为这个外号很好。"

瓦尔特夫人脸红了一下，她说道："是的，我承认如果我早一点了解您的话，我也会像小罗丽娜一样叫您漂亮的朋友，这称呼对您很恰当。"

杜·洛瓦笑道："谢谢您了，夫人，您就这样称呼我吧。"

她垂下眼睛说道："不，我们还没有熟到如此程度。"

他低声问道："您是否愿意让我对此抱有希望呢？"

"以后再说吧。"她说道。

楼梯上有一盏昏黄的煤气灯。他从狭窄的楼梯走下去。从外边强烈的阳光下一下子进入黑黝黝的楼梯，使人颇有一种伤感。一股地下室的湿热气流从曲折的楼梯下冲上来。因为有比赛，发霉的墙壁已经擦拭过了。从楼梯下还飘上来缕缕肃穆圣堂里常有的安息香味及女人们身上散发出的马鞭草香精、鸢尾香粉、紫罗兰香水等香味。楼梯入口像个黑窟窿，但可以听见从楼梯下传来喧闹的人声。

地下大厅里灯火通明，点了几盏环形的煤气灯，许多威尼斯灯隐藏在树叶丛中，潮湿的石头墙壁上蒙上了树冠的阴影。大厅天顶是人字形的拼板，地上撒满了树叶和鲜花。美妙的氛围令人遐想翩翩。大厅尽头有一个击剑比赛台，赛台两边为评委放了两排椅子。

观众席上每十张椅子一排，左右相等，可坐二百个观众，这次比赛发了四百张请柬。

年轻人穿着击剑服站在赛台前。他们都是瘦高个，四肢较长，挺着胸膛，都留着翘胡子。

他们面朝观众站着。报幕员一个个报了他们的姓名,附加说明谁是专职击剑师,谁是业余剑手。所有的剑坛名将都来了。那些老老少少、衣冠楚楚的先生们无拘无束地围着这些穿着比赛服的剑手们谈笑风生。他们也想引起别人的注意，让人们认出他们之中谁是穿便衣的剑坛名将。

观众席上几乎全是女客，只听见衣裙的窸窣声和嘈杂的说话声，她们好像在剧场看戏一样。大厅里已经开始闷热起来,不时有人嚷道——

“来一杯柠檬水!”

“一杯啤酒!”

瓦尔特夫人和她的两位女儿走到第一排，找到为她们保留的位子。杜·洛瓦帮她们安顿好后准备走开,他说:“我只好离开你们了,这些位子是留给女宾的。”

但是瓦尔特夫人舍不得他离开。她说道:“我很想让您留在这里。您可以告诉我剑手的姓名。瞧,您站在这张凳子旁边是不会妨碍任何人的。”

她睁着一双大眼睛柔和地看着他。她坚持道:“您留下陪陪我们吧……先生……漂亮的朋友先生,我们需要您。”

他答道:“我很愿意……夫人。”

大厅的各个角落都可以听到宾客们的赞叹:“这个地下大厅真好,太好了!”

乔治很熟悉这个拱形大厅。他记起上次决斗前夕来这里的情形。他在第二间地下室的尽头一个人对着一块白色的硬纸靶练习瞄准,那纸靶像一只巨大的凶狠的眼睛瞪着他。

里瓦尔在楼梯上边大声嚷嚷道:“夫人们,比赛快开始了。”

六位穿着整齐的先生昂首挺胸地登上赛台,在评委的位子上坐下。

报幕员一一报了他们的姓名:德·瑞那第将军,主评委,是一位小个子、大八字胡先生;画家约瑟芬·鲁代，是一位高个子、长胡子、谢顶先生；玛蒂奥·德·乌扎，西门·拉蒙塞尔,彼也尔·德·加尔文,是三个气度不凡的年轻人;加斯帕·梅勒隆是一位击剑师。

大厅两边钉着两块牌子,右边牌子上写着:“克列佛戈先生”,左边牌子上写着:“普吕莫先生”。这是两位很好的第二流的剑手。众目睽睽下他们毫无表情地动作拘谨地出场了。他们摆出了一幅临战的姿态。他们机械地相互用剑敬礼后就开始攻击了。他们皮肤白皙,都穿着白色的击剑服,就像两个傻乎乎的以打架给众人取乐的士兵。

不时听到裁判喊道:“中剑!”六位评委先生探出头去表示认可。观众似乎看见两个伸臂舞动的活木偶。他们并没有看懂,但是他们很高兴。在观众看来,这两个剑手动作不太优美,反而觉得他们有点可笑。这两个剑手使人想起过年时街上卖的模拟打架的小木人。

下一场是普拉东先生和卡拉宾先生比剑,前者是民间剑师,后者是军队里的剑师。普拉东先生是小个子,卡拉宾先生很壮实。第一回合就使这位气壮如牛的先生泄了气。大家哈哈大笑。普拉东先生像猴子似的跳来蹦去。卡拉宾先生只会挥动他的手臂,肥胖的身躯却一动也不动。每五分钟,他动作笨重地向前冲刺一下,他似乎拼足了最后的力气,然后艰难地从

相关链接

莫泊桑《俘虏》片段：

1. 不过，在最后一顶铁盔的尖子消失以后，贝尔丁就盖上了那块沉重的榆木板——这木板厚得像是一片墙，硬得像是一块铁，有绞链，有锁簧。她用钥匙把那监狱式的锁簧旋了两转，于是她笑了，她带着想在这群俘虏的头上跳舞的疯狂欲望，乐不可支地笑了起来。

地上爬起来。

评委们宣布，他比赛时表现得很坚定沉着。观众们鼓掌表示赞扬。

接着是波里昂先生和拉巴姆先生比赛，前者是剑师，后者是业余爱好者。他们俩手舞足蹈，拼命地跑来跑去。评委们不得不带着座椅跟着他们来回奔跑，从赛台一头跑到另一头。他们一个朝前进逼，另一个跳着步步后退，动作笨拙滑稽。他们小步跳着往后退，引得夫人们笑开了怀；他们大步往前蹦，又使得夫人们激动万分。一个陌生的孩子般的声音调皮地叫道："你们不累吗？该结束了吧！"

观众们纷纷抗议道："嘘！"

评委们交换了评判的意见。剑手们斗志昂扬，但不时也会有点闪失。

第一场比赛以里瓦尔和著名的比利时教练勒倍日的精彩击剑表演宣告结束。女宾们拼命为里瓦尔鼓劲。他英俊、潇洒、灵活、到位，比前面几位剑手更讨人喜欢。他的准备姿势独特，气度不凡，和他的对手的咄咄逼人的一般化的姿势形成鲜明的对照。

"看得出他很有教养。"众口一词地评论道。

他赢了，大家为他鼓掌。

楼上传来一种特别的声音，已经有好几分钟了，观众很不安。楼上有人拼命跺脚，大声笑闹。原来地下大厅挤不下的两百个来宾留在上边按他们的方式玩耍。那道曲折的小楼梯上挤了五十多人。地下室闷热得可怕。人们叫嚷着——

"快通通风吧！"

"给一点喝的吧！"

只听见刚才那个调皮鬼尖声叫道："来点杏仁水！柠檬水！啤酒！"

里瓦尔仍穿着击剑服，满脸通红跑出来。

"我叫人送点冷饮来。"他说着就向楼梯跑去，但是通往地面的路被堵死了。楼梯已被人们挤得水泄不通。

里瓦尔大声喊道："给夫人们送点冰来。"

五十多人的声音一齐喊道："送点冰来！"

终于一只盘子被传了下来，但是盘子上只有几只空玻璃杯，杯中的饮料在传递途中就被喝干了。

一个人声嘶力竭地嚷道："里面闷死了，快点结束吧，让我们走吧。"

另一个声音叫道："捐钱！"

所有的观众嘘了一口气，但是大家仍高兴地重复道："捐钱，捐钱……"

六位夫人在座椅间来回穿梭，只听得一枚枚硬币掉入她们手中的募捐袋，发出细微的碰击声。

杜·洛瓦把一些知名人物的姓名告诉瓦尔特夫人，其中有社交界、新闻界的名人，他们大多是居高临下俯视《法兰西生活报》的历史悠久的各大报纸的记者，他们都很老练，很含蓄。类似政治经济性质的报纸都是某种暧昧的结合，某一位部长的倒台就会置此类报纸于死地，这种事情他们见得多了。

大厅里有好几位画家和雕塑家，还有一位法兰西学院的大诗人、两个音乐家及许多外国贵族，他们都是体育运动爱好者。杜·洛瓦称那些外国贵族为外国佬。

有人叫他："您好，亲爱的朋友。"那是伏德里克伯爵。

杜·洛瓦对女士们说了声对不起，走过去和他握手。

杜·洛瓦和伏德里克伯爵寒暄了几句又回到女士们身边，说道："这位伏德里克很可爱。他气质高贵。"

瓦尔特夫人没有说什么。她有点累了，她每呼吸一次都得吃力地鼓起胸膛，这引起了杜·洛瓦的注意。他的目光不时和老板娘的目光相遇。她目光惶惶不安，犹犹豫豫，刚射到他身上马上又避开了。他心想："瞧……瞧…我是否使这个女人也动了心？"

募捐的夫人捧着装满金银币的钱袋走进去了。赛台上又竖起一块新的牌子，上面写着："惊人的表演。"评委们又回到他们的座位上，大家等待着。

两个手持花剑的女人出场了。她们穿着击剑服。上身是一件深色的紧身衣，下身是一条超短裙，露出了一半臀部。击剑用的护胸使她们的头昂得高高的。她们又年轻又漂亮，微笑着向全场致意。观众又是拍手，又是口哨。她们在热烈的气氛中摆出了准备迎战的姿势。

评委们嘴上都挂着亲切的微笑。每一个回合，他们都轻轻地叫一声好。

观众毫不掩饰地赞赏这场比赛。这两位女剑手燃起了男人们的欲望，也唤醒了女人们喜欢看热闹的天性。巴黎人对于挑逗性的殷勤、浪荡子的潇洒、咖啡馆或歌舞厅中的歌女们装腔作势的表演有一种天性的嗜好。

每当一位女剑手发起冲刺，全场都热烈欢呼一阵。观众张大嘴巴，朝背对着他们的女剑手滚圆的背部瞪圆了眼睛。他们最感兴趣的并不是她的剑术。观众拼命为女剑手们鼓掌。

接着是马刀比赛，但是没有人对此感兴趣，所有的人都被楼上的声音吸引了。楼上传来拖动家具的巨大声响，已经有好几分钟了，好像有人在搬家似的。接着，透过天花板，又突然传来钢琴声，人们清晰地听到上边许多人有节奏的跳动的舞步声。上边的人们自行跳起舞来弥补他们无法亲眼目睹比赛的缺憾。

地下大厅里爆发出一阵哄堂大笑。妇女们心痒痒的，也想跳舞，她们不再去注意台上的比赛，开始高声谈笑起来。大家都觉得那些迟到的人们自动开舞会是个好主意，应该让他们尽情地跳。地下大厅里的观众也想参与其中。

又有两位剑手上场了。他们互相致敬，摆出迎战的姿势，一下子全场观众的目光又都集中在他们的动作上了。

他们时进时退，动作准确、有力、到位，他们比赛时姿势很优美。尽管观众不太懂，但都看得目瞪口呆，赞叹不已。

他们一言不发，动作敏捷、灵活。他们高超的技术吸引了全场观众的目光。观众觉得自己是在欣赏最好的两位艺术大师的合作表演。他们配合默契，动作灵活多变，头脑理智，身手不凡。

观众屏住气息，目不转睛地看着这两位剑手比赛。最后一个回合结束，他们互相握手，全场爆发出欢呼声。观众不停地高叫“乌拉”，有的人拼命跺脚，有的人声嘶力竭叫喊。大家都知道他们的名字：塞尔让和拉维涅克。

人们激动万分，哪怕是一点点不同的意见都会激起一场争吵。那些手中从未拿过花剑的人们舞动着他们的拐杖，似乎要和人干架。

人们纷纷从小楼梯上去想喝点饮料。他们看到上边跳舞的人们把糕点饮料都吃喝光了，很是气恼。他们说邀请了两百个来宾却一点吃的也没有，实在太不像话。

一块蛋糕都没有了，香槟酒、苹果酒、啤酒也没有了，连一块糖果、一个水果也没有了，什么都没有了。他们把吃的喝的一扫而光。

从地下大厅上来的人们询问佣人们怎么回事。佣人们忍住笑，摆出一副愁苦相说道：“夫人比先生胃口更大，她们拼命吃呀，喝呀，最后都撑不下了。”

人们好像听到了遭受劫难的城市里的幸存者们所叙述的故事。

该回去了。先生们后悔捐了二十法郎。他们十分气恼，把东西吃光了却不掏钱。

女赞助人共募捐了三千多法郎，付掉一切费用，竟然还剩下二百二十法郎，捐给第六区的孤儿们。

杜·洛瓦陪瓦尔特夫人和她的两个女儿等候他们的马车。他扶着老板娘上了车，他坐在她对面。他又遇上了她温柔的有点惶惶不安的目光。他想：“见鬼，她想勾引我。”

他微微一笑，他明白自己在女人圈里还是很有运气的。德·玛雷尔夫人与他重归于好后，更是发狂地爱他。

他满心喜悦地、轻飘飘地回到家里。

玛德兰娜正在客厅里等他。

“我有新消息，”她说道，“摩洛哥的问题复杂化了，几个月之内法国可能出兵摩洛哥。不管情况如何，可以利用这事情使部长倒台，拉罗什可以趁机把外交事务抓在手中。”

杜·洛瓦想和妻子开一下玩笑，他装作不相信：“重蹈突尼斯的覆辙不是发疯吧？”

她不耐烦地耸耸肩道：“不是的，不是的！你不明白，对于他们来说，这是一个很要紧的有关钱的大问题。亲爱的，在复杂的政治问题上，不能用女人来解决问题，应该运筹帷幄思考对策。”

他为了激怒她，故作不屑地说：“那又怎么样？”

她火了：“瞧，你跟福莱斯特一样笨。”

她想刺伤他，料想他会发火。但是他却笑嘻嘻地答道：“这个戴绿帽子的福莱斯特又怎么了？”

她语塞了，喃喃道：“啊，乔治！”

相关链接

莫泊桑《海港》片段：

1. 随后，他突然站起来，开始用一道震耳的声音狂吼着，一面举起拳头很沉重地在桌子上捶了一下，使得那些震翻了的小玻璃杯子都打碎了。随后他走了三四步，左右晃着，伸长两只胳膊，仆倒在地下了。末了他在地下打滚了，一面嚷着，一面用四肢打着地面，并且发出好些像是临终干喘的怕人的呻吟。

他傲慢地嘲笑道："怎么啦？有一天晚上，你不是向我承认过福莱斯特被戴上了绿帽子吗？"他又加了一句："真是个可怜虫！"语气里夹杂着深深的怜悯。

玛德兰娜转过身去，背对着他，不想答理他。沉默了一分钟后，她又说道："星期二，我们有很多客人：拉罗什·马蒂安夫人和贝拉丝姆子爵夫人将来吃晚饭。你愿意请里瓦尔和诺倍尔·德·瓦伦尼一起来吗？我明天到里索林夫人家去。"

一段时间以来，她利用丈夫的政治影响建立了一些关系，有意无意地请一些需要《法兰西生活报》支持的参议员和众议员的夫人们到她家来做客。

杜·洛瓦答道："很好，我负责邀请里瓦尔和诺倍尔。"

他搓搓双手十分高兴，因为他找到了使妻子难堪的好把柄。自从林中散步以来，他一直受着无名的、阴暗的妒忌心的煎熬，心里很抱屈，现在他终于得到了满足。从此，他一提起福莱斯特就把他称为戴绿帽子的人。他预感到这样最终会惹得玛德兰娜发火的。一晚上，他不止十次地寻机用讥讽的口吻提到戴绿帽子的福莱斯特的名字。

他不再生死去的福莱斯特的气了，他报了仇。

他妻子装作没有听见，仍旧对着他笑嘻嘻地无所谓地坐着。

第二天，她准备向瓦尔特夫人发出邀请。他想抢在她前面独自去看老板太太，看看她是否还记挂着他，这使他很开心。然后，要是……为什么不呢……如果可能的话。

刚敲两点钟，他就来到了瓦尔特夫人家。仆人把他领进客厅等候女主人出来。

瓦尔特夫人出来了，她高兴地迫不及待地伸手给他。

"什么风把你吹来的？"

"不是风把我吹来的，是我想见到您，有一股力量把我推到您家里来的。我也没有什么可对您说的。我来了，就在您眼前！您能原谅我这么早就来打搅您吗？您能原谅我如此坦率的解释吗？"

他嘴上挂着微笑，讨好地打趣道，声调却是一本正经的。

她惊呆了，脸微微红了一下，低声道："但是……真的……我不明白……您使我很意外……"

他又说道："我不想吓着了您，这是我的一种表白。"

他们俩靠近坐了下来。她打趣地说道："这种表白当真？"

"当然研！我早就想向您表白了，我想很久了，但是我不敢。大家都说您很严肃，很认真……"

她恢复了矜持，笑道："为什么您选今天来？"

"我不知道。"他放低声音说道，"也许是从昨天开始，我心里一直想着您吧。"

她脸色突然变得苍白，低语道："瞧，多么孩子气，我们谈其他的吧。"

他突然跪下，把她吓了一跳。她想站起身，他伸出手臂搂住她的腰，使劲让她坐下。他深情地重复道："是的，我爱您，长久以来，我爱您爱得发疯。请别回答我。您说该怎么办，我快发疯了！我爱您……啊！您知道，我是多么爱您呀！”

她哽咽住了，喘着气，想说什么却一句话也说不出来。她用双手把他推开。她感到他的嘴唇向她的嘴唇凑过来，便抓住他的头发不让他的嘴靠近。她的头拼命从左躲到右，又从右躲到左，她双目紧闭不看他。

他把手伸到她的衣裙下，摸她，捏她。她拼命地挣扎以摆脱他突如其来的猛烈的爱抚。他突然站起身来，扑上来要吻她，她趁这一秒钟的松动朝后一仰挣脱开了，从这张椅子躲到那张椅子。

他觉得这样追逐太可笑了，一下子倒在一张椅子上，双手捧着脸，装着很伤心的样子大哭起来。然后，他站起来叫道：“永别了，永别了！”他就跑走了。

他来到门厅，平静地拿了他的拐杖，就出了门。他想：“上帝，我大功告成了。”

他到邮局发了一封快信给克罗蒂特，约她第二天幽会。

他按时回到家里，对妻子说道：“嗯，你客人都请好了吗？”

她答道：“请好了，只有瓦尔特夫人还不能确定是否有空。她有点犹豫，她对我讲了些责任呀、意识呀等莫名其妙的话。我觉得她神态有点奇怪。不要紧，我还是希望她会来的。”

他耸耸肩：“嗯，她会来的。”

他对此并没有把握，他的心一直到请客那天还悬着。

请客当天上午，玛德兰娜收到老板太太的信：

> 我花了很大力气才抽出身来，我将接受邀请来做客。不过，我丈夫不能陪我来。

杜·洛瓦心想：“我没有再回到她家去，做得太对了。她现在已经平静了。要多加小心。”

不过，他还是有点惴惴不安地等待着她进门来。她终于进来了，显得很平静，有点冷漠、倨傲。他很谦恭含蓄地迎候她。

拉罗什·马蒂安夫人和里索林夫人陪着她们的丈夫来了。贝尔丝姆子爵夫人谈论着社交界的新闻。德·玛雷尔夫人化妆得很出奇，她涂了绿色的油膏，穿一套西班牙式的紧身短裙，显出了她美妙的腰身、她的胸脯、她的丰腴的手臂。她高高昂起小鸟般的脑袋，显得神采奕奕。

晚餐时，杜·洛瓦让瓦尔特夫人坐在他右首，他必恭必敬地对她说一些正经的事情。他不时朝克罗蒂特看看，心想：“她确实比别人更漂亮，更有生气。”

他又朝妻子看看，尽管对她有气，也觉得她并不错。

可是老板太太越不易征服，就越让男人们有一种新鲜感，越刺激得他想要把她弄到手。

她很早就要告辞回去了。

“我送您回去。”他说道。

她拒绝了，他坚持要送她：“您为什么不让我送呢？您这样会使我很伤心的。请别让我以

相关链接

莫泊桑《在树林里》片段：

1. 我靠在账台背后的圈手椅上的时候，紫罗兰的芬芳向我袭来，我心头怦怦乱跳，鬼使神差地站起身来，站到店门前，从一排排屋脊之间眺望蓝天。从街心仰望天空时，天空成了一条河流——一条长河，它蜿蜒地流过巴黎。燕子宛如河里的鱼那样游来游去。我明知我这年龄还有这等遐想是多么可笑，但是，怎么也抑制不住呀！

为您不肯原谅我。您瞧,我是多么安分。"

她答道:"您不能冷落了其他客人呀。"

他笑道:"我二十分钟后就回来了。客人们甚至不会察觉我不在。要是您不让我送,那真是伤透我的心了。"

她低声道:"好吧,我接受了。"

他们一坐到车上,他就抓住她的手深情地边吻她的手边说道:"我爱您,我爱您。您让我说完。我不碰您。我只是要对您说:'我爱您。'"

她喃喃道:"啊……您答应过我……这不好……这不好……"

他做出努力克制自己的样子,然后意味深长地说道:"瞧,我控制住自己了。不过……请允许我说我爱您,允许我每天都对您说我爱您……请让我到您家去在您跟前跪五分钟,看着您讨人喜欢的脸,对您说这三个字。"

她任凭他抓住她的手,断断续续地说道:"不,我不能,我不愿意。您想想,人们会对我的仆人,对我的女儿说些什么?不,不,这不行……"

他说道:"我见不到您就没法活了,我必须见到您,在您家里也好,在别的地方也好,哪怕每天只见到一分钟,让我碰碰您的手,呼吸一下您衣服撩动过的空气,看看您身材的优美线条以及使我发疯的美丽的大眼睛。"

她颤抖着倾听着他说出的这些最平常不过的求爱的花言巧语。她低声道:"不……不……这不行,您住口吧。"

他明白必须一点一点地征服她,这不是个简单的女人。他必须让她下决心答应和他幽会,先在她愿意的地方,然后就可随他的意了。

他凑在她耳边轻轻说道:"听我说……我必须见到您……我在您家门前等您……可怜巴巴地等您……您不下来的话,我就上楼到您家里去……我明天去看你……"

她一再说道:"不行,不行,您别来,我不接待您。请您想想,我还有女儿。"

"那么告诉我,在哪里可以见到您……在街上……不管什么地方都行……什么时间都行……只要让我见到您……让我向您致意……让我对您说:我爱您,然后我就走开。"

她犹豫不决,不知该怎么办才好。马车快到她的公寓门口了,她急急地低声说道:"好吧,明天三点半,我到特里尼丹教堂去。"她一边下车,一边朝车夫叫道:"把杜·洛瓦先生送回家去。"

他回到家,妻子问他:"你到哪里去了?"

他低声答道:"我去发一份紧急电报。"

德·玛雷尔夫人走过来说道:"漂亮的朋友,您送我回家吧,您知道,要有人送我回家我才会老远地跑来吃晚饭。"然后,她又转向玛德兰娜:"你不妒忌吧?"

杜·洛瓦夫人慢慢吞吞地说道:"不。"

客人们相继告辞了。

相关链接

莫泊桑小传：

1. 19世纪后半期法国优秀的批判现实主义作家。一生创作了6部长篇小说和356部中短篇小说，他的文学成就以短篇小说最为突出，被誉为“短篇小说之王”，对后世产生极大影响。

拉罗什·马蒂安夫人像个外省的小女人。她是公证人的女儿，嫁给拉罗什时他只是个普通的律师。里索林夫人已上了年纪，但很做作，像个从前的接生婆，她像是在自己家书房里接受的教育似的。贝尔丝姆子爵夫人很瞧不起她们，她的“白瓜子”都不屑去碰她们这种老百姓的手。

克罗蒂特衣裙上缀满了花边。她下了楼走到门口回头对玛德兰娜说道：“你的晚餐真不错。不久，你将会有巴黎首屈一指的政治沙龙。”

当只剩下她和乔治两人时，克罗蒂特紧紧搂住他：“啊，我亲爱的漂亮的朋友，我一天比一天更爱你了。”

他们坐的马车像一只船似的摇晃着往前行驶。

“这顿晚餐一点也抵不上我们的房间。”她说道。

他答道：“啊，抵不上。”可他心里却想着瓦尔特夫人。

第 四 章

在强烈的七月阳光下，特里尼丹教堂前的广场上几乎空无一人。酷热笼罩着巴黎，火辣辣的，热得人们透不过气来。

教堂门前的喷泉水珠懒洋洋地从半空中落下来，池子的水面上漂浮着一层厚厚的落叶和已经发绿或发青的纸片。

一条狗跃过池子的石壁，跳进浑浊的池水中去洗澡。有几个人坐在这个教堂门口小花园的凳子上，羡慕地看着这条狗在池中戏水。

杜·洛瓦掏出怀表，刚刚三点。他早到了半小时。

他一想到这次约会就发笑。

“教堂适合于各种用途，”他想，“她嫁了一个犹太人，但是在教堂举行婚礼使她有所安慰，使她昂首挺胸出入政界，又可以理直气壮在上流社会中周旋。教堂又是她与情人幽会的屏障。这就是通常所说的教会可以晴雨两用：如果天气好，这就是一根拐杖；如果阳光太强烈，可以遮太阳；如果下雨，这又是一把雨伞；如果不出门，就把它搁在门厅里。这样的女人有好几百个，上帝在她们眼里无所谓，但是她们不愿意让别人说闲话，有时候她们又要让上帝做媒介。如果有人向她们提议到某家旅馆去开个房间，她们却认为太下流了。在她们看来，在教堂的祭坛下偷情，事情就简单多了。”

他沿着喷水池慢慢地走着，又朝钟楼看了一眼。那钟比他的表快两分钟，三点零五分。他想还是到教堂去为好，他走了进去。

一股地下室般的凉气迎面扑来，他舒服地深深吸了一口。为了熟悉一下环境，他在大殿里兜了一圈。这时，有一个人正不慌不忙地在宽敞的大殿里走走停停。这个人的脚步声和他的脚步声在穹顶回响呼应。他很好奇，想看看这个人是谁，便四处寻找。这是一个胖先生，头发已经谢顶，走路仰着头，帽子挂在背后。

隔几排位子，只见一个老妇人双手捧着脸跪着做祷告。

进了这空荡荡的殿堂，让人有一种孤独感，也让人的思想得到某种休息。透过玻璃窗照射进来不同色彩的阳光很柔和，并不刺眼。杜·洛瓦觉得教堂里的气氛好极了。

他回到门口，又看一下表，还只有三点一刻。他坐在主要的过道口。他想吸烟，可是教堂里不准吸烟，他有点遗憾。那位胖先生缓慢的脚步声已经走到教堂尽头唱诗班的地方。

有人进来了。乔治马上转过身去。是一个穷女人，她穿了一条旧呢裙，她走到门口第一把椅子边跪下了。她双手交叉握着，眼睛朝天一动也不动，她的灵魂沉浸在祷告之中。

杜·洛瓦很有兴趣地看着这个女人，心想："显而易见，这是一颗受尽了苦难的心。是什么样的悲伤、痛苦、绝望使这个女人忧心忡忡呢？也许她丈夫经常把她打得死去活来，也许她的孩子病得奄奄一息了。"

他心里嘀咕道："可怜的人们，到底还是有人在受苦。"

他突然怒火冲天，对老天的不公愤愤不平。他转念一想，那些乞丐无赖相信上天会照管他们的，他们现世的状况在上天的簿册上已记录在案，欠债和拥有总会平衡的。

"上天，上天在哪里？"

教堂里的寂静使杜·洛瓦想入非非，他总想着造物这个问题。他想着想着脱口而出："这一切多么傻呀。"

他听到了衣裙的窸窣声，他哆嗦了一下，是她！

他站起身赶快迎上前去。她没有伸手给他，而是压低声音说道："我只有一会儿时间，我得马上回去。您跪下，不要让别人注意我们。"

她对这个大殿很熟悉。她继续朝前走，想找一个比较安全合适的地方。她戴着厚面纱，步履很轻，几乎听不到她的脚步声。

她走到唱诗台附近，转过身，用教堂里人们惯常的神秘兮兮的声调喃喃道："还是下边好一些，这里太引人注目了。"

她朝圣坛上的圣体龛低低地垂下头，稍稍鞠躬，然后向右转身，回到门口，下定决心取了一只跪垫，跪下作祈祷。

乔治取了邻近一只跪垫，也作祷告状。

他们俩都跪下了，他连声对她说："谢谢，谢谢，我喜欢您，我要对您不停地说，告诉您我是怎样爱上您的，我是怎样第一次见到您就爱上了您……请允许我有一天能对您一诉衷肠。"

相关链接

张英伦《莫泊桑传》片段：

1. "亨利·勒内·阿尔贝·吉·德·莫泊桑"——在莫泊桑呱呱坠地后不久所登记的出身证上，堂而皇之地书写着这堪与阿拉伯帝王名字的场地媲美的全名。

她默默地听他诉说，深深地陷入沉思之中，好像她什么都没有听见似的。她双手遮着脸回答道："我简直疯了，竟让您对我如此胡说八道；我到这里来也真是疯了，让您相信这……这……种冒险会有结果。请忘记这一切，必须忘记，不要再对我谈这种事。"

她等待着。

他说道："我不期待什么……我不奢望什么。我爱您。不管您怎么做，我都要不断地、热烈地对您说这句话，直到您明白。我要把我对您的感情渗透到您心中，一字一句地向您的灵魂倾诉。我要把我对您的感情像滴水穿石一样，一滴一滴地渗透您的铁石心肠，使您软下心来；然后，我一定要让您说出：我也爱您。"

他感到她的肩靠到了他的身上。她呜咽了，急促地对他喃喃低语道："我也爱您。"

他一下子跳了起来，好像头上重重地挨了一下似的。他叹息道："啊！上帝！……"

她断断续续地说道："我是否应该对您说这话？我感到自己犯了过错，我瞧不起我自己……我都已经有了两个女儿……我不能……我不能……我简直不能相信……我从来没有想到……太过分了……太过分了，我……您听我说……听我说……我从来没有爱过……除了您……我发誓。我悄悄地爱您已经一年了，我把秘密藏在心里！啊！我痛苦过，挣扎过，我再也不行了，我爱您……"

她双手捂着脸哭了，激动得全身打哆嗦。

乔治低声道："把您的手给我，我要握着它……"

她慢慢地把手从脸上放下来。他看到她满脸泪痕，眼睫毛上还有一颗泪珠正要滚落下来。

他紧紧握住她的手，说道："啊！我多么想把您的眼泪舔干。"

她声音发颤地低语道："不要过分要求我……我完了！"

他心里发笑，在这个地方他怎么会过分要求她？他抓住她的手放在他的心口上问道："您感到我的心跳吗？"他再也找不出更深情的话语了。

那位胖先生不紧不慢的脚步声越来越近了，他绕各个祭台一圈，走下来，已是第二次经过右边的小殿了。瓦尔特夫人听到他走近了她所隐身的柱子，连忙把自己的手指从乔治的手中抽回来捂住脸。

他们俩跪着一动也不动，好像在热烈地祷告。胖先生走过他们身边，不经意地看了他们一眼，向教堂出口走去，他的帽子始终挂在背后。

杜·洛瓦想让她答应另找地方幽会。他低声说道："明天，我在哪里能见到您？"

她像座石头雕像似的木然不动，没有回答。

他又问道："明天，我们到蒙梭公园见面，好吗？"

她向他转过头来。她脸色苍白，紧皱双眉，痛苦不堪地结结巴巴地对他说："您让我……让我……现在您走开……走开……只需五分钟……您在我身边我不好受……我要祷告……我不能……您走开……让我祷告……只需……五分钟……我不能……让我祷告上帝……请他宽恕我……请他拯救我……约束我……五分钟……”

她一脸惊恐，痛苦异常。他一言不发站起身，犹豫了一下，问道：“我离开一会儿再回来，好吗？”

她点一点头：“好的，过一会儿再回来。”

他朝唱诗台走去。

于是，她异乎寻常地拼命祷告，竭力呼唤上帝。她全身颤抖不止，丧魂失魄地向着上天呼喊：“怜悯怜悯我吧！”

她紧紧闭住眼睛，以免看到刚刚走开的男人。她要自己不去想他，她挣扎着抵御他的进攻。但是她所期待的拯救她心灵的上帝没有出现，那青年人的翘胡子却总在她眼前晃悠。

一年来，每一天，每一个晚上，她都像魔鬼附身似的被纠缠不休，她与这个搅得她身心不宁的形象搏斗，这个形象搅得她睡不安稳。她感到自己像一头被网罩住的野兽，被捆住手脚，被扔到这个征服了她的雄兽的怀抱。不需别的，她一想起他嘴唇上的两撇胡子和他的眼睛的颜色就被征服了。

目前在这座教堂里，就在上帝身边，她感到比在自己家里更孤立无援。她满脑子只想着他，再也祈祷不下去了。他走开竟然使她痛苦，她绝望地挣扎，用整个心灵呼救。她没有丝毫过错，她宁愿死去也不能被降服。她一边喃喃地祷告，一边竖起耳朵听着渐渐远去的乔治的脚步声。

她明白一切都完了，挣扎是无济于事的，然而她仍不想让步。她真想忘乎所以地在地上打滚，大叫大嚷。她四肢颤抖，似乎觉得自己正滚到椅子中间尖叫着。

有人快步走过来，她回头看到一个神甫。她站起身扑过去抓住神甫的双手，喃喃道：“啊！救救我！救救我！”

神甫惊讶地停下来问道：“夫人，您想干什么？”

“我要您救我，可怜可怜我。您不救我的话，我就完了。”

他看着她，不知她是否神经失常了。他问道：“我能为您干些什么？”

神甫很年轻，是个微胖的高个子，两腮鼓鼓的，有点下垂，脸颊下部发青，胡子刮得干干净净。这是一个漂亮的豪华区的本堂神甫，他常当富人们的忏悔神甫。

“请您听我的忏悔，”她说道，“请给我劝告，给我力量，告诉我该怎么办。”

他说：“我每星期六三点到六点听忏悔。”

她一把抓住他的胳臂，连声说道：“不行！不行！请马上听我忏悔！我必须马上忏悔！他就在这里，在这座教堂里，他正等着我呢。”

神甫问道：“谁正等着您？”

“一个男人……他要断送我……如果您不救我的话，他就要把我带走了……我躲不过他……我太软弱了……太软弱了……太软弱了……”

她跪倒在地，伤心地哭道：“啊！可怜可怜我吧，神甫！救救我，以上帝的名义救救我吧！”

相关链接

2. 摆脱了丈夫的纠纷，洛尔现在可以专心致志地教育自己的儿子了。她发现吉对文学颇能心领神会，便决意向这方面引导他，她对吉的教育方式也颇具野趣。

她抓住他的黑袍子不让他走开。他不安地朝四周看看，他怕有不怀好意的目光正好看到这个女人跪倒在他脚下。

看到自己无法避开这个女人，他对她说道："您请起来，我正好带着忏悔室的钥匙。"

他从口袋里摸出一串钥匙，从中挑出一把，领着她快步向那几间木头的小屋走去。这些小屋子是供信徒们倾诉他们的罪孽之用的。

神甫走进当中一间，然后把门关上。瓦尔特夫人迫不及待地冲进旁边一间小屋，她热切地满怀期望地说道："神甫，为我祈祷吧，我犯了罪……"

杜·洛瓦到唱诗台转了一圈，从左边的小殿下来。他走到教堂中央，正与慢慢踱着方步的胖先生相遇。他想："这个人在这里干什么？"

胖先生也放慢了脚步，朝乔治看看，似乎也很想和他交谈。他待乔治走近身边，便打了个招呼，很有礼貌地问道："对不起，先生，您能否告诉我这教堂是什么时候建造的？"

杜·洛瓦答道："我不太清楚，我想二十年前吧，或者二十五年前。我是第一次到这教堂来的。"

"我也是，以前我从来没有到这里来过。"

乔治很好奇地说道："我看您参观得很仔细。您对一点点细节都要研究一番。"

胖先生无可奈何地说道："我不是来参观的，我在等我妻子。她约我到这里见面，可是她迟到很久了。"

他沉默了几秒钟又说道："外边天气热极了。"

杜·洛瓦仔细看看他，突然觉得这个胖先生很像福莱斯特。

"您是外地来的？"乔治问道。

"是的，我是莱恩人。您呢，先生，您是出于好奇到这座教堂来看看的吗？"

"不，我等一个女人。"他和胖先生打了招呼，嘴上挂着一丝微笑走开了。

他走到教堂大门口，看到那个穷老婆子仍跪在那里作祷告。他想："上帝，她倒真虔诚。"他一点也不感动，也不同情这个穷婆子。

他又从右边殿堂回来找瓦尔特夫人。

他远远朝刚才的位子看去，惊讶地发现瓦尔特夫人不见了。他以为搞错了柱子的位置，一直走到最后一根柱子又重新转回来。她真走了！他又吃惊，又恼火。他猜想她可能去找他了，他在教堂转了一圈，仍没有找到她。他转回来坐在她原来的椅子上，希望她会来找他，他等着她回来。

不一会儿，一个细声细气的声音引起了他的注意。在这个角落，他没有看见任何人。谁在说话？他站起来去寻找说话的人。他发现旁边的殿堂里有几扇忏悔室的门。其中一扇门下露出了一截衣裙，他走近去看看里面的女人是谁。他认出了她。她正在忏悔……

他真想冲进去抓住她的肩膀把她拉出这间屋子。他转念一想："算了，现在轮到神甫，明天就该轮到我了。"他平静地面对着忏悔室的小窗坐下。他等着，心里觉得很好笑。

他等了好久。瓦尔特夫人终于站起来了，她转过身看到了他。她朝他走来，她的表情很冷淡，一本正经地对他说："先生，我请您不要陪我，不要跟随我，不要再单独来我家。我不会再接待您。永别了。"

她迈着庄重的步子走了。

他让她走了。他不强人所难。当有点惶恐的神甫走出忏悔室时，乔治就直接迎上前去，盯着神甫的眼睛，狠狠地瓮声说道："要不是您穿着这身袍子，您的丑脸上准会挨上两个耳刮子。"说完，他原地转身，吹着口哨，走出了教堂。

胖先生头戴帽子，背着双手，站在门口。他已经等得不耐烦了，他用目光扫视了一下空旷的广场及通往广场的各条马路。

杜·洛瓦从他身边走过，他们互相打了一下招呼。

杜·洛瓦无事可干，决定到《法兰西生活报》去。他一进报社，看到人们慌慌张张的，似乎发生了什么不寻常的事情。他闯进了老板的办公室。

瓦尔特老爹很激动地站在办公室里，正在一字一顿地口述一篇文章。在句子间隙，他还不时给围着他的记者分派工作，叮嘱布瓦那尔几句，一边还忙着拆信。一看到杜·洛瓦进门，老板就高兴地叫了一声："啊！真走运，漂亮的朋友来了！"他愣了一下，又惶恐地致歉道："请原谅我这样称呼您，我被目前的情况搞糊涂了。不过，我听我妻子和女儿从早到晚说到您，称呼您'漂亮的朋友'，结果我也染上了这个习惯。您不生我的气吧？"

乔治笑道："哪能呢，这个外号一点不令我讨厌呀。"

瓦尔特老爹又说道："太好了，那么我就和大家一样命名您为漂亮的朋友。嗯，瞧，我们出大问题了。外交部以三百一十票比一百零二票倒台。我们的假期得再次推迟了。现在已经是七月十八日。西班牙对摩洛哥生了气，这就是杜朗·德·莱尼和他的追随者们倒了台的原因。我们掉进揉面缸里了。马罗负责组成一个新内阁，让布丁达略将军负责战争部，我们的朋友拉罗什·马蒂安负责外交部，他自己抓内务部的钱包及国务院总理之职。我们的处境很微妙。我写了一篇头版文章，只是一个原则性的声明，表述一下他们几位部长的路线。"

瓦尔特老爹笑笑，接着又说道："当然是他们将要采取的路线喽。关于摩洛哥问题，需要一点资料，一篇报道，一篇有反响的专栏，我不知道哪儿有，您帮我找一下。"

杜·洛瓦想了一秒钟，答道："我有您要的资料。我给您一份有关我们整个非洲殖民地、左边的突尼斯、中间的阿尔及利亚、右边的摩洛哥政治形势的报告，这一大片地区各种族的历史以及一次从摩洛哥边境直到欧洲人从未深入进去的菲琪绿洲的旅行纪实，这一块绿洲是目前发生冲突的原因。您看行吗？"

瓦尔特老爹叫了起来："好极了！标题呢？"

相关链接

3."我们轮流帮你拎吧，夫人，而且我先拎。"吉不失礼貌，然而坚定地说。莫泊桑日后的社会观是复杂的，但他的作品里却渗透着对下层人民的同情，少年时代就建立起的同下层人民的这种感情上的联系，无疑起了积极的作用。

"《从突尼斯到丹吉尔①》。"

"太好了！"

杜·洛瓦在《法兰西生活报》的汇编中搜寻一番，找到他的第一篇文章：《一个非洲猎人的见闻》。他把它改头换面变成了另一篇涉及殖民地政治、阿尔及利亚民族问题的文章，这文章同时又是一篇奥兰省之行纪实。

他花了三刻钟时间就大功告成了，文章适时地吹捧新内阁。

老板读了这篇文章连声说道："很好……很好……您真是一个不可多得的人才。佩服，佩服。"

杜·洛瓦回家吃晚饭。尽管在特里尼丹教堂受了挫折，他这一天过得仍很快活，他觉得已经稳操胜券了。

他妻子正等得不耐烦了。她很生气，一见到他就叫了起来："你知道吗？拉罗什当上了外交部长。"

"知道了，我还写了一篇有关阿尔及利亚的文章呢。"

"你写了些什么？"

"你很熟悉这篇文章的，就是我们合作写的第一篇文章：《一个非洲猎人的见闻》，我把它重新修改了一下。"

她笑了："啊！不错。"

她想了一会儿说道："我想你还应该写一篇续文。现在我们一起来写吧。我们可以根据形势写一系列文章。"

他一边坐到餐桌前，一边说道："太好了！现在没有任何障碍了，那个戴绿帽子的福莱斯特已经死了。"

她被刺伤了，干涩地说道："太过分了！我要求你别再没完没了地说这种笑话。你说得太多了。"

他正想反唇相讥，仆人送来一份急件，信上没有署名，只写一句话：

我昏了头。原谅我，明天四点钟您到蒙梭公园来。

他一看就明白了，心里充满了快乐。他不动声色地把蓝色信纸揣进口袋，一边对妻子说："我不再开此玩笑了，亲爱的。我知道，这很蠢。"

他开始吃晚饭了。

他一边吃，一边心里念叨着信上的话："我昏了头。原谅我，明天四点钟到蒙梭公园来。"这么说，她让步了？也就是说："我投降，我是您的，何时、何地碰头由您。"

---

① 丹吉尔：即摩洛哥。

他笑了出来。玛德兰娜问他:“你怎么啦?”

“没什么。我想起了一个我有时会碰到的神甫,他有一张令人发笑的脸。”

第二天,杜・洛瓦准时赴约。公园里所有的凳子上都有人坐着,那是一些热得受不了、出来凉快凉快的平民,或者是一些懒洋洋打瞌睡的保姆们,她们任凭孩子们玩路边的沙石。

他看到瓦尔特夫人在一座古老的小马戏场遗址里面。她神情忧伤,焦虑不安地绕着小马戏场的一个个圆柱转悠。

他向她一打招呼,她马上接口道:“这个公园里游客真多!”

他趁机道:“是的,您愿意另找地方吗?”

“哪儿?”

“随便哪儿,比如说,就在车上吧。您把那一边的帘子放下来,别人就看不到您了。”

“好,我觉得还是车上好,在这里我怕极了。”

“好吧,过五分钟,您到通往马路的公园门口找我。我将叫一辆马车来。”

他跑步走了。

她到公园门口找到了他,她把自己这边的车窗遮得严严的。一安顿好,她就迫不及待地问道:“您叫车夫把我们拉到哪里去?”

乔治答道:“您什么都不用管了,他知道。”

他把康斯坦丁诺堡大街上的公寓地址给了车夫。

她又说道:“您不知道因为您我多么痛苦,我心里矛盾极了,受尽了折磨。昨天我在教堂里态度很生硬,我真想不顾一切避开您。我很怕单独和您在一起。您能原谅我吗?”

他拉住她的手说道:“行,行,我这么爱您,还有什么不能原谅的呢?”

她恳求地望着他:“您听着,您必须答应一定尊重我……不要……否则,我不会再见您了。”

他没有立即回答,他的翘胡子下隐藏着一丝令女人们神魂颠倒的微笑。他终于低语道:“我是您的奴隶。”

于是,她向他倾诉了她听到他要娶玛德兰娜・福莱斯特为妻的时候才发现自己爱上了他。她把所有细枝末节、最隐秘的事情都叙述得一清二楚。

她突然说不下去了。马车停了下来。杜・洛瓦把车门打开。

“这是什么地方?”她问道。

他答道:“请下车,请进屋。在屋子里比较安静。”

“这是什么地方?”

“是我家。这是我单身时的住所……我把它租下来……住几天……为了我们可以有一个角落见面。”

她紧紧缩在马车座椅里,想不到自己竟然来此幽会,很害怕。她喃喃道:“不,不,我不愿意!我不愿意!”

相关链接

4.“噢！这还是第一次有人找上门来，不是借书或者办借书证，而是为了学诗。”布耶习惯地做了个鬼脸，不过话音里还是可以听出不甚得志的苦味。以后莫泊桑了解到，总有笑脸的布耶，内心实在是充满了痛苦，不过他性格坚毅，连痛苦在他身上看来也像是欢乐。

不消说，布耶收下了这个学生。

他坚决地说道：“我向您发誓，我会尊重您的。来吧，您看人家都在看我们了，马上会有人围上来的。赶快下车……快……下车。”

他再次保证：“我会尊重您的。”

一个酒店老板站在店堂门口好奇地看着他们。她害怕了，跳下车，冲进了屋子。

她正要上楼，他抓住她的胳臂：“这里，在底楼。”

他把她推进了底楼小屋。

他刚把门关上，就一把抓住他的猎物。她拼命挣扎，叫道：“啊，上帝！……啊，上帝！……”

他忘乎所以地拼命吻她的脖子、眼睛、嘴唇。她左躲右闪逃不过他狂热的抚摸，她一边推搡，躲避他的嘴唇，一边却不由自主地拼命吻他。

突然，她一下子停住不再挣扎了，任凭他把她的衣服一件一件脱掉。他动作熟练迅速，他把她所有的衣裙都脱个精光，他的手指就像室内侍女那样轻巧。

她从他手中夺回她的胸衣，遮住自己的脸，她赤身裸体地站在一堆衣裙中间。

他没有再脱去她的靴子，他把她抱在怀里走向床边。她在他耳边断断续续地喃喃说道：“我向您发誓……我向您发誓……我从未有过情人。”

她的神情就像一个年轻姑娘发誓说“我是处女”一样。

他心想：“我倒无所谓。”

第 五 章

秋天到了。

整个夏天杜·洛瓦夫妇都在巴黎，他们趁议员们度假期间在《法兰西生活报》上为新政府大肆鼓吹。

尽管十月份刚开头，各议会都已经重新开始开会，摩洛哥问题严重起来了。

议院休会那天，一位右派议员，朗倍尔·萨拉京伯爵作了一次精彩的发言，与会各派热烈鼓掌。他以他的胡子打赌反对行政法院首脑，他说新政府不能仿效旧政府向丹吉尔出兵。（据说以前印度有一个著名总督也以胡子打过赌）旧政府执行对称政策，在突尼斯和摩洛哥驻兵，保持左右平衡。其实，谁也不相信向丹吉尔出兵是个行之有效的办法。

朗倍尔·萨拉京还说：“其实非洲的土地是法国的一个火炉，先生们，这个火炉烧掉了我们最好的木材，这个火炉烧掉了银行的大量钞票。”

“你们以艺术家的狂热向左边的突尼斯派兵，付出了很大的代价。你们会看到，如果向右边的摩洛哥派兵，马罗先生将会重蹈他前任的覆辙。”

这篇发言不胫而走，人人皆知。杜·洛瓦就此写了十篇有关阿尔及利亚殖民地的文章，正好成了他初涉报界所写的一系列文章的续篇。尽管他相信政府不会派兵，他仍竭力支持出兵的观点，他挑起爱国主义的心弦。他拼命攻击西班牙，凡是用来攻击、反对与之利益相背离的人的所有论据，他都用上了。

《法兰西生活报》大大提高了它对政府当局的重要性。它往往抢在各严肃报纸之前报道一些政治新闻，透露它的部长朋友们的意图。巴黎和外省的所有报纸都从它那里寻找信息，各报摘录它的报道或对它的报道质疑。它开始变得举足轻重起来，受到人们的尊敬，它不再是某个政客集团的喉舌，而成了政府承认的一张报纸。拉罗什·马蒂安是报纸的灵魂，杜·洛瓦是他的发言人，老板瓦尔特老爹默默地隐在幕后张罗摩洛哥的一处巨大铜矿的事务。

玛德兰娜的沙龙成了一个信息汇集中心，政府好几位成员每星期都到她的沙龙碰头。行政法院主席甚至在她家吃过两次晚饭。以前犹犹豫豫不想进她家门的政府要员的夫人们，如今以成为她的朋友为荣。她们常常主动去看望她，而她则很少去看望她们。

外交部长几乎像个主人似的出入他们家。他随时都可以来，他总带来许多急于拟写的电报、消息报道。他口述，由杜·洛瓦或他的妻子笔录，好像他夫妇俩是他的私人秘书似的。

部长走后，只剩下杜·洛瓦和他的妻子面对面时，他就恶狠狠地咒骂部长是个平庸之辈。

但是她不屑地耸耸肩说道：“你先像他一样做点事，等你也当上了部长，你才可以神气。在这之前，你还是不说为妙。”

他翘了翘小胡子，斜眼看着她：“谁也不知道我有多大能耐，也许有一天大家会对我刮目相看。”

她很有哲理地说道：“只要活着，总看得到的。”

两议院开会的那天早上，杜·洛瓦起床穿衣，准备去拉罗什·马蒂安家吃午饭，他要在开会前听取他有关第二天《法兰西生活报》的政论文的指示，这篇文章将非正式地透露政府的真实计划。

玛德兰娜还没有起床，她对丈夫一再叮嘱道：“千万别忘了问他必要时是否会派贝隆克勃将军到奥兰省去，这一点是很能说明问题的。”

乔治很不耐烦地说道：“我知道该怎么做，用不着你多说，你让我安静一些。”

她平静地说道：“亲爱的，我关照你对部长说的话，你总忘记一半。”

他大声吼道：“你那个部长，我受够了！他是个笨蛋！”

她仍平静地说道：“他不再是我的部长，而是你的部长。他对你比我更有用。”

他朝她稍稍转过身取笑道：“对不起，他并没有向我献殷勤。不过，他让我们发财。”

他不做声了。过了一会儿，他说道：“如果让我在你的崇拜者中选择，我情愿挑选那个伏德里克老头。他近况如何！我有一星期没有见到他了。”

相关链接

5. 正纳闷之际，冷不防从靠里的沙发背后冒出一个人来，冲着莫泊桑厉声喝道："小坏蛋，竟敢写诗污蔑教会！把他赶出神圣的教会学校！"说罢，便呵呵大笑起来。……"这是谁，显然很了解我的底细。"……"居斯塔夫·福楼拜先生"

她仍不动肝火地说道："他病了，他写信告诉我他卧病在床，正在输液。你最好去看看他。你知道，他很喜欢你，他会很高兴的。"

乔治说道："好吧，我一定去看他。"

他梳洗完毕，戴上帽子，审视一下有否疏忽不当之处。一切都很妥当。他走到床边吻一下妻子的额头，说道："一会儿见，亲爱的，我最早七点钟回来。"

他出了门。

拉罗什·马蒂安先生已经在等候他了。这天拉罗什十点就吃午饭，中午十二点在议会开会前到行政院碰头。只有部长的私人秘书和他们共进午餐，拉罗什·马蒂安夫人不愿意提前吃午饭。他们一坐到餐桌前，杜·洛瓦就谈他的文章，他把重点划出，又查对一下临时写在名片上的一些记录，然后问部长："亲爱的部长，您有什么地方要改动的吗？"

"没有什么要改动的。关于摩洛哥问题，您也许说得太肯定了一点。关于出兵的问题，要把它说得煞有介事，又要暗示不会出兵。您是相信一点点可能性都没有的。要让读者在字里行间明白我们不会卷入这场冒险之中。"

"好极了，我明白了。我会让读者明了的。我妻子曾要我问您是否会派贝隆克勃将军去奥兰省，听了您刚才说的话，我想是不会的。"

部长回答道："不会的。"

接着，他们谈论起即将召开的议会，拉罗什·马蒂安开始预演几小时后的高谈阔论，竭力使他的发言在议员中间引起很大反响。他挥舞双手，一会儿举起叉子，一会儿举起刀子，一会儿又抓起一撮面包。他眼睛不看任何人，对着看不见的会场慷慨激昂地发表演说。他嘴唇上的小胡子一翘起来就像两只蝎子的尾巴。他的头发油光发亮，从中央分开紧贴两鬓，是个自耀其美的外省人。他虽然年事不高，但略嫌胖了一点，衣服下面的肚子已经挺起。他的私人秘书不慌不忙地吃着、喝着，无疑地，他已经听惯了部长先生的长篇大论。杜·洛瓦见他说得滔滔不绝，头头是道，妒忌心大发。他心里说："去你的，你们这些政客都是蠢货！"

他把自己和这个研里研唆的部长对比："上帝！如果我有十万法郎去参加鲁昂的议员竞选，和既狡黠又笨拙的诺曼底老乡玩玩手腕，我也会成为一个政府要员，和他们这些混蛋平起平坐。"

拉罗什·马蒂安一直讲到咖啡端上来。他看看时间不早了，就按铃吩咐备车。他向杜·洛瓦伸出手道："你都懂了吗？亲爱的朋友。"

"都懂了，亲爱的部长，您请放心。"

杜·洛瓦不慌不忙地到报社去写他的文章。四点钟以前，他没有什么事要干的。四点钟，他要到康斯坦丁诺堡大街去，他每星期一、五和德·玛雷尔夫人见面两次。

他走进编辑部，就收到一件封了口的快信，是瓦尔特夫人寄来的。信上说：

我今天必须和你谈一次。事情非常非常严重。你两点钟到康斯坦丁诺堡大街等我。

我要为你大大效一次劳。

你至死不渝的女友　维吉尼

他心里叫道:“上帝!真是个纠缠不休的女人!”

他怒气冲冲,马上离开了报社。他非常生气,无法工作了。

六星期以来,他试图和她断绝来往,但是她的热情有增无减。

她当了他情妇以后,脾气坏透了,连着三次约会,唠叨不停地责怪咒骂她的情人。乔治厌烦了,而且对这个装腔作势的成熟女人已经玩够了。他不想把事情闹大,只想以疏远的方式就此结束他们这段风流史。但是她却无休止地没完没了地缠住他不放,她的狂热折磨着他。

她要求每天都和他见面,随时随刻用急信召唤他到某个街角、某家商店、某个公园去会面。

她唠唠叨叨,总是这么几句话:她喜欢他呀,她爱他爱得要命呀。分手时,她又总是赌咒发誓:她见到了他多么幸福呀!

她做爱时总想出一些幼稚的、和她年龄不相称的方式,完全不是他想像中的她。原来她是非常体面的女人,毫无邪念,对于感情很冷漠,对于性爱很无知,平静地过了四十多年,过了冰凉的夏天,迎来了苍白的秋天。在这四十年枯黄的春天里,长满了还没有盛开就夭折了的花蕾或没有长好的细小花朵。并不年轻的她像个情窦初开的少女,对这迟到的爱情又热烈又天真。她的冲动出乎他的预料,她像个十六岁的少女发出轻声的叫喊。她絮絮叨叨地说不完那些令人发窘的甜言蜜语,那些已经不甚新鲜的情话。她发疯似的一天给他写十封信,信中堆砌了古怪的令人发笑的诗句,像那些印度人似的写了许多飞禽走兽的名字。他们俩一见面,她就像个胖囡似的抖动着绷得紧紧的胸脯,向他猛扑过来,紧紧地抱住他。她笨拙地拼命吻他,把他涂得满脸都是唾沫。她称他“我的耗子”、“我的狗”、“我的猫”、“我的首饰”、“我的蓝鸟”、“我的宝贝”……他听了恶心。他最看不得的是她每次都装成小孩样,做一些她自以为得意的假装胆怯的小动作,或者玩一些不规矩的寄宿生玩的小把戏。

她常常问:“这张嘴是属于谁的?”如果他没有马上回答“是属于我的”,她就会唠叨个没完,直到把他气得脸色发白。

他觉得她在谈情说爱上应该有分寸,要机敏谨慎,恰到好处;她作为一个当了母亲的有地位的成年女人,委身于他,本应该有所克制,甚至还应该掉几滴眼泪,可是她却不然。

她不停地对他说:“我多么爱你,我的宝宝!你也一样爱我吗?你说,我的宝宝。”

他再也听不下去她叫他“我的宝宝”、“我的贝贝”,他真想叫她“我的老太婆”。

她不厌其烦地对他说:“我真是疯了,我怎么会对你让步呢?不过,我不后悔,爱一个人真好!”

乔治对她这张嘴讨厌之极。她不断喃喃低语道:“爱一个人真好。”好像一个天真女子念台词演戏。

相关链接

6. 一八六九年七月十八日，布耶在四十七岁上猝然死去，这份打击的分量对莫泊桑和福楼拜来说是同样沉重的。莫泊桑失去了在诗歌道路上为自己引路的良师益友。

此外，她笨拙的抚摸也使他很恼火。这个漂亮的小伙子的吻使她欲火中烧，突然变得性欲旺盛起来。她那种笨拙的热情，那种煞有介事的动作，令杜·洛瓦发笑，他不禁想起那些年迈体衰学识字的老人。

她总是拼命搂住他，瞪着火辣辣的眼睛，用半老妇人害怕失去那最后的爱情的那种可怕的目光盯住他。她总是一言不发，只顾颤抖着嘴唇啃咬他。她沉重地把他压在她肥硕火热的肉体下，她用尽了力气仍不知足。她像个街头女郎那样扭个不停，一边还嗲声嗲气地说："我多么爱你，我的小宝宝，我多么爱你。和你的小情妇痛痛快快地作一次爱吧！"每当这种时候，他真想咒骂她，拿起他的帽子，立即冲出去，把门砰地关上。

他们经常在康斯坦丁诺堡大街幽会，但是杜·洛瓦担心会碰上德·玛雷尔夫人，现在他千方百计找借口不和她在那里约会。

每天他不得不到她家去，有时去吃午饭，有时去吃晚饭。她在桌子底下握他的手，在门背后向他伸过嘴去。但是他喜欢和苏珊娜玩，苏珊娜的滑稽举动很逗他开心。她的布娃娃般的身躯上竟长着狡黠灵敏的头脑。她像集市上的木偶做各种各样的表演，机智尖刻地取笑所有的人和事。乔治常常撩拨她、纵容她讥讽别人。他们俩很谈得来。

她不时地叫他："听着，漂亮的朋友。过来，漂亮的朋友。"

他马上离开瓦尔特夫人，跑到苏珊娜跟前。她咬着他耳朵说别人坏话，说完他们俩都开怀大笑。

瓦尔特夫人的爱使他厌烦，甚至不可遏制地感到恶心。他一看见她、一听到她的声音、一想起她就恼火。他不再到她家去了，也不回她信了，对她的召唤也置之不理了。

她终于明白他不爱她了，她痛苦极了。她发狂似的窥视他，跟踪他。她坐在挂下窗帘的公共马车里到报社门口、他家门口，到她认为他可能经过的大街上等候他。

他很想揍她，骂她，折磨她，明白地告诉她："嘘，我受够了，我讨厌您。"但是因为《法兰西生活报》的缘故，他总是有所克制。他对她态度冷淡、目光严峻，有时还出言不逊。他竭力让她明白该是了结的时候了。

她固执地想方设法要把他引到康斯坦丁诺堡大街去，总有一天这两个女人会在门口面对面地碰头，他一想到这点就发抖。

相反，夏天里，他对德·玛雷尔夫人的感情与日俱增。他称她是他的"小伙子"，显而易见，她很讨他喜欢。他们俩性格有相似之处。他们俩都不喜安宁，爱好冒险。他们都是体面的流浪汉，毫无疑问，和马路上的吉普赛人很相像。

他们一起度过了一个迷人的夏天，就像两个度蜜月的大学生。他们避开闹市出城，到阿让特依、布吉瓦尔、梅松、布瓦希等地去吃午饭或晚饭。他们坐小船在河上荡漾好几小时，沿河采摘岸边的野花。她很喜欢塞纳河的炸鱼、加酒和洋葱烹调的水手鱼，以及葡萄架下的小酒馆和船工们的吆喝。他很喜欢和她一起在某个晴朗的日子，乘上郊区火车，开心地边聊天边穿越巴黎郊外满是房屋别墅的难看的田野。

当不得不回城到瓦尔特夫人家去吃晚饭时，他就非常恨那个狂热的老情妇，心里仍想着在河边草丛里使他筋疲力竭、使他销魂的那个年轻的情妇。

他对老板娘明确地、很不客气地表明他决心和她断绝关系。他以为终于可以摆脱她的纠缠了，但是他在报社却又收到了她的快信，召唤他两点钟到康斯坦丁诺堡大街去。

他在路上又读了一遍信：

我今天必须和你谈一次。事情非常非常严重。你两点钟到康斯坦丁诺堡大街等我。我要为你大大效一次劳。

你至死不渝的女友　维吉尼

他心想："她又想要我干什么？这个老妖精。我敢打赌，她没有什么话要对我说的。她又会喋喋不休地对我说她喜欢我。不过，还是去看看。她说有一件重要的事，还说为我效劳，也许是真的。克罗蒂特四点钟来，我最迟三点钟让先来的那个女人走。上帝，但愿她们俩不要碰上头。女人们都不好惹！"

他想到惟有自己的妻子倒不与他纠缠不休。虽然她自顾自地生活，但在做爱时刻，可以看出她仍然很爱他，只是她不允许搅乱她的日常生活秩序。

他慢慢地向他的幽室走去，心里对老板娘越来越忿懑："啊！如果她并没有什么要紧的话可说，我要给她一点颜色瞧瞧。首先我要告诉她，我再也不会踏进她的家门了。"

他跨进屋门，准备洗耳恭听瓦尔特夫人的唠叨。

她几乎随后就到了。她一见他就嚷道："你收到我的快信了！真有运气！"

他拉长着脸说道："见鬼，我在报社收到信的时候正准备去议院。你叫我来干什么？"

她掀开面纱吻他。她像条经常挨揍的母狗，怯怯地说道："你对我这么凶……你跟我说话总没有好气……我怎么惹你了？你想像不到你使我多么痛苦！"

他咕哝道："你还有完没完？"

她站在他身边，期待着他露出一丝笑容或者做一个手势，她就会扑进他的怀里。

她喃喃道："你不能勾引了我又如此对待我，应该让我像以前一样理智、幸福。你还记得你在教堂里对我说的话吗？是你硬把我拉进这间屋子的。而现在，瞧你是怎样跟我说话的，瞧你是怎样接待我的！上帝！上帝！你使我多么伤心！"

他跺着脚跟，狠狠地说道："啊！够了！能不能让我见到你时不听这种唠叨，好像我勾引你时你才十二岁，您还是个无真无邪的天使。不，亲爱的，我们重温一下事实吧，根本没有诱骗未成年人的事。你委身于我时已经到了理智的年龄。我谢谢你，我万分感激你，但是我不能总拴在你的裙边直到老死。你有丈夫，我有妻子，我们俩谁都不是自由之身。我们都太任性了，我们都昏了头。完了。"

她说道："啊！你多么狠心！你多么粗鲁！你多么残忍！是的，我不再是一个年轻姑娘，但是

相关链接

7. 所幸的是，莫泊桑和福楼拜在彼此身上找到了慰藉，福楼拜对莫泊桑的慈父一般的友谊与日俱增。在捍卫好友布耶身后的荣誉、为纪念布耶纪念碑而奔走呼号的日子里，福楼拜就毅然独自挑起了培育莫泊桑的担子。

我从来没有爱过……”

他打断了她的话：“你这话对我说了二十遍，我知道。但是你有两个孩子……我并没有伤害你……”

她倒退一步道：“啊！乔治，你太狠心了！……”

她双手放在胸脯上，激动得说不出话来，真想大哭一场。

他看到她泪水涌上来，拿起放在壁炉上的帽子说道：“啊！你想哭，那么晚安吧！你难道把我叫来就是为了让我看你这场表演？”

她上前一步挡住了他的去路。她急急地从口袋里掏出一块手帕，狠狠地擦了一下眼睛。她努力克制自己，用镇定的声音说道：“不，我来告诉你……告诉你一条最新消息……一条政治新闻……你可赚取五千法郎……或者更多些……如果你愿意的话。”

由于痛苦，她的话说得断断续续的。

他马上软下来了，问道：“什么消息，你想要说什么？”

“昨天晚上，我偶然听到我丈夫和拉罗什的谈话，他们说话不怎么避开我的，他们有几句话使我很惊讶。不过瓦尔特先生关照部长不要让你知道这个秘密，因为你会把一切都捅出去的。”

杜·洛瓦把他的帽子放在一张椅子上。他很用心地等她讲下去。

“那么，他们说了些什么呢？”

“他们要占领摩洛哥！”

“嗨，我和拉罗什一起吃午饭时，他几乎给我口述了政府的意图。”

“不，亲爱的，他们对你耍了花招，因为他们害怕你知道他们的勾结。”

“坐下说吧。”乔治说道。

他自己在一张高背椅子上坐下。于是，她从地上拖过一只小凳子，坐在他的两腿之间，讨好地说道：“我心里总想着你，所以，现在我非常注意听身边人们说的悄悄话。”

她柔声柔气地告诉他，她早已猜到人们一边利用他，一边又提防他，背着他筹划一些事情。

她说：“你知道，一个人爱上一个人时，就会变得狡猾了。”

昨天晚上她终于明白这件事情非常严重，是一件正在秘密酝酿着的大事情。现在她笑了，为她自己的机敏而高兴。她越讲越兴奋，犹如一个司空见惯交易所的投机交易的女金融家。她见惯了成千上万的小资产者们、小股东们把他们的积蓄全数投在有名望的政治家或银行家名下，往往在两小时内被股市的大起大落，搞得一贫如洗，走投无路。

她一口气说下去：“啊！他们做得太绝了，太绝了。是瓦尔特一手搞的。他擅长此道，真的，他是这方面的老手。”

他迫不及待地催她不要多研唆：“到底怎么回事？快讲！”

“嗯！是这么回事。拉罗什一当上外交部长那天，他们就决定向丹吉尔出兵了，他们一点一点地购回了摩洛哥的债券，摩洛哥债券已经跌到六十四或六十五法郎。他们是通过不正当的经纪人悄悄购进摩洛哥债券的。他们甚至骗过了查尔德兄弟。罗氏银行看到总有人购进摩洛哥债券很奇怪。别人回答他们说购进此债券的都是一些山穷水尽的中间商，这家大银行也就安心了。而现在，就要出兵了，我们的军队到了摩洛哥，法国政府就可担保摩洛哥的债务。我们那两位朋友可赚到五千万至六千万法郎。你明白其中奥妙了吗？你也该明白他们多么害怕走漏一丁点风声。”

她把头靠在乔治的背心上，双臂搁在他的双腿上。她紧紧地贴在他身上，她明确地感到现在她使他发生了兴趣。她为了得到他的一下抚摸，他的一丝笑容，什么都肯干，哪怕犯错误。

他问道：“你的消息可靠吗？”

她很有信心地回答：“啊！我相信很可靠！”

他叫道：“他们做得太绝了！这个混蛋拉罗什，我要给他点颜色。啊！这个无赖，让他小心点吧！……让他小心点吧……这个部长的骨架子捏在我手心里了！”

他考虑了一会，咕哝道：“不过还是应该利用一下这个机会。”

“你也可以购进摩洛哥债券呀，”她说道，“这债券现在才七十二法郎。”

他说：“是的，但是我手头没有现金。”

她抬起眼睛看着他，目光中充满了恳求，说道：“我想到了，我的小猫，如果你是个好人，如果你爱我，就让我借钱给你吧。”

他几乎马上很生硬地回答道：“不，这不行。”

她可怜巴巴地低声求他：“听着，有一件事你不用借钱就可以做。我本想买一万法郎这个债券作我的私房钱。嗯！我将买下两万法郎债券！和你对半。你知道，我用不着把钱还给瓦尔特。目前不用花他一分钱。如果成功了，你可赚七万法郎；如果失败了，你就欠我一万法郎，你什么时候还我都行。”

他仍不同意：“不，我不喜欢这种合作。”

她想出种种理由来说服他。她说他只是口头借一万法郎，这事有些冒险，其实她并没有借钱给他，因为钱是通过瓦尔特银行支付的。

她还向他指明正是他在《法兰西生活报》鼓动了这场政治运动，使这件事成为可能，他理所当然应该从中得益。

他仍犹豫不决。她又说道：“你想想，实际上是瓦尔特借给你这一万法郎，你为他效的劳远远超过了这个数。”

“好吧！”他说道，“我和你对半分吧。如果我们失败了，我还你一万法郎。”

她高兴得站了起来，双手捧住他的头，饥渴地把他搂在怀里。

起先，他任她搂抱没有反抗，可是她越来越用劲，拼命吻他，抚摸他。他想到另一个马上就要来了，如果他心软一点就会耽搁了时间，他还会在这个老妇人身上消耗了精力，这精力

相关链接

保留给另一个年轻女人更值得。

于是,他轻轻地推开她道:"瞧,你理智些吧。"

她难过地看着他道:"啊!乔治。我连吻你都不行了。"

他答道:"不,今天不行。我有点头痛,我不太舒服。"

听了他的话,她顺从地坐下,仍坐在他双腿之间。她问道:"你明天到我家来吃饭,好吗?你能来的话,我会多么高兴!"

他犹豫了一下,不敢拒绝她。他说道:"好,一定去。"

"谢谢,亲爱的。"

她发嗲地用她的脸颊慢慢地、均匀地摩擦年轻人的胸脯,她的一根长头发挂在他的背心的一颗纽扣上。她发现了。一个发疯般的念头一闪而过,这念头是女人们常有的一种迷信。她轻轻地把这根头发绕在纽扣上,然后,她又把另一根头发绕在上边一颗纽扣上。她在每一颗纽扣上都绕上一根头发。

过一会儿,他站起来时会把这几根头发都拔走,他会弄痛了她,多么幸福呀!他将毫无察觉地带走她身上的东西,他将带走她一小绺头发,他从未向她要求过。这绺头发把他和她连在一起了,这是一种秘密的、看不见的联系。她在他身上留下了一个法宝。他会不由自主地想到她,梦见她,第二天,他会更爱她。

他突然说道:"我必须与你告辞,有人约我议会结束时见面。今天我非去赴约不可。"

她叹口气道:"啊!那么急。"接着她无可奈何地说道:"去吧,亲爱的,你明天来吃晚饭吧!"

她突然离开了他的身子,她的头猛地痛了一下,像是被好几根针扎了似的。她的心怦怦直跳,但她很开心,因为是他让她得到了痛苦。

"再见!"她说道。

他会心地笑着搂住她吻了一下,目光却很冷漠。

她因为这接触兴奋不已,又喃喃咕哝了一句:"那么急!"她恳求的目光投向开着门的卧室。

他避开了她,急促地说道:"我得走了,我要迟到了。"

她向他伸过嘴唇,他勉强碰了一下。他把她忘了的小阳伞递给她,说道:"我们走吧,走吧,我们赶快走吧,已经三点多了。"

她先他走了出去。她叮嘱道:"再见,明天七点钟。"

他们分道而去,她向右拐弯,他向左。

杜·洛瓦一直走到外面的大街上。他走到马莱什勃大街上,慢慢地沿着这条马路往前走。他走过一家糕点铺,看到一只晶体杯里盛放着冰糖栗子,他想:"我给克罗蒂特带一磅去。"他买了一口袋这种她爱得发疯的果子。

四点钟,他回去等他的年轻情妇。

8. 莫泊桑的习作中只要有一字之得,福楼拜也给予称赞。但总的来说,福楼拜并不欣赏这位年轻弟子的诗作。可是,在确信莫泊桑缺乏诗才之前,他不会轻率地出示"此路不通"的红牌。所以,他一再热忱地鼓励莫泊桑:用功,用功,再用功。

她来得稍迟一点，因为她丈夫回来休假一星期。她问道："你明天来吃晚饭吧。他看见你会高兴的。"

"不，我到老板家去吃晚饭。我们有一连串政治、经济方面的事要商谈。"

她已经摘下帽子了。她缓慢地脱去紧绷着的胸衣。

他指给她放在壁炉上的那袋栗子。

她拍手道："真有运气！你真好。"

她拿起栗子袋尝了一颗，赞道："真好吃。我要一颗不剩地全都吃了。"

她快活地、娇嗔地看着乔治，说道："你纵容我所有的坏习惯。"

她慢慢地一边吃着栗子，一边不住地盯着盛栗子的口袋，似乎想看看里面是否还有栗子。

她说道："喏，你坐到这张靠背椅上，我就坐在你的两腿中间吃我的糖果，我的感觉会非常良好的。"

他笑笑坐了下来，张开双腿把她夹在中间，就像刚才把瓦尔特夫人夹在两腿中间一样。

她朝他抬起头来跟他说话。她含着栗子对他说道："你不知道，亲爱的，我梦见了你。我梦见我们俩骑着一只骆驼作一次长途旅行。这是一只双峰骆驼，我们各人骑在一个峰上，一起穿过荒漠。我们带了三明治纸包和一瓶酒，就在驼峰上吃饭。但是我很无聊，因为没有其他事可干，我们俩互相隔得很远，我想下来。"

他接口说道："我也想下来。"

他笑了，这故事使他很开心。他要她继续聊些无稽之谈，讲些幼稚可笑的故事，说些所有情人们说不尽的亲热的蠢话。这些淘气的话语从德·玛雷尔夫人口里出来，乔治听得很悦耳。如果从瓦尔特夫人口里出来，那他就很讨厌了。

克罗蒂特也叫他"我的亲爱的"、"我的小宝宝"、"我的小猫"。她这些称呼他觉得很动听很悦耳。刚才另一个同样的称呼，却使他听了很恼火，感到恶心。

但是，他一边尽情寻欢作乐，一边仍想着他将要赚到手的七万法郎。突然，他用手指轻轻地敲了一下脑袋，打断了女友绵绵不绝的话语："听我说，我的小猫。我托你给你丈夫传一句话，以我的名义告诉他明天买一万法郎摩洛哥债券，这债券现价是七十二法郎，我让他在三个月以内赚取六至八万法郎。嘱咐他绝对保守秘密。以我的名义告诉他，已经决定向丹吉尔出兵了，法国政府将担保摩洛哥的债务。你不要把此消息走漏给其他人。我告诉你的是国家机密。"

她很认真地听他讲完，喃喃道："我谢谢你。今天晚上我告诉我丈夫。对他你可以放心，他不会说出去的。他是个很认真的人，没有任何危险的。"

她把所有栗子都吃光后，把纸袋揉成一团扔进壁炉里。她说："我们去睡觉吧。"

她不等站起来就开始解开乔治背心上的纽扣。

她突然停了下来。她两个手指从一个纽扣上夹出一根长头发。她笑了起来："瞧，你把玛

相关链接

德兰娜的一根头发带出来了，真是一个忠诚的丈夫。"

接着，她变得严肃起来，她久久地审视手上这根不易察觉的发丝。她低声道："这根棕褐色头发不是玛德兰娜的。"

他笑道："也许是收拾卧室的女仆掉下的头发。"

她像个警察似的仔细审视他的背心，她又找到绕在另一颗纽扣上的一根头发，接着她又发现了第三根头发。她脸色发白，全身有点颤抖。她叫了起来："啊！你和另一个女人睡觉，她把头发绕在你所有的纽扣上。"

他很奇怪，慌乱地说道："没有呀，你疯了……"

突然，他想起来了，明白了。起先，他很惊慌，然后，他开玩笑似的一口否认，他并不因为她怀疑他另有所爱而生气。

她继续寻找，继续找到缠在纽扣上的发丝。她急急地把它们从纽扣上解下来扔在地毯上。

她以女人的狡猾的直觉猜到了。她怒气冲冲的，像要哭了。她说道："她爱你，这个女人……她要让你带走她身上的一点东西……啊！你多么卑鄙……"

突然她尖叫了一声，她的叫声中带有神经质的快感。她说道："啊！……啊！……这是一个老太婆……这里有一根白头发……啊！对了，你现在勾引起老太婆了……她们付你钱了吗？你说……她们付你钱了吗？……啊！你和老太婆勾搭上了……那么，你用不着我了……你去跟那个女人好吧……"

她站起来，跑到扔着她的胸衣的椅子边，急促地把它穿上。

他想拉住她。他很难堪地喃喃说道："不……克罗……你真蠢……我不知道是怎么回事……听我的话……你别走……"

她重复道："跟你的老太婆好去吧……留住她……用她的头发，用她的白头发给你做一个戒指吧……你会有足够的白头发做戒指的……"

她动作急促迅捷地穿好衣服，理理头发，戴上面纱。他想要拉住她，她用尽力气甩了他一个耳光。他被打得晕头转向时，她拉开门跑掉了。

他一个人留在屋子里，心里满腔愤恨，他恨这个讨厌的瓦尔特老太太。啊！他要狠狠地把她揍得趴下。

他用水洗了被打红的脸后也走了，心里念叨着一定要报仇。这一次，他不再原谅了，决不原谅。

他一直走到大街上，随便走到一家首饰店铺前停下来，看到一只精致的怀表，这只表标价一千八百法郎，他想要它已经很久了。

突然，他内心一阵欣喜："如果我赚到七万法郎，我就可以买下这只表了。"他开始想像用这七万法郎所能买下的东西。

首先，他将当上众议员，然后买下这只怀表，然后到交易所去玩玩股票，然后……然

9. 普法战争爆发时，莫泊桑才满二十岁。就在这充满战争狂热的七月，在拿破仑第三为招募"六十万士兵"而掀起的征兵运动的最初的日子里，他被征召入伍。他和大批同年龄的所谓"七〇级士兵"先被集中到巴黎东面的万森要塞。在那里经过简单的考核，他随即被送往驻扎在鲁昂的勒阿弗尔军区第二师，在该师后勤处当一名文书。

后……

他不想到报社去，他想在见到瓦尔特以前先和玛德兰娜谈谈。他就往家里走去。

他走到特鲁奥街时突然停了下来，他想起该去问候伏德里克伯爵，他住在安丁街。他又回头慢慢走。他心里想到了千百件事情。他高兴地想到一些开心的事情，想到即将发的财，想到无耻的拉罗什，也想到了已经衰老的老板娘。不过，他并不把克罗蒂特发脾气放在心上，他知道她很快就会原谅他的。

他走到伏德里克楼下。他问看门人："德·伏德里克伯爵好些吗？听说前几天他病得很重。"

看门人答道："伯爵先生情况不妙，先生。据说，他过不了今天，他又吐血了。"

杜·洛瓦惊呆了，他不知道该怎么办好！伏德里克快死了！他脑子里乱极了。有些模糊想法是他自己不敢承认的。他喃喃道："谢谢……我以后再来……"他自己都不明白自己所说的话。

他跳上一辆公共马车回家去。

他妻子已经回到家里了。他气喘吁吁，一走进卧室就对她说："你知道吗？伏德里克快死了。"

她正坐着读一封信。她抬起眼睛连看三下，重复道："嗯？你说什么？……你说什么？……你说什么？……"

"我说伏德里克快死了，他吐了血。"他又说道，"你打算干什么？"

她站了起来，脸色苍白，毫无血色，双颊神经质地抖动。然后，她双手捧着脸号啕大哭起来。她哭得很伤心，哭得身子摇晃不停。

突然，她克制住自己，擦擦眼睛说道："我要去看看……你别管我……我不知道几点钟能回来……别等我……"

他说道："好，你去吧。"

他们握握手，她急匆匆地出去，连手套都忘了。

乔治一个人吃了晚饭就着手写文章。他按部长的意愿写这篇文章，让读者以为政府不会出兵摩洛哥。然后，他就把文章送到报社，和老板谈了一会儿后，嘴上叼着烟离开了报社，他不知为什么感到特别轻松。

他妻子还没有回家，他独自先上床，很快就入睡了。

半夜里，玛德兰娜回来了。乔治一下子醒了，从床上坐起，他问道："怎么样？"

他从未见过她如此苍白，如此激动。她喃喃道："他死了。"

"啊！……他没有对你说什么？"

"没有。我到他家时，他已经失去知觉了。"

乔治陷入沉思之中。有几个问题到了嘴边，他不敢吐出来。

"你睡吧。"他说道。

相关链接

10. 莫泊桑为逃避饥饿的痛苦才当小职员的，他却为自己招来了失去自由的更大痛苦。文牍工作是这样枯燥难耐，办公室又只有朝院子的一面开有窗户；那院子狭小得很，从窗口向外望去，只能看到“一秒钟的飞旅”。不难想像，这种生活会使“脱缰的小马”何等地烦闷。

她急急地脱去衣服，挨着他躺下。

他又说道：“他临死前没有亲戚在他床边？”

“只有一个侄子。”

“啊，这个侄子经常去看他吗？”

“从来不去。他们十年不见面了。”

“他还有其他亲戚吗？”

“我想没有了。”

“那么这个侄子是他的继承人了？”

“我不知道。”

“伏德里克很有钱吧？”

“是的，他很有钱。”

“你知道他的财产情况吧？”

“不，我不太清楚，也许有一两百万吧？”

他不再说什么了。她吹灭了蜡烛。他们并肩躺在床上，默默地各自想着心事，都没有睡着。

他再也睡不着。瓦尔特太太答应他的七万法郎现在看来太少了。突然，他觉得玛德兰娜在哭。为了证实她是否在哭，他问道：“你睡着了？”

“没有。”她颤抖的声音里含着泪水。

他又说道：“我忘了告诉你，你的部长搞我们的鬼。”

“怎么回事？”

他把拉罗什和瓦尔特正在搞的勾当详详细细地告诉了她。

他刚说完，她问道：“你怎么会知道这件事？”

他答道：“请允许我无可奉告。你有你的消息来源，我并不介入进去。我也希望保留我的消息来源。不过，我保证我的消息绝对可靠。”

她低声道：“是的，有可能……我也怀疑他们背着我们在干些事。”

乔治的倦意消失了。他凑近妻子，温柔地吻吻她的耳朵。她猛地把他推开。她说：“我请你让我安静些，好吗？我没有情绪寻开心。”

他无可奈何转过身去，面朝墙壁，闭上眼睛，最后睡着了。

第 六 章

教堂蒙上了黑纱。教堂门口的一个大纹章上罩着的一个花圈告知人们,这里正在举行一位绅士的葬礼。

仪式刚刚举行完毕。送葬的人们排着队,慢慢地从伯爵的侄子面前走过。伯爵的侄子和人们一一握手还礼。

杜·洛瓦和妻子走出教堂,并肩走回家去。他们一言不发,各有心事。

乔治终于吭声了,他像自言自语地说道:"真奇怪!"

玛德兰娜问道:"有什么可奇怪的,我的朋友?"

"伏德里克没有给我们留点什么。"

她满脸通红,好像她白皙的脸上突然一下子蒙上了一张玫瑰色的面纱,而且一直红到脖子上。她说道:"他为什么一定要给我们留点东西?没有理由这样做嘛。"沉默了一会儿后,她又说道:"也许在公证人那里有一个遗嘱,我们对此还一无所知。"

他想了一下,然后咕哝道:"大概会有的,他到底是我们俩最好的朋友。他每星期来我们家吃两次饭,而且他随时都可以来我们家。他在我们家像在他自己家里一样。他像一个父亲一样爱你。他没有家庭,没有孩子,没有兄弟姐妹,只有一个侄子,还只是一个远房侄子而已。是的,应该有遗嘱的。我不图什么,只想要一个纪念,证明他想过我们,他爱我们,他感激我们善待他。他应该给我们一个友谊的表示。"

她若有所思地淡漠地说道:"可能有一个遗嘱。"

他们在家里聊着,仆人送来一封信给玛德兰娜。她拆开了信,然后把信递给丈夫。

公证人拉芒诺先生事务所

伏日大街十七号

夫人:

我荣幸地请您于星期二、星期三或星期四,两点至四点到本人事务所来一次,谈有关您的事务。

此致……

拉芒诺

相关链接

11. 莫泊桑退伍以后，母亲一直在为他的未来操心。小儿子艾尔维喜欢种植花木菜蔬，愿意呆在乡间做一个农民也倒罢了。但洛尔知道，吉是在文学上怀有远大志向的。他将如何实现自己的理想呢？——一八七二年一月二十九日，洛尔在给老友福楼拜的信中忧心忡忡地写道："吉要找到适合于他的道路，也许就困难得多了。"

这次乔治脸红了。他说道："大概是关于遗嘱的事。真奇怪，他请你去，而不是请我去，我是一家之主呀。"

她没有马上回答，稍稍想了一下后，她说道："等会儿我们一起去，你愿意吗？"

"好，我很愿意。"

他们一吃完午饭就去事务所了。

他们走进拉芒诺先生事务所。门口的文书马上站起来，急忙领他们去见他的老板。

公证人是一个滚圆的小个子，圆圆的脑袋安在圆圆的身躯上，两条腿又胖又短，也像两个圆球。

他跟他们夫妇打了招呼，请他们坐下，转头朝玛德兰娜说道："夫人，我请您来是向您宣布伏德里克伯爵留下关于您的遗嘱。"

乔治脱口而出，低声道："我估计到了。"

公证人继续说道："我向你们宣读这个文件，不过，这个文件很短。"

他从面前一个文件夹里取出一张纸读道：

本人保尔·爱弥尔·西普里安·贡特朗·伏德里克伯爵，头脑清晰，身体健康，在此立下我最后的愿望。

死神随时都会把我带走。为预防死神突然来临，我写下此遗嘱，存放在拉芒诺先生处。

我没有直接的继承人，我所有遗产都无条件地由克莱尔·玛德兰娜·杜·洛瓦夫人继承，计有六十万法郎股票和五十万法朗不动产。我请求她接受一个死者朋友的赠与，以此证明他对她的忠诚及深厚的感情和敬意。

公证人补充道："文件就此结束。这文件是今年八月份签署的，它替代了两年前以克莱尔·玛德兰娜·福莱斯特夫人为继承人的那份遗嘱。如果家族提出异议的话，我保留了第一份遗嘱，可以证明伏德里克伯爵先生的初衷并没有改变。"

玛德兰娜脸色苍白，眼睛看着自己的双脚。乔治很激动，用手指卷弄着他的翘胡子。沉默了一会儿，公证人又说道："当然研，先生，没有您的同意，夫人不能接受这笔遗产。"

杜·洛瓦站起身，干巴巴地说道："我要考虑一下。"

公证人微笑着躬一下身，亲切地说道："我明白您顾忌什么。我应该告诉您，德·伏德里克先生的侄子今天上午已经知道了他叔叔最后的意愿，他声明只要给他十万法郎，他就同意遵守遗嘱。据我看，遗嘱是无懈可击的，但是诉讼会闹得满城风雨，还是避免为好。世界上的事往往并不公平。不管怎么样，您能否在星期六以前把您对遗嘱的所有要点的答复告诉我。"

乔治躬一下身道："好的，先生。"

他说完很有礼貌地向公证人告辞。他妻子一直保持着沉默，他让她先走。看到他怒形于色，公证人收起了笑容。

他们俩一回到家，杜·洛瓦猛地把门关上，把帽子扔在床上，问道："你当过伏德里克的情妇？"

玛德兰娜摘下面纱，吃惊地转过身道："我？啊！"

"是的，你！一个人不会无缘无故把所有财产都送给一个女人，如果她不……"

她全身发抖，连扣子都解不开了。

她沉思了一会儿，惶恐地嘟哝道："瞧……瞧……你疯了………你是……你是……刚才你不是还在希望他给你留下点什么吗？"

乔治站在她身边，盯着看她的表情，就像一个检察官在寻机抓住被告的一丁点儿漏洞。他一字一顿地说道："是的，他可以给我留点什么，给我……给我，你的丈夫……给我，他的朋友……你明白吗？……但是，不可以给你……不可以给你，他的女友……不可以给你，我的妻子……从常理上讲，从公众舆论上，这点区别是很要紧的……"

现在轮到玛德兰娜盯着他看了。她以深沉的目光奇特地看着他的眼睛，好像要看透他目光里的含义。她要看透这个陌生人。从来没有人琢磨透过这个人，只有他放松警惕或不在意的时刻，在短促的几秒钟内，就像隔着门缝勉强发现一点他内心的秘密。她慢慢地一字一顿地说道："然而我觉得，如果……他把这一大笔遗产留给……你，人们至少也会奇怪的。"

他急促地问道："为什么？"

她说道："因为……"她犹豫了一下，说道："因为你是我丈夫……你认识他不久……因为我很久以来就是他的女友……我……因为他立下第一份遗嘱时，福莱斯特还活着，他那时已经决定把遗产留给我了。"

乔治大步在屋子里走来走去。他叫道："你不能接受这笔遗产。"

她无所谓地说道："很好。那么，不用等到星期六了，我们马上就通知拉芒诺先生。"

他走到她面前停了下来。他们四目对视，都想看透对方内心的秘密，触摸对方思想中的痛处。这是同床异梦的两个人面对面的斗争。这两个人生活在一起，但互相一无所知，只会猜疑、窥探、闻嗅那些无法了解对方心灵深处最见不得人的东西。

突然，他凑近她的脸低声说道："喏，你得承认你曾经是伏德里克的情妇。"

她耸耸肩："你是蠢货……伏德里克对我非常好……仅此而已……从来没有非分之想。"

他跺着脚道："你撒谎！这是不可能的。"

她平静地说道："然而事实如此。"

他又在房间里走来走去。他停下来说道："那么，你说，为什么他把所有的财产都留给了你，给了你……"

她漫不经心地冷淡地说道："很简单，就如你刚才所说的，他只有我们，或者说只有我是他的朋友。我还是个孩子时，他就认识我，我母亲在他亲戚家当伴娘。他经常来这里，由于他没有血缘继承人，他就想到了我。他对我有点爱情，可能吧。但是哪个女人没有如此被爱过！

相关链接

12. 莫泊桑的剧作未能打入剧院，他的短篇小说倒是接连载诸报刊。第一篇派上用场的短篇小说题为《人手模型》于一八七五年发表在《洛林季风桥年鉴》上，用的是“约瑟夫·普吕尼埃”的笔名。

他埋藏在心里的对我的爱促使他作出最后的决定，为什么不可以呢？每星期一，他送花给我。你一点也不见怪，他不是也没有送花给你吗？今天，出于同样的理由，他把财产留给我，因为他没有其他人可以赠予。相反，如果他把财产留给你，那才是令人大吃一惊呢。他为什么要把财产留给你？你是他什么人？”

她讲话时态度那么自然、平静，乔治犹豫了。

他说道：“这是一回事，我们不能在这种条件下接受这笔遗产，否则，后果很糟糕。大家都会相信的，都会议论纷纷笑话我。同事们本来就妒忌我，他们随时准备打击我。我比任何人都要更加注意我的面子和名声。我不能接受也不能允许我的妻子接受一个盛传是她情人的遗产。也许福莱斯特会容许，但是我，决不。”

她柔声地说道：“嗯，我的朋友，我们不接受吧，只不过我们口袋里少了一百万法郎，仅此而已。”

他不停地踱步。他抬起头想了想，眼睛却不看他妻子，说道：“嗯！是的……一百万……算了……他不知道他留下这么一个遗嘱犯了多大错误，他忘了世俗成见。他没有看到他把我放在一个多么可笑、多么难堪的位子……生活中总不是千篇一律的……他本应该留给我一半，这样事情就好办了。”

他坐了下来，架起了二郎腿，卷弄着胡子尖。他遇到难题心烦意乱时就做这个动作。

玛德兰娜拿起她绣了一半的靠垫，一边挑选毛线一边说：“无话可说，由你考虑吧。”

他想了好久没有答话。然后，他犹豫不决地开腔了：“人们永远不会理解伏德里克让你当他惟一的继承人，而我竟然接受了。以这种方式接受这笔财产，等于承认……承认从你这方面来说，和他有一种见不得人的联系；从我这方面来说，是一种不光彩的默认……你明白别人将怎么看待我们接受这笔遗产的。必须找到一种迂回的办法来掩盖这种事。比如说，让人们以为他是把这笔遗产分给我们俩的，一半给做丈夫的，一半给做妻子的。”

她问道：“遗嘱已经写好的，我不知道怎么把这笔遗产一分为二。”

他答道：“啊！这很简单，你可以把遗产的一半作为生前赠给我，我们没有孩子，这是可行的。这样，别人就无话可说，闭上嘴了。”

她不耐烦地反驳道：“伏德里克签名的遗嘱明摆着，我看不出别人怎么会无话可说闭上嘴的。”

他冒火了，说道：“我们用得着把遗嘱贴在墙上公之于众吗？你真蠢。我们可以说，伏德里克伯爵给我们各留下一半遗产……这样就行了……再说，不得到我的同意，你是不能接受这笔遗产的。我同意你接受遗产，条件是我们各人一半，这样我就可以不被别人笑话。”

她用尖锐的目光看着他，说道：“随你便吧，我同意。”

于是，他站起来在房间里踱起步来。他好像犹豫了。他避开妻子尖锐的目光，说道：“不行……不行……还是全部放弃为好……这样更理直气壮……更行之有理……更体面一些……这样别人就不会胡乱猜测……绝对无话可说。最会挑剔找岔的人也只能向我们低头鞠躬。”

他走到玛德兰娜跟前停了下来。他说道：“嗯，如果你同意的话，亲爱的，我一人去见拉芒诺先生，向他咨询，并且向他解释。我要对他说我的顾忌，为了适当起见，我要求把我们各自得到的一半遗产作为补充约定，别人也不会有闲话。当我接受了这笔遗产的一半以后，任何人都无权取笑了。我可以理直气壮地说：‘因为我接受了这笔遗产，所以我妻子也接受它。我是她丈夫，我可以评判她的行为。’否则，就会引起丑闻。”

玛德兰娜只是低声说了一句：“随你便。”

他继续滔滔不绝地讲下去：“一分为二的处理是再明白不过了。我们继承了一位朋友的遗产，他不愿对我们俩有所区别，不愿意对我们俩有厚薄之分，不愿意摆出厚此薄彼的姿态说：‘我生前死后都更喜欢这一个或那一个。’当然，他更喜欢作妻子的，但是他把财产均等地一分为二，留给他们俩，就是为了表示，他更喜欢作妻子的完全是柏拉图式的。请你相信，如果他想到这一点的话，他会把它写进遗嘱里。他没有考虑到这一点，没有想到他的遗嘱将会引起的后果。正如刚才你说的，他每星期给你送花，他最后的纪念是留给你的，没有想到……”

她不快地打断了他：“我听明白了，你用不着多解释。你马上去公证人那里吧。”

他脸红了，喃喃道：“你说得对，我就去。”他拿起帽子，走出门时又对她说了一句：“我将尽力解决那侄子要的五万法郎，好吗？”

她高傲地说道：“不，把他要的十万法郎都给他，从我的份上扣吧，如果你想这样做的话。”

他突然感到难为情，喃喃道：“啊！不，我们一起分担吧。我们各人给他五万法郎，还净剩一百万呢。”接着他说道：“一会儿见，我的小玛德。”

他向公证人作了解释，他推说是他妻子想出来的。

第二天，他们就在玛德兰娜·杜·洛瓦生前赠予她丈夫五十万法郎的文件上签了名。

他们从事务所出来。天气很晴朗，乔治建议一直步行到大街上。他们和气、有礼、亲热地在街上走着。他满心欢喜地笑着，她绷着脸想心事。

已经是秋天了。天气凉爽，行人步履匆匆。杜·洛瓦把妻子带到那家他经常踯躅不前的店铺，那里陈列着他一心向往的那只怀表。

“我送你一件首饰，好吗？”他说道。

她冷淡地低声道：“随你便。”

他们走进店铺，他问道：“你喜欢什么，一根项链，一只手镯或者耳环？”

她见了那些金首饰和珍贵宝石，脸上的冷漠一扫而光。她眼睛发亮，很有兴味地盯着放满了灿烂的珠宝首饰的玻璃柜。突然，她激动地说道：“这根项链真漂亮。”

这是一根款式奇特的项链，每一个链圈都镶有一颗不同的宝石。

乔治问道：“这项链多少钱？”

珠宝商答道：“三千法郎，先生。”

相关链接

13. 决不要设想莫泊桑的天才是自天而降的。他每向天才的高度迈进一步，都曾付出巨大的劳动。赞叹莫泊桑日后的高产，须知他也曾有过叫苦不迭的日子："三周来我每晚都尽力写作，然而未写出一页干净的稿纸。"

"两千五百法郎，我就买下它。"

珠宝商顿了一下脚道："不，先生，不行。"

杜·洛瓦又说道："那么，我再花一千五百法郎买这只怀表，一共四千法郎，我付现钞。怎么样？不行的话，我就到别处去买了。"

珠宝商想了一会儿，终于答应了。

"好吧，先生。"

乔治把地址给了珠宝商，又说道："你在怀表上刻我的姓氏缩写 G. R. C.，字母上再刻上一个男爵的纹徽。"

玛德兰娜很吃惊，接着她笑了。

他们走出店铺，她亲热地挽起他胳膊。她觉得他真的很机敏、能干。现在，他有了年金，是应该有个头衔了。

老板对他们招呼道："你们可以放心，星期四就可完工，男爵先生。"

他们走到伏德维尔剧院前，剧院正在上演一出新剧。

"我们今天上剧场看戏，好吗？我们订一个包厢。"

他们订了一个包厢。

他问她："我们到餐馆去吃晚饭，好吗？"

"好的，我很愿意。"

他像个君王一样，得意非凡。他还想寻些开心。

"我们去请德·玛雷尔夫人晚上和我们共度良宵，好吗？听说她丈夫在巴黎。我将很高兴和他握手。"

他们去找德·玛雷尔夫人。乔治有点担心见到他情妇时不知该如何对待，有他妻子在场就可避免解释了。

但是，克罗蒂特显得毫不在乎，她甚至逼着她丈夫接受了邀请。

晚餐吃得很高兴，他们一起度过了一个可爱的良宵。

乔治和玛德兰娜回家已经很迟了。路灯已经熄灭了，乔治不时地划一根火柴照亮道路。

他们上到二楼。他划亮火柴，楼道镜子里便映出他们俩的身影。

他们好像两个在黑暗中出现又将消失的幽灵。

杜·洛瓦举起手中的火柴，让镜子里的影像更清晰些。他带着胜利的笑容说道："百万富翁从这里走过。"

第　七　章

征服摩洛哥已经两个月了。法国成了丹吉尔的主人，从地中海非洲一边的海岸直到特里波黎，都被法国占据了。法国担保了这个新的法属国家的债务。

据说两个部长赚了两千多万法郎，尤其拉罗什·马蒂安的名字如雷贯耳，家喻户晓。

至于瓦尔特，巴黎没有人不知道他一箭双雕，在摩洛哥债券上赚了四千万法郎，在铜矿和铁矿上赚了八百万至一千万。征服摩洛哥前，他就以极低价买下了巨额地产；法国占领摩洛哥的第二天，他又以高价卖给了殖民公司。

几天之内，他变成了一个巨头，一个拥有绝对权力、比国王还强有力的金融大亨。所有的人见了他都要点头哈腰，卑躬屈膝。他们结结巴巴，张口结舌，内心深处的渴望与怯懦溢于言表。

他再也不是犹太人瓦尔特，一家可疑银行的老板，一张靠不住的小报的主编，一个遭人非议的众议员。他是瓦尔特先生，有钱的以色列人。

他本人也竭力炫耀自己有钱。

他得知卡尔斯堡亲王手头拮据，而亲王有一幢在圣·奥诺尔大街最美丽的花园房子，花园正朝着香榭丽舍宫。他向亲王提议把这幢房子卖给他。二十四小时之内，这幢房子连同里面的家具都原封不动地到了他的名下，连一张椅子的位置都没有变动。他出价三百万法郎，亲王心动了，同意把房子卖给他。

第二天，瓦尔特就搬进了他的新府邸。

不久，他又想出了一个主意，他要像波拿巴特一样征服巴黎。

这一段时期，整个巴黎都在谈论匈牙利画家卡尔·马尔科维奇的一幅巨画，这幅画陈列在鉴赏家雅克·勒诺布尔那里，画的是耶稣信步海涛上。

艺术评论家们热情地赞扬这是本世纪最壮观的一幅画。

瓦尔特用五十万法郎买下这幅画，并立即把它带走了，一下子截断了络绎不绝的观画的好奇的人流，逼得整个巴黎都谈论他，眼红他，咒骂他，赞同他。

然后，他让各报纸报道他将于某天晚上邀请巴黎社交界所有的熟人来欣赏这幅外国绘画大师的杰作，他要堵住说他把艺术作品尘封起来的那些人的嘴。他的房子将敞开大门，谁愿意来都能进来，只要在门口出示一下请柬就行。

请柬如下：

相关链接

14. 回到巴黎，莫泊桑才在给科曼维尔夫人的信中倾吐出福楼拜之死使他感到的哀伤："我此刻敏锐地感到生活的无益、一切努力的徒劳、事物的可怕的单调，以及精神上的孤独；我们每个人都生活在这种精神孤独状态中，我只有在能够同他促膝交谈的时候，才不那么为其所苦。……"

瓦尔特夫妇请您赏光，于十二月三十日晚上九点—十二点，到他们寒舍，观看卡尔·马尔特维奇的油画：《耶稣信步海涛上》。有电灯照明。

请柬下边还用小字体注明：午夜以后有舞会。

于是，愿意留下的宾客们可以跳舞，瓦尔特夫妇将从中结交他们的新朋友。

其他人将观看油画，参观这幢房子，和其主人寒暄。体面的宾客将在好奇中带一点矜持、傲慢或冷漠，参观后他们将像来时一样陆续告辞。瓦尔特老爹知道他们以后还会再来，就像以前他们经常去巴结发了财的他的以色列兄弟们一样。首先要让他们走进他的房子，让这些有头衔的穷贵族们看一看他这个在六个星期内赚了五千万法郎的人的脸；也让他们看一看，数一数到他这里来的宾客；也让他们进来看一看他这个以色列人的儿子也有高雅的趣味，也能请他们来观赏一幅基督教的油画。

他似乎对他们说："瞧，我用五十万法郎买下了马尔科维奇的宗教杰作《耶稣信步海涛上》。这幅杰作保存在我家里，保存在犹太人瓦尔特的屋子里，就在我的眼皮底下。"

在社交界，在公爵夫人们和骑士们的社交圈里，大家纷纷议论瓦尔特的这次邀请。话说回来，瓦尔特的邀请并不带任何条件，去他家里看画犹如到布蒂先生的画廊里看水彩画。瓦尔特夫妇有一幅油画杰作，某天晚上，他们将敞开大门，让大家去欣赏那是最好不过了。

两个星期以来，每天晚上，《法兰西生活报》都报道有关十二月三十日晚会的消息，它努力煽动起公众的好奇心。

杜·洛瓦看到老板的成功就冒火。

他自以为从妻子那里榨取了五十万法郎就变得很有钱了，现在他认为自己还很穷，令人愤恨的贫穷。眼看着雨点般的法郎成百万地掉在他身边，他都与之无缘，捡不起来，他的这一点点钱又算得了什么。

他妒忌的怒火与日俱增。他愤恨所有的人，他恨瓦尔特夫妇，他不再到他们家去了。他恨他妻子，她听信了拉罗什的谎言，不听他的话，没有买摩洛哥债券。他尤其愤恨捉弄他的部长，每星期到他家来两次的部长只知让他为其效劳，当秘书、经纪人、笔杆人。当部长口述让他作记录、写文章时，他真想疯狂地扼住这个得意非凡的人的脖子。作为部长，拉罗什政绩平平，为了守住他的钱袋，他不想让人猜到他的钱袋是鼓鼓的。但是，杜·洛瓦从这个青云直上的律师的咄咄逼人的话语中，从他傲慢无礼的动作中，从他充满自信的、轻率的论断中，感觉到了他口袋里的金币。

现在，拉罗什在杜·洛瓦家中反客为主，替代了昔日的伏德里克伯爵，他俨然像个主人似的指使仆人们。

乔治气得发抖，但却容忍了，就像一只既想咬人又不敢咬人的狗。他经常对玛德兰娜发脾气，态度很恶劣，她只是耸耸肩，把他当成一个病态的孩子。不过，她很奇怪，他为何喜怒无常。她说道："我真不懂你为什么总是怒气冲天。你现在的地位很不错了。"

他转过身去不理她。

起先，他声明不去参加老板家的晚会，不愿意再踏进这个肮脏的犹太人的家。

两个月来，瓦尔特夫人每天都写信给他，求他去看她，或者到他指定的地方去幽会，她要把替他赚到的七万法郎交给他。

他没有回信，他把她言辞绝望的信都扔进火炉里去了。不是因为他不想接受这部分的利润，而是想激怒她。他蔑视她，要把她踩在脚下。她太有钱了！他要表现出高傲。

展示油画的那一天，玛德兰娜对他说明，他不去参加晚会大错特错。他答道："让我安静些。我要呆在家里。"

吃过晚饭，他突然声明道："还是去受一次罪吧。你赶快准备一下。"

她正等着他的这个决定。她说道："我马上就好。"

他一边穿衣服，一边嘟哝，直到坐在马车上，他的火气还没有消。

卡尔斯堡的院子里挂了四只巨大的电灯泡，像四个小月亮在四个角落发出蓝色的灯光。台阶上铺了一条美丽无比的地毯。每个台阶上站了一个穿制服的男人，他们必恭必敬地站着，就像一尊尊雕像。

杜·洛瓦低声骂道："暴发户。"他耸起双肩，心里炉火中烧。

他妻子对他说道："别做声，你也去赚那么多钱呀。"

他们走进屋子，脱下他们沉重的外衣，交给迎上前来的仆人们。

有几个夫人随同她们的丈夫进了门，她们脱下沉重的毛皮大衣。有人轻声叹道："太美了，真是太美了！"

宽敞的大厅里挂了好几张壁毯，壁毯上织有马尔斯和维纳斯的故事。

左右两道气派的楼梯与二楼衔接在一起。铁栏杆上有点发暗的镀金，映在红色的大理石上，发出了时隐时现的反光。

大厅门口有两个小姑娘，一个穿着豪华的玫瑰色衣裙，一个穿着豪华的蓝色衣裙。她们发给每位夫人一束花，宾客们很是高兴。

各个客厅里已经宾客满座。

大部分的女宾衣着庄重，表示她们如同往常参观特定的展览一样来参加这次晚会。有的女宾们穿着袒胸露臂的衣裙，准备留下跳舞。

瓦尔特夫人在第二间客厅里，女友们簇拥着把她围在中间。她不断地向来宾们点头打招呼。许多来宾不认识她，他们像参观博物馆似的到处看看，也不去注意屋子的主人们。

瓦尔特夫人一看到杜·洛瓦脸色就变白了。她动了一下身子，想向他走去，然而她又停住不动了，等着他走上前来。他向她行了一个礼。玛德兰娜对她亲热有加，不住地恭维她。乔治让妻子留下和老板娘周旋，自己则混到来宾中间去听那些不怀好意的议论。

五个客厅一间连一间，都挂着名贵的帐幔、意大利的刺绣和风格不一的东方的挂毯，墙

相关链接

15. 莫泊桑，堪称中短篇小说的圣手奇才。同时代的另一位文学巨子阿纳托尔·法朗·L后来赠他以“短篇小说之王”的美称。不过，鉴于莫泊桑的绝大部分中短篇小说佳作在一八八五年以前即已问世，因此，更确切地说，年方三十五岁的莫泊桑就登上了短篇小说之王的宝座。

上挂着历代大师们的绘画。尤其一间路易十四式的房间，令人驻足欣赏良久。这个小客厅的座椅都用丝绸做罩垫，浅蓝底色上绣有玫瑰花；低矮的木制家具镀了金，工艺非常精致；家具上的帘幔和墙上帘幔是同样质地的料子。

乔治认出了一些知名人士：德·法拉西尼公爵夫人，拉凡奈尔伯爵夫妇，安德莱蒙将军亲王，美丽的德·杜尼侯爵夫人，还有一些初次相识的先生和夫人。

这时，有人抓住他的胳臂，一个年轻的声音，一个快乐的声音凑近他耳边低声说道：“啊，您也来了，好坏的漂亮的朋友。为什么好久见不到您了？”

是苏姗娜·瓦尔特，她瞪着金色鬈发下珐琅般的眼睛看着他。

他很欣喜又见到了她，很坦率地握握她的手。然后，他抱歉道：“没有办法，这两个月，我事情太多了，出不了门。”

她认真地说道：“这不好，很不好，很不好。您让我们好难过，我妈妈和我都很喜欢您。我不能没有您。您不来，我都闷死了。我老实对您说，您无权这样消失。你把手臂伸给我。我带您去看《耶稣信步海涛上》，就在里面的暖房后面。爸爸故意把它放在那里，好让客人们不得不穿过整幢屋子到里面去看画。真奇怪，爸爸为什么要借这幢房子来炫耀自己呢？”

他们悄悄地穿过人群。大家都转过头来看看这个漂亮的小伙子和这个可爱的布娃娃。

一个有名的画家嚷道：“瞧，多么漂亮的一对，他们多么般配！”

乔治心想：“如果我真有本事的话，就娶这个姑娘。不过，这也是可行的。我怎么没有想到这点呢？我怎么会去勾引那一个呢？真是昏了头！我总是操之过急，没有多加考虑。”

一种苦涩感一点一点地压在他的心上，好像喝了胆汁，破坏了他所有的乐趣。他觉得自己活得太窝囊了。

苏姗娜说道：“啊！您经常来吧，漂亮的朋友。现在爸爸发了财，我们可以随心所欲发疯般地玩。”

他一边继续想着自己的心思，一边答道：“您快到出嫁的年龄。您将会嫁给一个漂亮的、家道有点败落的亲王，我们就再也见不到您了。”

她不加掩饰地叫道：“啊！不，还没有到时候呢，我要嫁一个讨我喜欢的男人。我有足够的钱来养活两个人。”

他高傲地、讥讽地笑笑，他指着从他们身边走过的人，告诉她，他们是出身高贵的人，他们把锈了的头衔卖给像她这样的金融家的女儿。现在他们有的还呆在妻子身边，有的已经与妻子分居，但是他们自由自在、不知羞耻地生活，他们成了受人尊敬的知名人士。

他下结论道：“我敢说，不出六个月，您也会落入这种人的手中，您将成为侯爵夫人、公爵夫人或者亲王夫人，您会居高临下来看我，小姐。”

她生气了，用扇子拍打着他的胳臂，发誓说她非自己看中的心上人不嫁。

他取笑道：“我们走着瞧吧，您太有钱了。”

她对他说道：“您也有钱呀，您刚继承了一笔遗产。”

他可怜巴巴地“嗯”了一声，说道：“我们来谈谈这个吧。才两万镑年金。现在这个年头，这点钱并不算多。”

“您妻子也继承了同样数目的遗产呀。”

“是的。我们俩一共一百万。四万年金，这点钱，我们连一辆车都买不起。”

他们走到最后一间客厅。他们对面的暖房门大开着。这是一个宽大的冬天里的温室，里面种满了高大的热带树木，树下种了一大片一大片稀有的鲜花。他们走进这昏暗的、绿色葱葱的暖房。室外的灯光透进来，像一条波浪形的银带。他们吸了一口潮湿的泥土散发出来的温热新鲜的气息和浓郁的香味。一种奇异柔和的感觉是多么温馨怡人，醉人心肺。他们沿着铺在两片浓密的灌木丛之间的地毯继续往前走。突然，杜·洛瓦发现他左边的棕榈树冠下，有一个白色大理石砌的宽大得可以游泳的水池，水池边有四只彩釉天鹅，清水从它们微张的嘴里流淌到池子里。水池底是金色的细沙石，有几条大红鱼在里面游动，那是鼓着两只眼睛、鱼鳞边发蓝的中国怪鱼。还有几对鸳鸯在金色的鱼群中游动，令人想起前面的那个挂着丝绸帐幔的小客厅里的奇异的绣品。

乔治停下脚步，他心跳得很快。他想：“这才是豪华的生活，应该在这样的房子里居住。别人能够得到的，为什么我得不到？”

他搜尽枯肠，一时间也想不出好办法。他因为无奈而生自己的气。

他的女伴若有所思，也不说话。他斜眼看看她，又一次想到：“只要娶到这个细嫩的小木偶就行了。”

苏姗娜似乎一下子回过神来了。她说道：“当心！”

她推了一把乔治，让他从挡着他们去路的人群中穿过去，又突然让他向右转。

他看到一簇特别的小树丛，它的枝叶笔直地伸向空中，好像是谁张开了纤细的手指。

这幅画的框架掩藏在动态的绿色树冠中间，效果惊人。油画犹如一个支点把人们的想像引向空幻的引人入胜的远方。

必须仔细观看这幅画才能明白。基督的使徒们坐在一只小船上，小船被画框拦腰截断了；一盏提灯的斜光勉强照亮了使徒们的身影。有一个使徒坐在船边，把所有的灯光都照到朝他们走来的耶稣身上。

基督耶稣踩着海涛向前走。在神圣的脚步下，汹涌的海涛变得温和了、平坦了。在这位人——神的周围一片黑暗，只有天上的星星闪着光亮。

其他的使徒在提灯的灯光下，一个个惊愕不已。

这确实是一位大师的惊人之作，它震撼了人们的心灵，让你久久不忘。

观画的人们起先默不作声，若有所思地走开，过了好一会儿才评论起这幅画的价值。

杜·洛瓦观赏了一会儿，说道：“能够买得起这玩意儿真不错。”

后边的人挤上来，推着他往前走，他也就让开了。但他始终紧紧挽着苏姗娜的小手。

她问他道：“您想喝香槟酒吗？我们到酒吧去，爸爸在那里。”

相关链接

16. 在资本主义社会的爱情和婚姻问题上：莫泊桑是一个洞察者和彻悟者。遗憾的是，对资本主义制度下爱情和婚姻的丑恶内幕的洞察和彻悟，却导致莫泊桑在这些问题上由无可救药的悲观主义发展到极端的玩世不恭，表现为私生活的糜烂。

他们重又穿过所有的客厅。客厅里的宾客越来越多，乱哄哄的，像在自己家里一样，这是衣冠楚楚的公众的节日。

突然，乔治似乎听到一个声音说："这是拉罗什先生和杜·洛瓦夫人。"

这些话语从他耳边轻轻掠过，好像是风从很远的地方传过来。

这些话从何而来呢？他向四周寻找，却发现妻子正挽着部长的胳膊走了过去。他们笑嘻嘻地亲热地你看着我我看着你，低声谈着什么。

他想像人们看到他们俩如此亲热，一定在窃窃私语。他油然升起一股无名之火，多么想扑上去，狠狠揍他们一顿。

她让他出丑。人们也许在说："这个戴绿帽子的杜·洛瓦。"

她是什么人？她是个聪明的成功的小女人，但实际上她没有多少手段。人们到她家来是因为惧怕他，他相当有力量。可现在人们一定毫无顾忌地在议论他这个小家庭。他从未和这个女人一起出过远门，她把她的房子搞得神秘莫测，令人产生许多联想。现在，她已成为他的绊脚石。啊！要是他早一点猜到，早一点知道的话，他可以玩一个更大的游戏。他用苏姗娜作赌注可以好好赢一盘。他怎么没有早一点明白呢？

他和苏姗娜来到餐厅，这是一间宽敞的、有大理石柱的大厅，墙上挂着古老的著名的戈布冷壁毯。

瓦尔特看见他的专栏作家了，跑过来握手。瓦尔特高兴得陶醉了，问道："你们都看过了吗？苏姗娜，你领他都看过了吗？人真不少呀，不是吗，漂亮的朋友？您看见盖尔什亲王了吗？他刚才到这里来喝了一杯潘趣酒。"

参议员里索林拖着他已有醉意的妻子走过来。里索林夫人满身珠光宝气，活像开了个首饰铺。瓦尔特见了忙迎上去，招呼他们。

一位先生向苏姗娜行礼。这是一位瘦高个年轻人，金色头发，有一点秃顶，带有社交界到处可见的装腔作势的神态。乔治听他自称为德·卡扎尔侯爵，他忽然一下子妒忌起这个年轻人来。她什么时候认识他的？肯定是她有了钱以后吧？他猜想这个年轻人是一个追求者。

有人抓住他手臂，是诺倍尔·德·瓦伦尼。老诗人漫不经心地甩了一下他油光光的头发和皱巴巴的衣服，说道："这就叫玩。待一会儿跳舞，然后就去睡觉。小姑娘们一定很高兴。来一杯香槟酒，这酒很有味。"

他让仆人斟了一杯酒。乔治也要了一杯。诺倍尔向他举杯说道："我为精神至上干杯。"接着，他平心静气地说道："我并不因为别人有了钱而难受，也不想发财，但是我从原则上反对金钱至上。"

乔治不想听他唠叨了。他要去找苏姗娜，她刚才跟德·卡扎尔侯爵走了。他急急忙忙离开诺倍尔去追寻年轻姑娘。

一群宾客拉他去喝酒。他好不容易把他们甩开了，却又迎面碰上了德·玛雷尔夫妇。

他常和当妻子的见面，却好久没见到当丈夫的。当丈夫的抓住他的双手道："谢谢您，让克罗蒂特转给我的建议，亲爱的，我在摩洛哥债券上赚了十万法郎。我应该谢谢您，您真是一个不可多得的朋友。”

男人们都回过头看这位美丽高雅、棕褐色头发的夫人。

杜·洛瓦答道：“作为交换，亲爱的，我把您的夫人带走，或者说，我向她呈上我的胳臂。夫妇俩总要被人分开的。”

德·玛雷尔先生躬一下身，说道：“对。如果我找不到你们了，我们就一小时以后在这里碰面。”

“很好。”

两个年轻人一起走进人群之中，当丈夫的跟在他们后面。

克罗蒂特说道：“瓦尔特夫妇多么走运。他很有生意头脑呀！”

乔治道：“嗨！越是有势力的人越能得逞，他们不是用这种办法就是用另一种办法。”

她说道：“现在，这两个姑娘各有二千万至三千万的嫁妆。而苏姗娜又很漂亮。”

他没有做声，他内心的想法从别人嘴里说出来，使他很恼火。

她还没有看到《耶稣信步海涛上》，他提议领她去看画。他们开心地说别人的坏话，讥笑不认识的宾客的长相。圣波丁从他们身边走过，他用外衣的反面兜着许多装饰品，他们觉得很好笑。一位从前的大使从后面走过来，给他们看一只褪了色的小别针。

杜·洛瓦说道：“这里什么样的人都有。”

布瓦那尔过来和乔治握手，他上衣扣眼上系了一条决斗那天戴的绿黄色的饰带。

高大的德·贝尔丝姆子爵夫人浓妆艳抹，在路易十四式的小客厅里和一位公爵聊天。

乔治低声道：“他们在讲私房话。”

穿过温室时，他又看到妻子坐在拉罗什·马蒂安身边，他们掩藏在一簇树丛后边几乎让人看不见。他们似乎说：“我们公开在这里约会，我们不在乎别人说什么。”

德·玛雷尔夫人承认卡尔·马尔科维奇的耶稣是一幅惊人杰作。他们又回到原地，他们和当丈夫的走散了。

乔治问道：“罗丽娜好吗？她一直在生我的气吗？”

“是的，她的气一点也没有消。她拒绝见你，只要一提起你，她就走开。”

他不做声了。小姑娘突然对他敌视，使他很伤心。他感到心情沉重。

苏姗娜在一扇门边碰到他们，嚷道：“啊，原来你们在这里！嗯，漂亮的朋友，您一个人呆在这里吧，我带克罗蒂特去看我的卧室。”

两个女人急匆匆地走了，她们灵活地、迂回曲折地穿过拥挤的人群。

她们刚走，几乎马上听到一个女人轻声低语道：“乔治。”是瓦尔特夫人。她又低声道：“啊！你是多么残酷无情！您使我多么痛苦！我让苏姗娜把您身边的女人带走，我要对您说一句话。听着，今天晚上……我必须和您谈一次……否则……您知道我会干出什么事来。您到温室去。您在温室左边会看到一道门，您从那扇门出去到花园里。您沿着面前的小径往前一

相关链接

直走到底，您会看到一条隧道。十分钟以后，您在那里等我。如果您不愿意，我向您发誓，我将马上把一切当场捅出来。”

他昂着头说道：“好吧。十分钟以后我到指定的地方去。”

他们分开了。雅克·里瓦尔差点使他迟到了。里瓦尔抓住他的胳臂，唠唠叨叨地对他讲了许多事情。无疑地，他喝多了。最后，杜·洛瓦把他交给了站在两道门之间的德·玛雷尔先生，他自己溜走了。他必须小心，不让妻子和拉罗什看见。他们俩正热火着，没有注意到他。他到了花园里。

室外真有点冷。他想：“上帝，我要感冒了。”

他用手帕当领带围在脖上，慢慢地沿着小径朝前走。他刚从灯火通明的客厅走出来，一时视线模糊看不清路。

他看出了左右两边的矮树丛，矮树光秃秃的，树枝窸窣抖动。昏暗的光亮从树枝间透出来，这光亮是从屋子的窗口射出来的。他发现前面路当中有一点白色的东西。袒胸露臂的瓦尔特夫人颤抖着声音喃喃低语道：“啊，是你吗？你愿意杀了我吗？”

他平静地答道：“我请你不要演戏了，否则，我马上就走。”

她搂住他脖子，嘴唇对着嘴唇，说道：“我对你做了什么事？你那么凶狠！我对你做了什么事？”

他想推开她：“上次我们见面时，你把你的头发缠在我的扣子上，我妻子差点和我闹翻了。”

她吃了一惊，然后摇摇头，说道：“啊！你妻子有理由生气，那是你某一个情妇捉弄你的。”

“我没有别的情妇。”

“你别说了！为什么你不来看我？为什么你拒绝和我一起吃晚饭，哪怕一星期一次？我爱得十分痛苦。我爱你，我干什么事都想着你。我不敢说一句话，生怕吐出你的名字！这点你不懂。好像我的魂被你勾走了。你不知道，你的影子总在我眼前晃，好像你卡住我的脖子，撕裂我的心肺，折断我的双腿，我走路都没有力气了。我整天像个傻瓜坐在椅子里一心想着你。”

他惊讶地看着她。她不再是他所熟识的一个调皮的肥囡，而是一个失去了理智、什么事都干得出来的绝望的女人。

他脑子里渐渐形成了一个计划。他说道：“亲爱的，爱情不是永恒的。情人们一会儿碰在一起，一会儿又各奔东西。如果像我们这样没完没了，就会成为可怕的负担。我不愿意这样，但这是真话。不过，如果你接待我时理智一些，把我当成一个朋友，我会像从前一样再来看你。你能做到吗？”

她把裸露的双臂放在乔治的黑衣上，喃喃道：“为了见到你，我什么都能做到。”

“那么说定了，我们是朋友，其他什么都不是了。”

她低声道：“说定了。”

她向他伸过嘴唇说道：“再吻我一下……最后一次。”

17．那最使他痛苦不堪的病症，几乎是同他的功名一起到来的、与他的作家生涯同时开始的。就在他的成名作《羊脂球》问世前不久，一八八〇年二月，他突然感到自己的右眼几乎什么也看不见了。他多方求医，有的说无法治疗，有的说可以痊愈。事实上，眼疾——有时右眼，有时左眼——从此时发时愈，往往还伴随着偏头痛，成为他不堪其苦的两大祸害。

他温和地拒绝道："不，必须遵守我们的约定。"

她转过身去，擦去两颗泪珠，然后从她胸衣里掏出一个系着一根玫瑰红绸带的纸袋，递给杜·洛瓦。她说道："喏，这是摩洛哥公债交易上你的一份利润。我很高兴能为你赚到这笔钱。喏，你拿去吧……"

他推辞："不，我不要这笔钱。"

她火了："啊！你不要对我这样。这笔钱是你的，只有你能得到这笔钱。你不要的话，我就把它扔到阴沟里去。你不会逼我这么做吧，乔治？"

他收下了纸袋，很快把它塞进口袋里。

"该回去了，"他说道，"你会着凉感冒的。"

她低声道："我死了才好呢！"

她拉起他的手，深情地狠狠地绝望地拼命吻它之后跑回屋里去了。

他一边想着心事，一边悄悄地回到屋里。他昂头挺胸，脸上挂着微笑，又回到温室里。

他妻子和拉罗什已经离开温室，参观的人也渐渐少了。显然没有多少人会留下跳舞。他看见苏姗娜挽着她姐姐的手，正向他走来，请他和德·拉都·伊夫林伯爵一起跳四人舞。

他很奇怪地问道："这个人是谁？"

苏姗娜狡黠地答道："我姐姐的新朋友。"

罗丝脸红了，低声道："你真坏，苏姗娜，这位先生对我、对你都一样，只是朋友而已。"

苏姗娜笑道："我知道。"

罗丝生气了，转身走开。

杜·洛瓦很随便地挽起留在他身边的苏姗娜，亲热地说道："听着，亲爱的小姑娘，您真把我当成你的朋友吗？"

"是的，漂亮的朋友。"

"您相信我吗？"

"完全相信。"

"您还记得我对您说的话吗？"

"关于哪方面的？"

"关于您的婚姻，或者说，关于您将要嫁的男人。"

"记得。"

"那么，您愿意答应我一件事吗？"

"行！什么事情？"

"每当有人向您求婚时，你都要问我，没有我的意见就不要接受。"

"好的，我愿意。"

"这是我们俩的秘密，不要告诉您父亲，也不要告诉您母亲。"

"一点都不说。"

相关链接

18. 一八九三年七月六日上午九时，最后一次剧烈的癫痫发作终于夺去了这位天才作家的生命。莫泊桑的葬礼于七月八日中午举行。在夏乐区的圣保罗教堂为逝者办了“临终圣事”——不过，很难设想这是出于在作品中对教会和宗教一向大失恭敬的作家本人的意愿。

“您发誓?”

“我发誓。”

里瓦尔慌慌张张地过来了。他说道:“小姐,您爸爸叫您去跳舞。”

她说道:“我们去吧,漂亮的朋友。”

但是,他拒绝了,他决定马上告辞回去。他脑子里装了太多的事情,他想独自好好考虑一下。他去找妻子,发现她正在吧台边,和两个陌生的男人喝巧克力汁。她向他们介绍她的丈夫,但是没有告诉他这两位先生的姓名。

过了一会儿,他问她:“我们回去吗?”

“随你便。”

她就挽起他的胳臂,重又穿过一间间客厅。客厅里的客人已经很少了。

她问道:“老板夫人呢?我想对她说再见。”

“用不着。她会让我们留在舞会上,我已经不想再呆下去了。”

“是的,你说得有道理。”

他们一路上沉默不语。但是一回到他们的卧室,玛德兰娜等不及摘下面纱就笑嘻嘻地对他说道:“你想知道吗?我告诉你一件让你大吃一惊的事。”

他没好气地嘟哝道:“什么事?”

“你猜猜。”

“我不想为此费神。”

“嗯!后天是元旦。”

“是的。”

“这是送新年礼物的时候。”

“是的。”

“这是你的新年礼物,拉罗什刚才交给我的。”

她拿出一只黑色的小盒子,好像是一只首饰盒。

他冷淡地把小盒子打开,里面放了一枚荣誉团的十字勋章。

他脸色有点发白,然后笑笑说道:“我情愿要一千万,这对他算不了什么。”

她原以为他会很高兴的,他的冷淡使她很生气。

“你真是不可思议,你真不知足。”

他平静地说道:“这个人只是还了他的欠债。他还欠我许多呢。”

她很奇怪他如此冷静。她说道:“你这么年轻,得到这枚勋章是一件大好事。”

他说道:“一切都是相对的。现在,我可以要得更多。”

他拿起首饰盒,他并没合上它,让它就放在壁炉上。他看了一会儿闪亮的勋章,才把它合上,然后耸耸肩,躺到床上。

一月一日,公布了政治家普鲁斯贝尔·乔治·杜·洛瓦先生因为作出特殊贡献,荣获荣誉团骑士勋章。

他的姓写成两个词，这比勋章更使乔治高兴。

消息公布一小时后，他收到老板夫人的一封短信。她恳求他当天晚上和妻子一起到她家去吃晚饭，他们一起庆贺他获得的荣誉。他考虑了几分钟后，把这封措词模棱两可的信扔进了炉火里。他对玛德兰娜说道："我们今天晚上到瓦尔特夫妇家吃晚饭。"

她惊奇地说道："瞧！我还以为你再也不想踏进他们的门呢。"

他低声道："我改变了主意。"

他们到了瓦尔特家里。老板夫人一个人在路易十四式的客厅里候着他们。她只在这个小客厅里接待亲近的客人。她穿一身黑衣服，染白了头发，倒反而显得顺眼了。远看，她像个老太太；近看，她还很年轻；仔细看看，她的眼睛有一种令人莫测的神色。

"您有丧事？"玛德兰娜问。

她忧伤地答道："也是也不是。我没有任何亲人去世，但是今天我穿丧服表示我已到了入土的年纪。从今以后，我要把丧服一直穿到底了。"

杜·洛瓦心想："她的决心能坚持到底吗？"

晚饭吃得很沉闷。只有苏姗娜说个不停。罗丝好像有心事。大家都祝贺乔治获得殊荣。

吃完晚饭，他们到客厅、温室走走，边走边聊。杜·洛瓦和老板夫人走到后边。她抓住他手臂，压低声音说道："听我说……我不会再和您说什么了，但是您要来看我。您瞧我已不再用你称呼您了。没有您，我活不下去，我不能没有您，这是一种难以想像的折磨。我感觉到您的存在，您总在我眼前出现，整日整夜您都在我心上和我的肉体里，犹如您让我喝了一种迷魂药，这种药始终在我身体内起作用。我不再是我自己了，我控制不了我自己。我愿意您把我看成一个老太婆，我自己把头发染白了。但是，您要经常作为朋友来看望我。"

她紧紧抓住他的手，似乎要把它捏碎了，她的指甲嵌进了他的肉中。

他平静地回答："行了，用不着多说了。您瞧，今天我接到您信后，不是马上就来了吗？"

瓦尔特和他的两个女儿及玛德兰娜走在前面，他们走到《耶稣信步海涛上》的旁边等杜·洛瓦过来。瓦尔特笑着说道："您想像一下，昨天我看见我太太跪在这幅画前面，就像在教堂里作祷告一样。我觉得真好笑。"

瓦尔特太太用一种坚定的声音反驳道："耶稣拯救了我的灵魂，每次我看着他就有了勇气和力量。"

某种神秘的激情在她声音里回荡。

她走到耶稣的像前停下步子，低声道："他真漂亮！人们多么怕他，又多么热爱他！你们瞧他的头，他的眼睛！他既是普通人，又是个超人！"

苏姗娜突然叫了起来："您和画上的耶稣真像，漂亮的朋友。我确信您和他很像。如果您也有颊髯，或者他把胡子刮了，你们两张脸像极了。"

每个人都很惊讶。瓦尔特觉得这件事很奇怪。玛德兰娜微笑着说，画中的耶稣阳刚之气

相关链接

更足一些。

瓦尔特夫人木然地目不转睛地盯着她情夫的脸，她脸色苍白得和她的头发一样。

莫泊桑及《漂亮的朋友》之评论：

1. 莫泊桑在《论小说》一文中指出，一个优秀的艺术家要写出“感情和情欲是怎样发展的，在各个社会阶层里人是怎样相爱、怎样结仇、怎样斗争的；资产阶级利益、金钱利益、家庭利益、政治利益，是怎样相互交战的”。他在《漂亮朋友》中就是这样描写的。他通过一个冒险家发迹的经历，深刻地揭示了第三共和国的政治、经济的复杂现象，《漂亮朋友》不愧为十九世纪末叶法国社会的一幅历史画卷。

第八章

这年冬天余下的日子，杜·洛瓦夫妇经常去瓦尔特夫妇家作客。有时候玛德兰娜嫌累，情愿呆在家里，乔治就一人去瓦尔特家吃晚饭。

星期五是他固定去瓦尔特家吃饭的日子。这天晚上，老板夫人不邀请别的客人，只请漂亮的朋友。晚饭后，他们玩牌，喂中国金鱼。他们玩得如同一家人一样。好几次在某扇门背后，或者在暖房里的某一簇树丛后面，或者在某个阴暗的角落里，瓦尔特夫人会突然搂住年轻人，用尽全力把他贴在自己胸脯上，咬着他耳朵说道：“我爱你！……我爱你……我爱您爱得要死……”

他总是冷冷地推开他，干巴巴地说道：“您再这样的话，我就不来了。”

三月末，人们突然谈论起瓦尔特家两个女儿的婚事。据说，罗丝将嫁给德·拉都·伊夫林伯爵，苏姗娜将嫁给德·卡扎尔侯爵。这两位男士成了瓦尔特家的常客。瓦尔特家很明显地对他们特别热情。

乔治和苏姗娜自由交往，亲密得像兄妹一样。他们可以连续聊几个小时，取笑所有的人，似乎他们谈得很投机。

他们俩都不提姑娘的婚事，也不谈来提亲的人们。

一天上午，老板把杜·洛瓦带回家吃午饭。午饭后，瓦尔特夫人被送货人叫走了。乔治趁机对苏姗娜说：“我们去喂金鱼吧。”

他们从饭桌上带了一大团面包屑，朝暖房走去。在大理石的鱼池边上放了一圈垫子，让人们可以跪着凑近鱼池观赏游动的金鱼。他们每人取了一只垫子，并肩跪在池边，凑近池面，用手指捻碎面包屑，抛进池里。

金鱼一发现有吃的，马上转动着它们晶亮的大眼睛，摇动着尾巴，拍打着鱼鳍游了过来。它们才翻身下去衔住浸了水、沉下去的面包屑，马上又浮上来接住另一团面包屑。它们的嘴巴一张一合很是有趣，它们动作敏捷、迅速得出奇。水波粼粼，游动着的火红色的金鱼在金黄色沙子反衬下，像一支支火炬，穿来穿去；一会儿又停止不前了，它们身上的鳞片像是蒙上了一层蓝色的网。

乔治和苏姗娜看到水中他们俩的倒影，都笑了。

突然，他低声说道：

"苏姗娜，您的事瞒我不太好。"

"什么事，漂亮的朋友？"她问道：

"您不记得那天晚会上您答应过我的话了吗？"

"我记得的。"

"您说，每当别人向您求婚，您都要征询我的意见。"

"怎么了？"

"有人已经向您求婚了。"

"是谁？"

"您自己知道的。"

"我不知道。我向您发誓。"

"不对，您知道的，就是德·卡扎尔侯爵这个花花公子。"

"首先，他不是花花公子。"

"可能吧。但是他很蠢，赌博破了产，经济拮据。您这么漂亮、鲜润、聪明，他和您真不相配。"

她笑着问道："您怎么看他不顺眼？"

"我？没有。"

"是的，他并不像您所说的。"

"瞧着吧。他是个惯耍心计的混蛋。"

她稍稍转过身，不再朝水池看了。她问道："您怎么了？"

他好像被别人掏出了心里的秘密，结结巴巴地说道："我……我……我妒忌他。"

她稍微有一点惊讶地问道：

"您妒忌他？"

"是的，我妒忌他。"

"为什么？"

"因为我爱上了您，您已经很明白了。您真坏！"

她严肃地说道："您疯了，漂亮的朋友。"

他说道："我知道我是疯了。我是有妇之夫，您还是个姑娘，我怎么能对您承认这一点呢？我不光是疯了，而且我有罪过，我真可怜。我不可能有所希望，我想到这一点就丧失了理智。听说您快结婚了，我就怒火冲天，我真的会杀人。您必须原谅我，苏姗娜！"

她不做声了。

他们不再扔面包屑喂鱼了。金鱼排成一行停止了游动，它们就像一队英国士兵看着他们两个人。

年轻姑娘半是忧伤半是快活地说道："很遗憾，您结过婚。您能怎么办呢？没有办法，完

相关链接

2. 莫泊桑同自然主义有千丝万缕的联系，而又保持了严格的现实主义写作方法。一方面，他认为艺术家不能把生活平庸地摄取下来，而要对现实作出更全面、更鲜明、更深刻的描画，这种描画要具有诗意，富于感情色彩，或者是欢乐的，或者是忧郁的。他的小说创作确实遵循了上述原则。他塑造的人物多半是典型环境中的典型性格，与巴尔扎克等作家较为接近，而与左拉有很大不同。他是自然主义小说家之中惟一对文体美怀有最大的兴趣。

了。"

他突然朝她转过身，凑近她的脸说道："如果我是自由的，您会嫁给我吗？"

她真诚地说道："是的，漂亮的朋友，我会嫁给您的，因为您比所有的人都更使我动心。"

他站起来喃喃道："谢谢……谢谢……我求您不要答应任何人！稍微等一等……我求您了！您答应我吗？"

她不明白他要干什么，有点惶恐地低声说道："我答应您。"

乔治把她手里剩下的面包一下子都扔进了水中。他没有向她道别就走了，他似乎昏了头。

面包并没有被揉碎，一团面包浮在水面上，引得池中所有的鱼蜂拥而至，它们张大嘴争食面包，把面包带到了水池的另一头。它们围在面包下面游动，形成一圈游动着的花束，就像头朝下掉入水中的花束。

苏姗娜愣了一下。她站起来，慢慢地回过神来。乔治已经走了。

杜·洛瓦心境平静地回到家里，玛德兰娜正在写信。他问她道："星期五你去瓦尔特家吃晚饭吗？我是要去的。"

她迟疑了一下："不去，我不太舒服。我想呆在家里。"

他答道："随你便，谁也不会强求你的。"

好久以来，他窥伺她，监视她，跟踪她，弄清了她干的所有的事情。时机终于到了，当她说"我想呆在家里"时，他从她声调中就已经明白了其中的含意。

以后的几天里，他对她很亲切。他甚至显得异乎寻常的快活。她对他说："你变得讨人喜欢了。"

星期五，他早早地打扮好，他说先上街买点东西再去瓦尔特家。六点不到，他吻别了妻子就出门了。他走到莱特圣母院，叫了一辆公共马车。

他对车夫说："你到封丹街十七号对面停下，一直停在那里，等我叫你离开时再离开。然后，你再把我拉到拉斐尔大街芳鸡餐馆。"

马车慢慢地上路了，杜·洛瓦把窗帘放下。不久，马车来到封丹街十七号对面，他就目不转睛地盯住自己的家门。过了十分钟，他看到玛德兰娜出来了，沿着大街往前走。

等她一走远，他就伸出头对车夫叫道："走吧。"

马车把他拉到芳鸡餐馆门口，他下了车。这餐馆在这一带小有名气，市民们常出入这家餐馆。乔治走进店堂，慢慢地吃着，不时看看表。他喝了咖啡，又喝了两杯淡香槟酒，慢慢地吸了一支优质雪茄。七点半，他出了餐馆，又叫了另一辆路过的空马车，他吩咐马车把他拉到拉·罗什夫戈德大街。

他也不问一下看门人就直接登上了四楼。一个女仆开了门。他问道："吉尔倍·德·劳尔姆先生在家吧？"

"是的，先生。"

他被带到客厅,他等了一会儿。一位高个男子走进了客厅,这个男子带着勋章,很有点军人气概。尽管还很年轻,但头发已经有点花白了。

杜·洛瓦向他行了礼,说道:“警察局长先生,正如我事先报告过的,我的妻子和她的情夫正在殉难者大街他们租的屋子里幽会。”

警察局长躬了一下身说道:“我愿为您效劳,先生。”

乔治又说道:“九点钟以前您都可以行动,过了这时间,您就无权进入私宅去捉奸了,是吗?”

“不,先生,冬天是七点钟以前,三月三十一日以后才是九点钟以前。今天是四月五日,我们九点钟以前都可以行动。”

“那么,局长先生,我已叫好了一辆车子,让跟去的警察们也坐上车。然后,我们守候在门口。我们晚一点到达,就更有把握当场抓到他们。”

“随您便,先生。”

局长走出去,穿了一件大衣回来,大衣遮住了他的三色腰带。他让杜·洛瓦先走出去。乔治正想着心事,连声说道:“您先走……您先走……”

局长说道:“您先走,先生,这是在我的家里。”

杜·洛瓦马上鞠了一躬走了出去。

他们先到警察局,找了三个正在待命的便衣警察。乔治当天曾经预先通知他们说晚上可能有任务的。一个警察坐到车夫身旁,另两个警察坐进车里,他们一直被拉到殉难者大街。

杜·洛瓦说道:“我有那套公寓的平面图,在三层楼上。一进去是门厅,接着是饭厅,然后是卧室。三间屋子是连着的,没有别的出口,逃跑是很不容易的。附近有一个五金工匠,他会接受你们的询问。”

他们到达指定的屋子前才八点一刻。他们静静地等了二十多分钟。乔治看看表,快到八点三刻了。他说道:“现在我们上楼去吧。”

他们没有向看门人打招呼就上了楼，看门人没有注意他们。一个警察留在街上监视门口。四个人走到三楼。

杜·洛瓦先把耳朵贴在门上，想听听里面有什么动静，然后又把眼睛贴在锁眼上朝里看。他什么也没有听见,什么也没有看见。他拉了门铃。

局长对他手下说道:“你们留在这里,随时听从召唤。”

他们等候着。两三分钟以后,乔治又拉了好几下门铃。传来一阵轻轻的脚步声,有人出来了。乔治用拳头猛敲两扇木头门。一个女人的声音问道:“是谁呀?”

局长答道:“我们以法律的名义请您开门。”

那声音又问道:“您是谁?”

“我是警察局长。快开门,否则我就要破门而入了。”

那声音又问道:“您要干什么?”

相关链接

3. 福楼拜读了莫泊桑的新作《羊脂球》以后，对莫泊桑的才华更加深信不移。一八八〇年二月一日，他在给外甥女科芒维尔夫人的信中热情洋溢地写道："《羊脂球》，我的弟子的小说，是一部杰作。我今天早上读了校样，我坚持用这个词：一部结构精妙，富于喜剧性和观察力的杰作。"

杜·洛瓦说道："是我，你别想逃过我们。"

一阵轻轻的、光脚走路的脚步声走远了。过了几秒钟，脚步声又回来了。

乔治说道："你不开门的话，我们就要撞门了。"

他抓住门上的铜把手，用一个肩膀慢慢地顶门。里面没有人应声，他又猛地撞了一下。门上的旧锁已经用了很久了，螺丝被拔了下来，门终于被撞开了。乔治差点跌到站在门厅里的玛德兰娜身上。她披头散发，光着两条腿，只穿了一件衬衣和一条衬裙，手里拿着一支蜡烛。

他叫道："就是她，我们抓住他们了。"

他冲进套房里。警察局长脱去帽子跟他进了屋。年轻女人不知所措地举着蜡烛跟在他们后面。

饭厅里，桌子上还有吃剩下的东西没有收拾，几只空酒瓶，一只没有盖的钵里盛着肥肝，一个鸡蛋壳，还有几块吃了一半的面包。一张餐具桌上放了两只碟子，碟子里堆放了许多牡蛎壳。

卧室里好像有人打过架。一件衣袍扔在椅子上，一条男人的内裤搭在沙发椅的一只把手上，四只靴子，两只大，两只小，东倒西歪散落在床脚边。

这是一套带家具出租的房子，家具很普通，房间里弥漫着一股旅馆房间里的那种难闻的味道，混杂着旧窗帘、旧床垫、墙壁、椅凳以及在这里住过一天半天、睡过觉的各种各样人的气味。在这种谁都住过的公寓里，来来去去的各种人的气味，日积月累，形成了一种淡淡的、无可名状的、又不可容忍的气味。

壁炉台上放满了东西，一只查赫特勒酒瓶，两只还剩一半的酒杯。一只青铜的座钟上放了一顶男人的大帽子。

警察局长猛地转过身，盯着玛德兰娜问道："您是克莱尔·玛德兰娜·杜·洛瓦夫人，普鲁斯贝尔·乔治·杜·洛瓦记者先生的合法妻子，是吗？"

她压抑着声音，一字一句地说道："是的，先生。"

"您在这里干什么？"

她没有回答。

局长又问道："您在这里干什么？我看到您几乎光着身子在一套带家具出租的公寓里，而不是在您自己家里。您到这里来干什么？"

他等了一会儿，见她始终沉默不语，他说道："既然您不愿意承认，夫人，我只能搜查了。"

有人藏在床上的毛毯下。

局长走近床边叫道："是一位先生？"

躺在床上的男人没有动。他好像翻过身去，把脑袋钻进了一只枕头底下。

局长碰了一下似乎是肩膀的地方，又说道："先生，我请您别逼我采取行动。"

毯子下的身躯仍没有动弹，好像死了似的。

杜·洛瓦冲过去，抓住毯子，把它掀开，同时拉掉了枕头，露出了拉罗什·马蒂安死灰色的脸。乔治气得发抖，向他扑过去，抓住他的脖子，几乎要把他扼死。乔治咬牙切齿地对他说道：“您既然干得出这种丑事，至少应该有点勇气。”

局长又问道：“您是谁？”

不知所措的情夫无言以答。

局长又说道：“我是警察局长，我要求您向我报告您的姓名。”

乔治气得全身发抖。他叫道：“快回答，懦夫，否则，我报出您的姓名。”

于是，躺在床上的男人低声道：“局长先生，您不应该让这人辱骂我。我到底应该和您打交道，还是和他打交道？我到底应该回答您的问题，还是回答他的问题？”

他似乎口水都干了。

局长答道：“回答我的问题，先生，您只需回答我的问题。我问您是谁？”

男子沉默不语。他把毯子紧紧捂住脖子，迷惘的眼睛不停地转动，死灰色的脸衬得他翘起的小胡子更黑了。

局长又说道：“您不愿意回答？那么，我只得逮捕您了。不管怎么样，您必须起床。等您穿好衣服后，我再询问您。”

男子的身体在床上蠕动。他咕哝道：“我不能当您面起床。”

局长问道：“为什么？”

男子结结巴巴地说道：“我……我……光着身子。”

杜·洛瓦冷冷一笑，捡起掉在地上的一件男衬衫，扔给床上的男子。他叫道：“赶快起来……既然您在我妻子面前脱衣服，您也就可以当着我的面穿衣服。”

说完他背过身，向壁炉走去。

玛德兰娜重新冷静了下来。看到事情已经到如此地步，她也无所顾忌了。重又恢复的勇气使她眼睛发亮。她故作镇静，用纸卷了一个圆筒，点亮了放在壁炉角上的两只难看的大烛台上的十支蜡烛，好像平时接待客人一样。然后，她靠在大理石雕像上，把一只赤裸的脚伸到快要熄灭的炉火上。本来很短的只到她髋部的衬裙，背后被撩了上去。她从玫瑰色的烟盒里取出一支香烟，点上火抽了起来。

局长转身向她走去，让她的情夫起床。

她傲慢地问道：“您经常执行此类公务吗，先生？”

他认真地答道：“我尽可能少干，夫人。”

她对他嗤之以鼻，说道：“我祝贺您，做这种事并不干净。”

她故意不看她的丈夫。

床上的先生只好起床。他先穿上了长裤、靴子，然后一边穿背心，一边走过来。

局长向他转过身去说道：“现在您能告诉我您是谁了吗，先生？”

男子没有回答。

局长又说道：“我看我只能逮捕您了。”

相关链接

4. 莫泊桑的悲观主义，在他一八八四年的几期专栏文章中就已经说得再明确不过了。他的悲观主义建立在两种观念之上，一种是人生的无能为力："我们什么也不知道，什么也看不到，什么也办不到，什么也猜不到，什么也想像不到，我们被封闭和禁锢在自我之中。"另一种是死亡的不可战胜："只有死亡是一定的，我相信必然的、万能的死亡"，"呼吸，睡眠，饮食，走路，办事，我们所做的一切，或者说生活，都是死亡"。

男子突然叫了起来："别碰我，我是不可侵犯的。"

杜·洛瓦向他扑了过去，好像要把他扑到地下去。乔治冲着他脸叫道："我把您当场捉住了……当场捉住了！如果我愿意的话，我可以让他们逮捕您……是的，我能够做到的。"接着，他用颤抖着的声音说道："这个男人叫拉罗什·马蒂安，外交部长。"

局长惊得倒退了一步。他喃喃道："说实话，先生，您到底是否愿意告诉我您是谁？"

男子决定开口了，他用力地说道："好吧，这混蛋没有撒谎。我姓拉罗什·马蒂安，是外交部长。"

接着，他伸出手臂，指着乔治上衣胸前的一个光亮的小红点补充道："这混蛋衣服上戴的十字荣誉勋章就是我给他的。"

杜·洛瓦脸色变得死灰一样。他一下扯掉了扣眼上的小红饰带，扔进了壁炉里。他说道："出自您这种混蛋之手的装饰只配付之一炬。"

他俩面对面，攥着双拳，虎视眈眈。这一个瘦瘦的，气得胡子翘上了天；另一个胖胖的，恨得咬牙切齿，似乎连胡子也发出了咯嚓声。

局长赶快插到他们俩中间，用双手把他们推开。他说道："先生们，你们忘记了你们的身份！"

他们沉默了，各自转过身去。玛德兰娜一动不动，微笑着抽她的烟。

局长又说道："部长先生，我撞见了您一人和杜·洛瓦夫人在一起，您在床上，她几乎赤裸着身子。您的衣服乱扔在地上，你们的奸情被当场抓获。您不能否认事实。您有什么话要说的？"

拉罗什·罗蒂安低声道："我无话可说，您执行公务吧。"

局长问玛德兰娜："您承认这位先生是您的情夫吗？"

她干巴巴地答道："我不否认，他是我情夫！"

"这就行了。"

局长又把屋子里的情况作了笔录。部长穿好了衣服，他把外套挂在手臂上，帽子拿在手上，等局长笔录完毕，问道："您还需要我吗，先生？还要我干些什么？我可以走了吗？"

杜·洛瓦向他转过身去，冷笑道："您为什么要走？我们的事情干完了。您还可以继续睡觉，先生。我们让你们俩单独留在此地。"

他用手指碰碰警察局长的手臂道："我们走吧，局长先生，我们在这里无事可干了。"

局长有点惊讶地随他走出去。乔治走到卧室门口，停下来让局长先出去。局长出于礼貌不肯先出去。杜·洛瓦坚持道："您先出去，先生。"

局长道："您先走。"

于是，乔治向他鞠了一躬，以一种嘲讽的口吻有礼貌地说："您先走吧，警察局长先生，这里几乎就是我的家。"

说完，他神秘地轻轻关上了房门。

一小时以后，乔治·杜·洛瓦走进《法兰西生活报》的办公室。

瓦尔特先生已经在报社了。他仍继续领导他的报纸，密切注视他的报纸的运作。他的报纸已经大大地扩展了规模，报纸的发展又大大有利于他的银行日益发展的业务。

瓦尔特先生抬起头问道："瞧，您来了。您好像有点不同寻常！您为什么没有到我家吃晚饭？您从哪里来？"

年轻人一字一顿充满自信地说道："我刚刚把外交部长打倒了！"

瓦尔特先生以为他在开玩笑。

"您怎么把他打倒的？"

"我准备改组政府，就是这些！把这个混蛋赶出去正是时候。"

老头闻言目瞪口呆，以为他的这位专栏作家喝醉了。他喃喃道："您喝醉了吧？"

"我一点没有醉。我还要就此写一篇报道呢。"

"您想干什么？"

"我要打倒这个混蛋，这个可怜虫，这个危害大众的坏蛋。"

乔治把他的帽子放在一张椅子上，又补充道："我决不原谅挡我路的人。"

瓦尔特先生仍不明白，他喃喃道："不过……您的妻子呢？"

"我明天就提出离婚。让她去找死去的福莱斯特吧。"

"您要离婚？"

"上帝！我被耍弄了。我要让他们知道我的厉害。行了，现在是我说了算。"

瓦尔特还没有明白过来。他惘然地看着杜·洛瓦，心想："这个人得当心点。"

乔治又说道："我现在自由了……我有了一定数量的钱财。我将在我家乡参加十月份改组政府的选举。我在家乡很有点知名度的。我和这个名声不好的女人在一起，只会妨碍我的公众形象，得不到人们的尊重。她把我当傻瓜耍弄。她欺骗了我，让我上了当。但是，我自从知道了她的花招，就监视着她。这个无耻的女人！"

他笑了笑又说道："只有可怜的福莱斯特才肯戴绿帽子，他戴上了绿帽子还心安理得。我现在摆脱了他留给我的这个烂摊子。我现在无拘无束，可以走得更远了。"

他跨坐在一张椅子上，若有所思地说道："我可以走得更远了。"

瓦尔特老爹眼睛搁在额头上，始终以含蓄的目光看着乔治。他心里说道："是的，他将走得很远，这个无赖！"

乔治站起来说道："我去写一篇报道，要写得含蓄一点。但是，您知道，对部长来说，是一篇可怕的报道。他要翻船了。不能救他，他对《法兰西生活报》没有用了。"

老头迟疑了一会儿，拿定了主意。他说道："干吧！至于那些掉进这个最后的和面缸的人们，随他们去吧！"

相关链接

第九章

5. 莫泊桑的中短篇小说的创作方法和艺术技巧，达到了空前的高峰。从他的大量成功的作品中，不难引出这样几条成功的经验：他尊重生活真实，力求深刻忠实地反映生活的真实面貌。他几乎只写自己连泥土气味都辨认得出的地方——青少年时代生活过的诺曼底省和成年后工作过的巴黎；几乎只写自己这音容笑貌都熟悉的人物——诺曼底的农民、渔民、水手和巴黎的市民。

三个月以后，公布了杜·洛瓦夫妇离婚。他妻子重又姓福莱斯特。

由于瓦尔特夫妇七月十五日将去特鲁维尔度假，大家决定在离别前到乡下去郊游一天。

他们到圣·日耳曼的亨利四世餐馆吃午餐。漂亮的朋友预先提出要求，不要其他男人参加这次郊游，德·卡扎尔侯爵在场将会使他受不了，他不要看见侯爵的脸。一直到最后时刻，才决定把德·拉都·伊夫林伯爵也带上，出发的前一天才通知了他。

他们决定星期四去郊游。早上九点钟，他们就乘了一辆四匹马拉的、六个座位的旅游马车出发了。

马车快步向香榭丽舍大街驶去，然后穿过布洛涅森林。

天气很好，虽然已经是夏天，但并不太热。燕子在蔚蓝的天空中划了个大大的弧圈飞向了远方，人们似乎仍看到它们还在天空中飞翔。

三个女人坐在马车里头，是母亲和她的两个女儿；三个男人倒坐在她们对面，是瓦尔特和两位客人。

他们穿过了塞纳河，绕过瓦列里安山，经过布吉瓦尔，然后又沿着河流到达贝克。

德·拉都·伊夫林伯爵是个比较成熟的男子。他留着又长又轻的颊髯，随风飘动。杜·洛瓦心想："他的胡髯随风飘动倒是很好看的。"

罗丝深情地望着伯爵，他们一个月以前订了婚。

乔治脸色苍白，他常常朝苏姗娜看一眼。苏姗娜的脸色也很苍白。他们的目光相遇了，他们心照不宣地交换了一下眼色，然后又各自把视线移开。瓦尔特夫人显得很安静，很幸福。

午餐延续了更长时间。回巴黎以前，乔治提议到平台上走走。

他们在平台上沿墙停下，排成一排看着街景。大家朝远处地平线望去，顿觉心旷神怡。绵绵山脚下，塞纳河逶迤流向拉裴德城堡，真像一条卧在绿草茵上的巨蛇。右边山脊上，马尔里引水渠在半空中的侧影像条伸出巨爪的大毛虫。马尔里引水渠顺着山势向下延伸，渐渐消失在浓密的树丛中。

眼前一望无际的平原上散落着一个个小村落。一块块绿色的小树丛中间或露出一处清澈的凡西奈式的水池。右边远处，萨特鲁维尔教堂钟楼的尖顶耸立在半空中。

瓦尔特说道："世界上任何地方都找不到这种俯瞰全景的观察点，在瑞士也找不到与此类似的景色。”

接着，他们出去散步，身临其境地享受一下这个美景。

乔治和苏姗娜落在后面。他们和大家拉开了距离，他意味深长地低声说道：“苏姗娜，我喜欢您。我爱您爱得昏了头。”

她轻轻说道：“我也是，漂亮的朋友。”

他又说道：“如果我娶不到您当我的妻子，我就离开巴黎，出国去。”

她答道：“您向爸爸要求娶我。也许他很愿意的。”

他做了一个不耐烦的手势，说道：“不，我对您说过十次了，那是白费口舌。我将被拒之门外，我会被赶出报社，我们再也见不到面了。这就是按照常规求婚的后果，我对此深信不疑。他们已经把您许给了德·卡扎尔侯爵。他们希望您最终会答应这桩婚事。他们正等着呢。”

她问道：“那么应该怎么办呢？”

他迟疑了一下，从旁边看着她，问道：“您是否不顾一切地爱我？”

她坚决地答道：“是的。”

“不顾一切？”

“是的。”

“无所顾忌？”

“是的。”

“您是否有勇气冒犯您的父亲和母亲？”

“是的。”

“真的？”

“是的。”

“那么，有一个办法，那是惟一的办法！必须由您来做，而不是我。您是个受宠爱的孩子，您什么都可以说，别人不会奇怪您的大胆举动。您听我说，今天晚上回去时，您先单独找您妈妈谈谈，您告诉她，您要嫁给我，她会非常激动，非常生气……”

苏姗娜打断了他的话：“啊！妈妈会很愿意的。”

他急忙说道：“不，您不了解她。她会比您父亲更生气，更冒火。您会看到她将如何拒绝您的要求。但是，您要坚持，不能退让。您坚持不断地说要嫁给我，除了我谁也不嫁。您会这样做吗？”

“会的。”

“跟您母亲谈过后，您再认真地坚决地和您父亲谈一次，把同样的话重复一遍。”

“好的。然后呢？”

“然后才是最严重的。如果您下定了决心，非要当我的妻子不可，我亲爱的，亲爱的小苏姗娜……我就把您……把您带走。”

她高兴得全身颤抖了一下，差点拍起手来。

相关链接

6. 他极其擅长从平凡的生活中择取富有典型性的个别人物、事件或生活断面，以小见大地反映出普遍的生活真实。一次骑马、一次散步、一根绳子、一条项链，都能引出一场有声有色的话剧，使人情世态真相毕露。

“啊！多么幸福！您要把我带走？您什么时候把我带走？”

一下子，她脑子里浮现出许多百听不厌的男女私奔的冒险故事。坐驿车，住旅馆，美好的梦想即将变成现实了。她重复问道：“您什么时候带我走？”

他压低声音道：“今天晚上……今天夜里。”

她颤声问道：“我们去哪里呢？”

“这个，是我的秘密。您好好考虑一下。要知道，我们私奔后，您只能做我的妻子了！这是惟一的办法，但是，这很危险……对您很危险。”

她声明道：“我决心已下……我们哪里碰头？”

“您能独自出门吗？”

“可以。我知道怎么打开小边门。”

“好吧！半夜十二点，等看门人睡了，您就到协和广场和我碰头。我预先叫好一辆马车，在海军部对面等您。”

“我会来的。”

“真的？”

“真的。”

他抓住她的手，紧紧握住它，说道：“啊！我多么爱您！您多么好，多么勇敢！那么，您不愿意嫁给德·卡扎尔先生了？”

“啊，我不愿意！”

“您拒绝这桩婚事一定使您父亲非常生气吧？”

“我想是的，他说要把我送进修道院去。”

“您瞧，必须态度坚决。”

“我会的。”

她朝广阔的地平线望去，脑子里只想着私奔的念头。她将跟他一起到遥远的天边去……她将被人带走……她为此自豪！她并不顾及自己的名声，也不想私奔会给她造成何种后果。她心中明白吗？她想到这一点了吗？

瓦尔特夫人回过头来叫道：“快点跟上，小女儿，您和漂亮的朋友一起在干什么？”

他们俩跟上了大家。他们谈论洗海水浴。

他们从另一条经过沙都的路往回走。

乔治一言不发。他思忖：只要小姑娘稍微有一点点勇气，他就可以成功了。三个月以来，他在她周围织起了无可抵御的情网。他竭力引诱她，俘虏她，征服她。他想方设法让她爱上了他。他轻易地赢得了这个布娃娃不加设防的心。

他首先使她拒绝了德·卡扎尔先生。刚才，他又让她答应和他一起私奔，因为别无他法。

他心里明白，瓦尔特夫人永远不会答应把女儿嫁给他。她还爱着他，她会始终不可遏制地强烈地爱他。他的有分寸的冷淡，迫使她保持冷静。但是，他感到她内心受着一种无奈而又旺盛的情欲的煎熬。他永远不会使她屈服，让她同意他娶苏姗娜。

但是，一旦他带小姑娘远走高飞了，他就可以和当父亲的进行一次强手对强手的较量了。

他一边盘算着，一边断断续续、心不在焉地敷衍别人对他说的话。回到巴黎，他似乎才回过神来。

苏姗娜也在想心事，四匹马的马蹄声敲击着她的思绪。她看到了月光下无边无际的大路，他们穿过了一座座黑暗的森林。在路边一家家小旅馆里，马夫们匆匆忙忙地给驿车换马。大家都猜到了他们是私奔出来的，后面有人追赶他们……

四驾马车驶进了瓦尔特家的院子，他们留乔治吃晚饭。但是他谢绝了，回家去了。

他回到家，稍稍吃了一点东西，整理了一下他的证件，好像准备出远门。他烧了一些容易惹麻烦的信件，把另一些信件收藏好，写了几封给朋友的信。

他不时看看挂钟，心想："那边一定吵得很凶。"

他心里焦虑不安。他要是失败了呢？他有什么可担忧的呢？他总是能够摆脱困境的！不过，今天他要干的事，确是非同小可。

十一点钟，他出了门，在街上走了一会儿，叫了一辆马车，到协和广场海军部围墙边停下。

他不时擦亮火柴看看表，越是临近十二点，他越是心焦。他不停地探头张望。

远处有一只钟敲了十二下，接着近处有一只钟也敲响了，接着又有两只钟一起敲响了，最后听到的一只钟是在很远的地方。最后的钟声也停下了，他心想："完了，计划失败了，她不会来了。"

然而，他仍决定等到天亮。在这种情况下，更需耐心等待。

他听到钟敲十二点一刻了，然后十二点半，然后十二点三刻，接着所有的钟都相继敲了一点钟。

他不抱希望了。但是，他仍留在车里，冥思苦想会发生什么事情。突然一个女人的脑袋伸进车里问道："是您吗，漂亮的朋友？"

他跳了起来，激动得说不出话来。

"是您吗，苏姗娜？"

"是我。"

他一下子没能转动车门把手。他连声道："啊！……是您……是您……快上车。"

她上了车，一下子扑进他的怀里。他对车夫叫道："上路。"

马车上路了。

她气喘吁吁说不出话来。

他问道："嗯！经过怎么样？"

相关链接

7. 他的中短篇小说，在表现手法上并没有一定的格式。非凡的多样性正是其中短篇小说的最大艺术特点。他总是在内容和形式相统一的基本原则下，根据主题、题材和素材的不同情况，采用不同的表现形式：或悲剧，或喜剧，或闹剧，或悲喜剧交替；或疾速、或徐缓、或不快不慢，或徐疾相间……而值得称道的是他在构思布局上的千变万化。即使题材相似，在人物、情节、构思、立意、布局、格调等方面也别出心裁，各饶异趣。

她有气无力地低声说道："啊！真可怕，尤其在妈妈那里。"

他很不安，颤声问道："您妈妈说些什么？快告诉我。"

"啊！真可怕。我走进她房间，我把准备好的话一口气全对她说了。她脸色一下子变白了，然后叫道：'不行！永远不行！'我哭了，我发脾气，我发誓说非您不嫁。我以为她会打我。她像一个疯子似的，她说第二天就把我送进修道院去。我从未见到过她这种样子，从未见到过！后来，爸爸听到她的叫嚷声进来了。他不像她那样生气，但是他说您并不是一个合适的人选。

"他们使我很冒火，我叫得比他们更凶。爸爸愤怒地叫我滚出去，这使我下决心跟您逃跑了。我来了，我们去哪里？"

他温柔地搂住她的腰，全神贯注地听她叙述。他的心跳得很厉害，内心对她父母升起了一股怨恨。但是，他得到了他们的女儿，现在可以给他们一点颜色瞧瞧了。

他说道："现在乘火车太迟了，我们乘这辆马车到塞佛尔，先在那里过一夜。明天我们出发去拉罗什·圭勇。那是塞纳河边一座美丽的村庄，在蒙特和鲍尼埃尔之间。"

她低声说道："我没有意见，我一无所有了。"

他笑了笑，不在意地说道："嗨，到那里再说吧。"

马车在马路上行驶。乔治抓起姑娘的一只手，怀着敬意慢慢地吻着。他不习惯柏拉图式的爱情，他不知道该对她说些什么才好。突然，他发现她哭了。

他有点害怕地问她："您怎么了？我亲爱的小姑娘？"

她哽咽着回答："这时候，我可怜的妈妈发现我出走了，一定睡不着觉了。"

事实上，她母亲没有睡觉。

苏姗娜一从她房间出去，瓦尔特夫人就站在她丈夫面前。她丧魂落魄地叫道："上帝呀！这是怎么回事？"

瓦尔特怒火冲天地叫道："这个混蛋把她逮住了，是他让她拒绝卡扎尔的。他看中了她丰厚的嫁妆。见鬼！"

他怒气冲天地在屋子里走来走去，又说道："你也不断地去引诱他，你吹捧他，讨好他，对他动了真情。从早到晚只听到你唠叨漂亮的朋友这样，漂亮的朋友那样。你现在付出了代价。"

她不知所措地喃喃道："我？……我引诱了他？"

他冲着她鼻子大叫大嚷道："是的，是你！你们都为他发疯了，玛雷尔的老婆、苏姗娜，还有其他的女人们。你两天不请他来这里就过不了日子，你以为我看不出来吗？"

她站起来，庄严地说道："我不允许您如此对我说话。您忘了我不像您那样是在小铺里长大的。"

他起先愣住了，然后他骂了一句："见鬼！"狂怒地走出了卧室，房门重重地关上了。

当她独自呆在卧室里，马上本能地跑到镜子前照照自己是否有什么变化。她眼前发生的事情太不可思议，太可怕了！苏姗娜竟爱上了漂亮的朋友，而漂亮的朋友竟要娶苏姗娜！不！

她听错了，这不是真的。小姑娘迷恋这个漂亮的小伙子是很自然的，她希望他做她的丈夫，她是有点昏了头！但是，他呢？他不至于和她共谋吧？她思索良久，好像感到大祸临头，惶惶不安。不能让漂亮的朋友知道一点点苏姗娜的事。

她想了好久，她觉得这个男人真狡猾，又觉得他可能是无辜的。如果是他策划了这件事，那他太坏了！以后会出什么事呢？她预见了多少危险和苦难！

如果他一无所知，一切都还可挽回，可以带苏姗娜出去旅行六个月，事情就可以结束了。但是，以后怎么和他再相见呢？因为她一直爱着他。这种激情已经像利箭一样扎入她心中，再也拔不掉了。

没有他，不可能生活下去，如同死了一样。

她思绪万千，满心焦虑。她想得头痛，她的思绪变得杂乱无章，使她揪心地难受。她拼命寻根究底，她因为对发生的事情一无所知，非常恼火。她看着挂钟，已经一点多了。她对自己说："我不能这样呆下去，我要发疯了。我必须弄明白这件事。我去叫醒苏姗娜，好好问问她。"

为了不出声响，她光着脚走出卧室，手里拿着一支蜡烛，向她女儿的卧室走去。

她轻轻地开了房门，走进卧室，看看卧床，床上没有动过。她起先还不明白怎么回事，以为女儿还在和她父亲谈话呢。但是，紧接着，一个恐怖的念头使她害怕了，她马上向丈夫卧室跑去。她脸色苍白，气喘吁吁冲进丈夫的卧室。他已经躺下了，正在看书。他莫明其妙地问道："什么事？你怎么了？"

她结结巴巴地问道："你见过苏姗娜吗？"

"我？没有。怎么了？"

"她……她……走了。她没有在她房间里。"

他一下子跳下床，趿上拖鞋，也没有穿短裤，衬衫的扣子也来不及扣上，就朝他女儿房间奔去。

他一见屋子里的情况就明白，女儿已经出走了。

他倒在沙发上，把灯放在跟前的地板上。

他妻子进来了，低声问道："怎么样？"

他没有力气回答她。他发不出火来，呻吟道："完了，他把她带走了。我们输了。"

她不明白："我们怎么输了？"

"嗯！是的，见鬼。现在必须让他娶她。"

她号叫了一声："嫁给他？永远不行！你疯了吗？"

他伤心地说道："叫也无用。他把她带走了，他坏了她名声。最好的办法是把她嫁给他。处理得好的话，谁也不会知道他们私奔的事。"

她痛苦得发抖，连声道："不行，他永远得不到苏姗娜！我永远不会同意的。"

瓦尔特不容她分辩地连声说道："但是，他已经得到她了，已经既成事实了。他会把她藏起来，看住她，直到我们让步。因此，为了避免造成丑闻，必须马上让步。"

相关链接

8. 所以，列夫·托尔斯泰在赞扬《漂亮朋友》是一部“以严肃的思想和感情为基础”的杰作时，一语破的地指出：作者在“恣意描写那些吸引着他的东西，有时对自己的主人公仿佛忘了应持否定的看法，竟站到他那一边去了。”

他妻子被不可言喻的痛苦所折磨。她反复说道：“不！不！我永远不会答应的。”

他不耐烦地说道：“不必再讨论了，必须这样做。啊，这个无赖！他把我们耍了……不管怎么说，他是强者。我们可以得到更好的地位，但是，我们不会比他更聪明，更有前途。这个人很有前途。他会当上参议员和部长的。”

瓦尔特夫人拼命号叫道：“我永远不会让他娶苏姗娜的……你听见了吗？永远不。”

最后，瓦尔特生气了，他很实用地为漂亮的朋友辩解：“你别说了……我再对你说一遍，必须这样做……绝对必须这样做。谁知道呢，也许我们不会为此后悔。在这个纷乱的世界上，谁也不知道将会发生什么事。你看他只用三篇文章就把拉罗什·罗蒂安这个笨蛋打倒了。作为丈夫，处理这种事情是很困难的。我们瞧着吧。现在，我们被扯进去了，我们无法摆脱出来。”

她真想大叫大嚷，在地上打滚，抓自己的头发。她愤怒地坚持道：“不能让他娶她……我不愿意！”

瓦尔特拿起他的灯，站起来，说道：“瞧，你和所有的女人一样。你们只会感情用事，不懂得迁就……你们都是蠢货！我对你说，让他娶她，必须这样做。”

他趿着拖鞋走出房间。在这沉睡的大屋子里，他像个穿着衬衣的滑稽的幽灵，穿过长长的走廊，悄无声息地回到他的房间。

瓦尔特夫人万分痛苦，木然地站在屋子里，她仍然不明白所发生的事情。她心里很难受。她似乎觉得不能如此站到天明。她想逃跑。她要寻求帮助，她需要救助。

她寻思，可以呼唤谁到她身边来呢？哪个男人会招之即来？她找不到！……找一个忏悔神甫，对，找一个忏悔神甫！她将跪倒在他脚下，向他承认一切，忏悔她的过错和她的绝望。他会懂得不能让那个混蛋娶苏姗娜，他会出面阻止这件事的。

必须马上找一位忏悔神甫！但是，哪里去找呢？无论如何，她不能呆在这里不动。

她眼前浮现出在海涛上信步的神圣耶稣，她看见的耶稣就像画上的耶稣一样。耶稣对她说道：“您过来吧，过来跪倒在我的脚下。让我来安慰您，启示您该怎么做才好。”

她拿起蜡烛，走出屋子，向温室走去。耶稣在温室里头的一个小厅里。为了防止泥土的潮气，玻璃门关得紧紧的。这个小厅成了奇异树木丛中的一个小教堂。

瓦尔特夫人走进这个冬天里的花园。以前她进来时，花园总是阳光充足或者灯火通明，今天，黑黝黝的花园使她愣住了。浓密的热带花草树木，使黑夜更加深沉了。温室的门都关得紧紧的，玻璃圆顶下，这座奇异的林子里的空气闷闷的，令人窒息。

可怜的女人举着蜡烛，轻轻地向前走去，黑暗使她深受感动。花草树木在忽闪的烛光下显现出奇形怪状、荒诞不经的景象。

她突然一下子发现了耶稣像。她打开了隔在她和耶稣像之间的玻璃门，跪倒在地。

她急急匆匆、结结巴巴、虔诚地祈祷。她的热烈的祷词充满了激情和绝望。作完祷告，她平静下来了。她焦虑不安地抬起眼睛，看着耶稣像。她手中的烛光勉强照亮了画像及画像下面的海涛。她手中烛光是这屋子里惟一的光亮。忽闪的烛光下，画上的耶稣很像漂亮的朋友。画上正看着她的不是耶稣，而是她的情人。他的眼睛，他的前额，他的脸部表情，他高傲冷漠的神态！

她喃喃呼唤："耶稣呀！……耶稣呀！……耶稣呀！"

"乔治"两个字不知不觉地到了她的嘴边。突然，她觉得，这时候乔治也许正拥抱着她的女儿呢。他和她单独在某一个地方的一个房间里。他？他？他竟然和苏姗娜在一起！

她反复念叨："耶稣！……耶稣！"

但是，她心里想着他们俩，想着她的女儿和她的情人。他们俩在深夜里单独在一起，在一间屋子里……她看见了他们俩，她清清楚楚地看见了他们俩。他们俩站在她眼前，就在挂着这幅画的地方。他们相视而笑，他们热吻着。屋子里很暗，床上被子已经掀开。她站起来向他们走去，她想抓住女儿的头发，把她从他怀里拉出来。她要卡住女儿的脖子，把她扼死。她恨她的女儿，她恨女儿投入了那个男人的怀抱。她打她女儿……她的双手碰到了画布。她撞到了耶稣的脚上。她大叫一声，仰面倒下。她手中的蜡烛倒下来熄灭了。她昏昏沉沉地不知过了好久，她梦见了许多奇怪可怕的事情。她眼前总看到乔治和苏姗娜搂抱在一起，耶稣基督还为他们丑恶的爱情祝福。

她恍恍惚惚，觉得自己不是在家里。她想站起来逃跑，但是她站不起来。她四肢发麻，只有头脑还醒着，但思想已经混乱了。许多可怕的、千奇百怪的幽灵缠绕着她，奇形怪状的热带植物的浓郁香味，使她精神恍惚，昏昏欲睡。

天亮了，人们发现瓦尔特夫人毫无知觉地倒在《耶稣信步海涛上》画像前。她的病情令人为她的生命担忧。直到第二天，她才清醒过来。她一醒来就哭了起来。

瓦尔特先生收到杜·洛瓦一封长信，他回信答应把女儿嫁给他。

原来，杜·洛瓦离开巴黎时把前一天晚上写好的信扔进邮局。他在信中很客气地说，他长久以来就爱上了苏姗娜，但是他们俩之间从来没有约定什么。当她独自跑来对他说"我要做您的妻子"时，他马上决定留下她，并把她藏起来，直到得到她父母的允诺。法律上必须得到父母的允诺。对他来说，父母的意志远不如他未婚妻的意志重要。他要求瓦尔特先生回信由邮局留存，一位朋友会把信取来转给他的。

乔治得到了满意的回答。他带苏姗娜回到巴黎，让她回到父母家里，他自己不急着露面。

他们在塞纳河边的拉罗什·圭勇过了六天。

苏姗娜从来没有玩得如此开心过。她装扮成牧羊女。他把她当成妹妹看待，他们无拘无束地友好相处。他认为这样尊重她是比较明智的。他们一到村里，她就买了村里人穿的内衣和外衣，戴了一顶大草帽去钓鱼，草帽上缀了几朵田野上摘来的花。她觉得乡村风光怡人，那里还有一座古老的钟楼和一座古老的城堡，城堡里挂了许多精美的壁毯。

乔治穿了一件从当地小商贩手里买来的粗布工作服。他陪苏姗娜沿着陡峭的河坡散步，

相关链接

有时乘船出去兜一圈。他们时时刻刻拥抱在一起，有着说不完的情话。

她天真无邪，他惟命是从。但是，他很会用自己的魅力让她听话。

他对她说："明天我们回巴黎去，您父亲同意我娶您了。"

她天真地说道："这么快？我觉得当您的妻子很好玩！"

9. 屠格涅夫原来并不赏识莫泊桑，虽然福楼拜的这位老友与莫泊桑接触较早也较多。七十年代，读了莫泊桑的一篇习作，他曾断言："他永远也不会有才华。"《羊脂球》发表后，他还持有"再看一看"的态度。后来读了《一家人》，他这才信服了："看来他不是一颗一闪而灭的火星。"

第　十　章

康斯坦丁诺堡大街上的那套小公寓光线很暗。乔治·杜·洛瓦和克罗蒂特·德·玛雷尔在门口一碰上，就一起进了这套长久没来的公寓。她不等他把百叶窗拉开就问他道："那么，你娶了苏姗娜·瓦尔特？"

他温和地承认了，并且补充了一句："你不知道此事？"

她怒气冲冲地站到他面前，气愤地说道："你娶了苏姗娜·瓦尔特！太过分了！太过分了！你瞒了我三个月。除了我，大家都知道这件事。这是我丈夫告诉我的！"

她眼睛瞪着他，愤怒地低声说道："自从你离开你的妻子以后，你就在谋划此事，同时你讨好我，让我当你的情妇来填补暂时的空缺。你这个混蛋！"

他问道："为什么发这么大的火？我妻子欺骗了我，她被我抓住了。我离了婚，我娶了另一个女人。再简单不过了吧？"

她声音颤抖地说道："啊！你是个多么狡猾、多么危险的人！"

他微微一笑道："上帝！傻瓜和笨蛋总是容易上当的！"

她继续说下去："我真后悔一开始没有把你看透。不，当时我不可能相信你竟如此无耻。"

他正色道："我请你说话注意用词！"

她反驳道："什么！你现在还想让我戴上手套，有礼貌地跟你说话？自从我认识你以来，你跟我在一起时就像个讨饭的，你还不让我说这话？你欺骗所有的人，你利用所有的人，你到处寻欢作乐骗取钱财，你还想让我把你当一个体面人对待？"

他站起来，气得嘴唇都发抖了："住嘴！否则，我把你赶出去。"

她断断续续地说道："把我赶出去……把我赶出去……你竟然要把我赶出去……你……你……"

她气得说不出话来。突然好像大堤被愤怒的洪水冲决了口似的，她一口气吐了出来："把我赶出去？你忘了，这房子从第一天起就是我付的钱！啊！对，你有时也付点钱。但是，谁把它租下的？……是我！……谁把它保留下来的？……是我！……你要赶我出去……住嘴，你这个无赖！你以为我不知道你是怎么抢了玛德兰娜继承的德·伏德里克遗产的？你以为我不知道你怎么和苏姗娜睡了觉，强迫她嫁给你的……”

他抓住她的肩膀，拼命摇动：“不许你提她！我不允许你提她！”

她叫道：“你和她睡过觉，我知道！”

他可以听任何咒骂，但这个谎言使他气愤之极。她当面揭露了一系列事实，使他心里气得发抖。但是，她对即将成为他妻子的小姑娘的诬蔑，顿时使他心中升起一股强烈的要打人的欲望。

他重复道：“你住嘴……当心点……住嘴……”

他拼命地摇她，好像在摇动一根树枝让果实掉落下来似的。

她披头散发，瞪着眼睛，张大了嘴巴，叫嚷道：“你和她睡了觉……”

他松开了她，同时狠狠地打了她一个耳光，她一下被甩在墙上。她转身向他扑来，拉住他的手腕，大叫道：“你和她睡了觉！”

他扑到她身上，把她压在身子底下，像和一个男人打架一样揍她。

她一下子不叫了。她在他的拳脚下呻吟起来，不动弹了。她把脸埋在墙角，委屈地大声哭泣起来。

他停住不打了。他站了起来，在屋子里走了几步，让自己冷静下来。一个念头在他脑子里出现。他到卧室里盛了一盆凉水，把头埋进水中。然后，他洗了手，一边仔细擦干手指，一边回来看看她在干什么。

她没有动弹。她瘫在地上，轻轻地抽泣。

他问道：“你哭够了吗？”

她不回答。

他站在屋子中央，面对着眼前这具瘫在地上的身躯，他有点难堪，稍稍有点羞耻感。

然后，他突然一下子拿起壁炉上的帽子，决定走了：“晚安。你整理好就把钥匙交给看门人。我不会再来了。”

他走了出去，把门关上了。他走进看门人小屋，对看门人说：“夫人还在屋子里。她一会儿就走。您对房东说，我从十月一日起退租。今天是八月十六日，正好在退租期限之内。”

他急急地大步往前走，他要给新娘买礼物。

婚礼定在十月二十日，在玛德兰娜教堂举行婚礼。人们议论纷纷，谁也不知道真相到底如何。不同的故事传来传去，人们窃窃私语曾经发生过一次私奔，但是谁也说不清楚。

根据仆人们传出来的消息，瓦尔特夫人不再和未来的女婿说话了。决定婚事的那天晚上，瓦尔特夫人深夜把她女儿送进修道院，自己服了毒。人们发现她时，她已经奄奄一息了。她的情况再也不会好了。她现在完全是个老太婆了，头发全白了。她笃信上帝，每星期都作祈祷。

九月初，《法兰西生活报》宣布，杜·洛瓦·德·冈特尔男爵当该报主编，瓦尔特先生仍

相关链接

保留经理的职位。

他们用高薪从各大报社、历史悠久的老报社挖了一大批著名的专栏作家、记者、政治家、艺术家和戏剧评论家。

德高望重的老记者、名记者谈到《法兰西生活报》时不再耸肩了。这张报纸很快取得了全胜，使得严肃的作家们对它刮目相看。

巴黎全城都在议论这张报纸的主编的婚事，顿时，乔治·杜·洛瓦和瓦尔特一家引起了全城人的好奇心。所有知名人士都答应去参加他的婚礼。

婚礼那一天正是秋高气爽的好天气。

早上八点，玛德兰娜教堂的全体人员，已经站在居高临下、面临王朝大街的教堂台阶上的一条宽大的地毯上，向巴黎市民宣布这里将举行盛大的庆典，他们劝过路的人们绕道而行。

去办公楼上班的雇员们、小工人们、商店的营业员们都停下来看看庆典的盛况，心里模糊地想着，这些有钱人结一次婚，竟然花那么多钱。

十点钟，好奇的人们不走了，他们希望看到即将举行的婚礼。他们等了几分钟，见婚礼仍没有开始只好走了。

十一点钟，城市卫队赶来驱赶围观的人群。

不久，首批客人来了，他们想早点来找个好位子，可以看得清楚一点。他们搬来了椅子，沿着中央大厅围成一圈。

客人们络绎到了。妇女们的丝织、布织衣裙的窸窣声不绝于耳。男人们神情严肃，迈着沉稳的步子走进教堂，他们几乎都是秃顶的。

教堂里，人越来越多，一束太阳光从敞开的大门照射进来，照亮了坐在前几排的来宾们。唱诗台上似乎有点暗。祭坛上插满了蜡烛，形成一个黄色的光圈，正与从大门射进来的太阳光相对，显得苍白无力。

宾客们碰见了熟人，互相招手示意，三五成群地交谈着。文人们不如社交界的人士那么拘谨，他们低声聊天。大家都很注意地看各位名媛闺秀。

诺倍尔·德·瓦伦尼正在寻找一位朋友。他看到雅克·里瓦尔正向椅子中间走去，他上去叫住他的同事："喏！精明的人才有前途！"

里瓦尔没有他那么眼红，答道："对他来说很好，他的生活安排好了。"

他们边交谈边与其他熟人打招呼。

里瓦尔问道："您知道他妻子近况如何？"

诗人微笑道："知道也不知道，她隐居了。据说，她住在蒙马特一带。但是……有一点……最近我在《笔友》上读到几篇政论文章，笔调和福莱斯特及杜·洛瓦像极了。署名是让·勒·道尔，一个年轻、漂亮的小伙子，很聪明，跟我们的朋友乔治是同一种类型的人，小伙子认识了他的前妻。从这一点，我得出结论，她喜欢初出茅庐的人，她永远喜欢他们。再说，她很有

10. 用莫泊桑自己的话说，在长篇小说《一生》中，"我并没有想做其他的事，仅仅是在展示构成一个女人生活的事件——她那交织着幻想、幻象和忧伤的一生。"

钱。伏德里克和拉罗什·马蒂安不会一钱不花就成为他们家的座上客。”

里瓦尔说道:“这个玛德兰娜很不错,很细心,很有手段。她脱了衣服一定很迷人。不过,请您告诉我,杜·洛瓦刚宣布离婚,怎么能在教堂举行婚礼呢?”

诺倍尔·德·瓦伦尼答道:“因为对于教会来说,他是初婚,所以让他在教堂举行婚礼。”

“怎么回事?”

“我们的漂亮的朋友和玛德兰娜结婚时,为了省钱,他认为到市府登记一下就行了,没有举行宗教仪式。这样对我们的圣母教堂来说,他和玛德兰娜只是同居。因此,今天他在圣母面前还是个未婚男子。今天他举行的婚礼极尽奢华,瓦尔特老爹该花不少钱呢。”

教堂里人声鼎沸。有几个人的声音特别高。人们指指点点,不少知名人士也来参加婚礼了。名流们很高兴在公众前露面,他们摆出姿态,很注意自己在公众场合的形象。他们是各种庆典不可缺少的点缀和摆设。

里瓦尔又说道:“你说说,亲爱的,您经常去老板家,瓦尔特夫人真的不再和杜·洛瓦讲话了?”

“她永远不再和他讲话了。她不愿意把小女儿嫁给他。但是,似乎他以一些被发现的死者尸体,要挟小姑娘的父亲,那是掩埋在摩洛哥的死者尸体。他威胁老爹说,要披露这些可怕的消息。瓦尔特想起了拉罗什·马蒂安的前例,立刻让步了。但是,瓦尔特夫人作为母亲,她像所有的女人一样固执,她发誓再也不和她的女婿说话了。他们俩面对面碰到一起时,神态很奇特。她像一座雕像,一座复仇女神的雕像;而他尽管很善于控制自己,仍很尴尬。”

几位同事过来和他们握手。他们听到了一点有关政治的谈论。挤在教堂前面的人群熙熙攘攘,从阳光明亮的门口拥了进来。他们的声音,压过了先进来的上流人士们比较文雅含蓄的说话声。

突然,看门人用他的木戟敲了三下地面。大厅里所有的人一下子都转过身来,随之发出一阵衣裙的窸窣声和椅子的碰撞声。年轻新娘挽着她父亲的胳臂出现在明亮的教堂门口。

她总像一个布娃娃,一个精致的、头戴橙色花朵的白皙的布娃娃。

当她第一步跨进大厅时,管风琴奏起了洪亮的音乐,宣布新娘进来了。

她低着头走进教堂。她有点激动,但是并不害羞,完全是一个可亲可爱的小新娘。妇女们笑嘻嘻地、窃窃私语地目送着她走过去。男人们低声赞叹道:“真可爱,真美!”

瓦尔特先生故作庄重地往前走。他脸色有点苍白,鼻梁上架了一副眼镜。

他们后边是四个漂亮的女傧相,都穿着玫瑰色的衣裙,她们为新娘作了很好的陪衬。男傧相也是受过精心挑选,他们的步子似乎都经过了同一个芭蕾舞教练的训练。

瓦尔特夫人跟在男傧相后面。她挽着德·拉都·伊夫林侯爵的胳膊,侯爵是她另一个女婿的父亲,七十二岁了。她不是在走,而是拖着步子,似乎每走一步都有可能昏倒在地。人们觉得她的脚粘在地上使她的腿挪不动步子。她胸脯里的心脏剧烈地跳动,像一头野兽拼命撞击着关闭它的牢笼。

相关链接

11. 但是，同《一生》相比，莫泊桑对他所描写的对象的道德态度却大大降低了。正如托尔斯泰指出的："显然骗子保尔赢得了作者的全部同情。因此，这个保尔的恋爱史，以及他苦心孤诣地去损害别人并取得成功等等，就给人以虚伪的印象。"

她瘦了，满头白发使她的脸显得更苍白，更凹陷下去了。她双目直视不看任何人，也许为了不去想折磨着她的伤心事。

然后，杜·洛瓦和一个陌生的老太太出现了。

他抬起头，有点卷曲的眉毛下目光炯炯，向前直视，不看任何人。他嘴唇上的胡髭向上翘起。大家一致认为他是个漂亮的小伙子。他身材瘦长，挺拔，潇洒，英俊。他的衣服得体，上面有一个血红的小点，那是荣誉团勋章的小小的红饰带。

然后是亲戚们、罗丝和里索林参议员。六星期前罗丝结了婚。德·拉都·伊夫林伯爵陪伴着德·贝尔丝姆子爵夫人。

最后，是杜·洛瓦的朋友或盟友们，他已经把他们带进了他的新家。他们都是巴黎城内的活跃分子，他们都一见如故成了好朋友。还有一些发了财的富人们的远亲。也有没落的、破了产的、毁了名誉的贵族们，还有几个结了婚的。队列中有德·倍尔维尼先生、德·本若林侯爵、德·拉芙奈尔伯爵夫妇、德·拉莫拉诺公爵、克拉瓦洛夫亲王、瓦雷阿里骑士。然后，是瓦尔特请来的客人，德·盖尔什亲王、德·法拉西尼公爵夫妇、美丽的德·杜尼侯爵夫人。队列中还有瓦尔特夫人的几个亲戚，他们还保留着外省人的神态。

管风琴浑厚的乐声在大厅里回响，光彩熠熠的管风琴向上天奏出了人们快乐的欢叫和痛苦的呼喊。教堂的大门关上了，好像阳光被赶出了教堂，大厅里一下子变暗了。

现在，乔治和他的妻子面对着烛光明亮的祭坛跪下，戴着头冠的丹吉尔的新任主教手里拿着权杖，从教堂的圣器室走出来，以上帝的名义让他们结合在一起。

他提了例行的问题，让他们交换戒指，一口气背诵了例行的语句，以基督名义祝福新婚夫妇。他故作庄重地讲了许久有关忠诚的问题。他是个高大肥胖的男子，他们这些高级神职人员的权势的标志之一就是大肚子。

一阵号哭声使好些人回过头去。瓦尔特夫人双手捂着脸在哭泣。

她只能让步。她有什么办法呢？她女儿回来那天，她拒绝吻她的女儿，并把她赶出了房间。那天，杜·洛瓦又出现在她眼前，他故作有礼地向她致敬。她用极低的声音对他说道："您是我所认识的人中最卑鄙无耻的一个，您永远不要跟我说话，我绝不会理睬您！"

自从那天以后，她万分痛苦又无可言喻，她内心受尽折磨，无法平静下来。由于愤怒和妒忌，她刻骨痛恨苏姗娜。妒忌使她撕心裂肺，奇特地混杂着母亲和情妇双重的妒忌心。这种心灵创伤，像烈火般地熊熊燃烧，又无法对人诉说。

现在，主教已经主持了他们的婚礼，让她的女儿和她的情人在一座教堂里，当着两千人的面，当着她的面举行了婚礼！难道她无话可说吗？难道她不能阻止这桩婚事吗？难道她不能叫："这个男人是我的，他是我的情人！您祝福的这个婚礼是亵渎上帝的。"

好几位妇女同情地低声议论道："可怜的母亲太激动了。"

主教宣布："你们是世上最幸福的、最富有的、最受尊重的一对。您，先生，您的才能出类拔萃，您写文章教导别人，给别人提建议，引导人民，您要履行一个美好的使命，您要做出好的榜样……”

杜·洛瓦听着主教的祝词，心里充满了骄傲，他陶醉了。这是罗马教会的一位主教对他的评价。他感到背后一大群人向他涌来，他感觉到有一种力量推着他，把他举了起来。他，冈特罗的一对穷苦的农民夫妇的儿子，成了这个世界上的一个主宰。

他一下子看到了在鲁昂的山谷，他的父母在山坡上简陋的棚屋里，请家乡的农民们喝酒。他曾从德·伏德里克的遗产中给他们寄去了五千法郎。他还将给他们寄去五万法郎。他们可以买一点不动产，他们会很高兴、很幸福的。

主教结束了他的祝词。一个穿着金色法衣的神甫登上了祭坛。管风琴又奏起乐曲向新婚夫妇庆贺。

突然，管风琴奏出了长长的音符，洪亮有力的风琴声似乎要冲破教堂的穹顶，冲向蔚蓝的天空。管风琴声在整座教堂里回响，使人们的肉体颤抖，也震撼了人们的心灵。突然，管风琴又悄然平静下来，细腻轻松的音符回荡在教堂上空，犹如轻风从人们耳边吹拂而过。这是一些像小鸟跳跃般轻快的小调。忽然，撩拨人心的轻音乐重又变得雄壮起来，充满了力度和广度，好像一颗小小的种子变成了整个大千世界。

人们正低着头倾听，突然听到头上又响起了伏里和朗德克高亢的歌声，他们都是歌剧院的著名歌唱家。点燃的安息香散发出一种清香，祭坛上的祭献越来越多。在神甫呼唤下，耶稣降临世上，帮助乔治·杜·洛瓦取得了胜利。

漂亮的朋友低着头，跪在苏姗娜旁边。在这一时刻，他感到自己几乎成了虔诚的信徒，上帝如此眷顾他，降福于他，他心里充满了感激。他不知应该对谁表达他的心情，他感谢上帝使他取得了如此成就。

仪式结束了，他站起来，把手臂伸给他妻子，走进圣器室。宾客们排着队，络绎不绝地向他祝贺。乔治高兴得快要发狂。他觉得自己已经成了受众人欢呼的国王。他和宾客们一一握手，不住地喃喃说些无甚意义的话，向宾客们回礼，回答他们的奉承：“您太好了。”

突然，他发现了德·玛雷尔夫人，他回想起他曾经给过她的所有的吻以及她回报给他的吻，他想起了他们之间的亲热抚爱、她的热情、她的声调、她的嘴唇的滋味，他的血液顿时涌上一股想重新得到她的欲望。她漂亮、气派，再加上调皮的神态、挑逗的眼睛。乔治心想：“她到底是一个迷人的情妇。”

她有点不安地走近他，向他伸出了手。他捏住她的手不放。于是，他感到这个女人的手指发出了心照不宣的呼唤。她轻轻地握紧他的手与他重归于好。他也紧紧捏住她的小手表示：“我始终爱你，我是你的。”

他们笑嘻嘻地四目对视，他们眼睛发亮，充满了爱。

她嗲声说道：“再见，先生。”

他快活地答道：“再见，夫人。”

她走开了。其他人拥上前来。人群像一条长河似的在他眼前流过。

相关链接

12. 莫泊桑的幻觉既已发展到如此程度，那么由莫泊桑这样的病人参照切身体验写出《奥尔拉》这样病态的作品来，细想起来，应该说是并不奇怪的。莫泊桑从来不是个喜好凭空捏造的作家。他的作品总有新鲜、实在的生活基础，甚至经常渗透着自传的因素。《奥尔拉》毋宁说是他的这一创作特点的又一佐证。

终于，人群稀疏了。最后的宾客也走了。

乔治挽起苏姗娜的手臂穿过教堂走出去。

教堂里仍挤满了人，因为所有的人都回到原来的位子上，想观看他们俩一起从身边走过去。他昂着头，跨着稳健的步子慢慢地走过去，他双目直视着阳光明亮的教堂门口。他感觉到自己的皮肤上轻轻地传过一阵哆嗦，这是巨大的幸福引起的一阵冷颤。他眼中看不见任何人，他只想着他自己。

他走到教堂门口，发现教堂外人声嘈杂，人头黑压压的一片，人们熙熙攘攘地为他而来，为他乔治·杜·洛瓦而来。全巴黎的人们都羡慕地仰视着他。

然后，他抬起眼睛，发现协和广场后边正是众议院所在地。他似乎觉得他马上将会从玛德兰娜的柱廊一下子跳到波旁宫的柱廊下。

他慢慢地走下教堂高高的台阶，从分立两旁的观众中间走过去。但是他眼中并没有看见这些观众。他的思绪回到了过去，耀眼的太阳光使他眼花缭乱，德·玛雷尔夫人的身影在他眼前晃动。她正对着镜子梳理两鬓的鬈发。从床上起来时，她的头发总是很乱的。